連《つれ》舞《まい》

有吉佐和子

集英社文庫

連つれ

舞まい

妹の千春《ちはる》が生れたときのことを、秋子はまるで昨日の出来事のように克明に思い出すことができる。秋子はそのとき数え年の六つで、その幼さでは母親の出産前後を如実に記憶するのは無理な筈《はず》であったが、そう自分で考えることがあってもなお、秋子は頑《かたく》なに、千春が生れたときのことを、寸分の違いもなく自分は思い出すことができるのだと思っている。

それは南向きの縁側も、まだ蹠《あしのうら》に冷たく感じられる早春の出来事であった。朝まだき、秋子は自分の部屋の前の廊下を、慌しく人が行き交う跫音《あしおと》を聴いて目を覚ました。隣の寝床は蛻《もぬけ》の殻で、いつもは秋子より朝のおそい糸代の姿もなかった。子供心にも、この家の中に異変が起っていることは感じとれた。秋子はそっと起上り、寝巻の前を掻《か》き合《あ》わせながら廊下へ出た。

内弟子たちは、皆起き出ていて、秋子の母親の居間と、台所の間を忙しく往来していた。誰もが緊張した表情で、寝巻姿の秋子を認めても、それに注意を払ったり、声をかけたりする者はなかった。素足で廊下に佇《たたず》めば、冷気が躰《からだ》に浸みてくる。秋子は、この家の中で、急に自分が疎外され始めたのを、感じないわけにはいかなかった。

産婆が内弟子の一人に手を曳《ひ》くようにされて、秋子の目の前を駆け抜けたが、その中年女の醜く肥満した後ろ姿は、秋子の幸福を奪って過ぎた怪物のようであった。ずしずし、と響く彼女の跫音は、廊下を伝って秋子の躰にずし、ずしと、太い杭《くい》でも打込むように響いた。梶川寿々《かじかわすず》の一人娘という地位が、その杭の先で叩き潰されて行くのを、秋子は既にこのとき予期していたのである。

母親である寿々の部屋には、這入《はい》れなかった。入口に内弟子たちが息を詰めて控えていて、誰も秋子を顧みなかったし、秋子と一番親しい糸代は部屋の中にいるらしくて、姿が見えなかった。奥から苦しそうな呻《うめ》きが洩《も》れてきたが、秋子にはそれが母親の声とは思われず、異様な雰囲気の中から、異形なものが部屋の奥にいて、それが呻いているのではないかと思ってしまった。後退《あとしざ》りして、秋子は母親の部屋から離れたが、自分が後退りしているのではなく、母親という存在が自分から遠のいていくように思われた。それは、幼い子供の心には、支えきれないほどの大きな絶望感というものであった。

千春の産声を、秋子は稽古場《けいこば》の舞台の上で聴いた。自分の寝室に戻って寝る気になれなかったのと、内弟子たちの蒲団を敷いてない部屋というのは、この家の中では台所と稽古場以外にはなかったからである。梶川流で上根岸《かみねぎし》といえば、もうずっと前から寿々と通じるくらい、若い頃から名の通った踊り手である寿々は、踊りと男以外には贅沢のないひとであったことでも有名で、だから上根岸の家も決して大仰な構えでなく、内弟子の数の割合からすれば間数も尠《すく》ないこぢんまりとしたものであったが、その造作分を稽古場にかけて、舞台は三間間口の総檜《そうひのき》造《づく》りという町の師匠にしては立派すぎるほど見事なものであった。

蹠が冷えきっていたけれども、秋子はそれよりも胸のあたりが寒くて、寝巻の袖《そで》で自分の胸許を抱くようにして舞台へ上った。癇性の寿々は床の間にも掛軸以外の飾り物は置かないほどで、だから舞台には衝立《ついたて》のような道具一つなく広々としていた。上手から舞台の奥にかけて、長押《なげし》に寿々が取立てた名取札がずらりと並んで打付けてある。

梶川寿々の札が一際大きく、続いて名取り筆頭の梶川寿三代、梶川寿々枝、梶川寿喜、梶川寿美、梶川寿志栄、梶川寿美礼、梶川寿久、梶川寿々香、梶川寿栄、……寿々の寿の字をとった名取名の丁度中程に、糸代の梶川寿々糸という名取札があった。秋子は、まだ小学校に上っていないし、難かしい漢字の文字群は、読むどころか見馴れてもいないのであったけれども、やはり梶川流の師匠の家に生れた者として三味線の音締が耳に親しいのと同じように、梶川の名取名には目も馴染《なじ》んでいた。糸代の梶川寿々糸は、すずしと読むことを先に知っていて、いつであったか、もうずっと前に、舞台を空拭きしていた糸代が、

「お嬢ちゃま、私の名取札は、これですよ」

背伸びをして指さしたのを覚えている。

その、梶川寿々糸の名取札に目を止めたときであった、奥から千春の産声が聞えたのは。

咄嗟《とっさ》に、秋子は子供が生れ出たということよりも、先頃から感じていた異変が、ようやく形になったと思った。千春の泣き声は、秋子がこれまでに聞いたどの赤ン坊の泣き声より大きく、けたたましかった。この世に生を享《う》けたことを、こうも無遠慮に示していいものであろうかと思われるほど、大きく、けたたましい泣き声であった。秋子は最前の産婆の跫音で砕けたものが、この泣き声で四散するのを感じていた。秋子の心の中にある誇りも幸せも、蹴散らかして顧みないような傍若無人な喚き声であった。

舞台の中央で胸を抱いたまま、秋子は硬直していた。長い、長い時間がそうして過ぎた。新生児の産声としても、千春の泣き声は、産婆が後々まで一つ話にしたほど、息の長い勇ましいものであったのだが秋子はそれを肩や足を凍らせて聞いていたのであった。

子供が生れてから七日目の、いわゆるお七夜の日まで、千春の父親は、この家に現われなかった。秋子は、千春の産声はまだ耳許に残っているほどよく覚えているのに、彼女が生れた翌日からお七夜までの記憶はまるでなくて、そのかわり、梶川猿寿郎が現われた日のことは、また克明に覚えている。

それはひどく薄寒い日の午後で、玄関の戸が開くと、

「お家元です」

誰かが早口に云い、すると家の中で一斉に、

「お家元ですよ」

「お家元が見えました」

「お家元が」

「お家元です」

連鎖反応のように家の中の者たちが口々に奥へ伝えた。

秋子はそのとき丁度手洗いから出て、庭先の手水鉢《ちょうずばち》の水をつかっていたのだったが、家の中の囁《ささや》きは聞えていて、家元というのは誰なのか、この家で今、家元というのはどういう立場にあるものなのか、言葉にはならないが全身でぴりりと感じとっていた。

梶川猿寿郎は、毛織りのインバネスを着たままで秋子の目の前の廊下を渡って歩いて行ったが、前後に女どもを従えていて、この家を彼が訪れたのは初めてではないのに、どこか物々しい気配が彼の躰を包んでいた。秋子は、この日の白髪頭の首をすくめた老人の後ろ姿を、今になっても忘れることができない。それというのも、秋子がこの七世梶川猿寿郎を見たのは、これが最後だったからである。そして、母親を愛した男というより、妹の父親である男として、この日見た猿寿郎は、その後秋子が実に頻繁に彼を思

い出すときの姿となった。

七世猿寿郎は、家元名を襲う前の名を三千夫といい、それは彼の戸籍名でもあった。若い頃は放蕩《ほうとう》の限りを尽していて、女出入りの揚句に親から勘当され、上方で修業していた時期もある。先代の家元が急病で斃《たお》れたとき呼び戻され、そして七世を襲った人なのだが、女極道は一向に改まらなかった。女好きのする顔立ちである上に、踊りの才能が並外れていて、今の梶川流を全盛に導いたのは彼の功績であると云われるほど、その見事な舞ぶりは人々を魅了せずには措《お》かなかった。踊りの世界には女が多い。それも若く美しい女たちが犇《ひし》めいていて、女の方で血道をあげれば猿寿郎でなくても男が木石《ぼくせき》でいられる筈はなかった。女たちもそれを心得ていて、猿寿郎の愛を享《う》けることに、命を賭けるほどひたむきにはならないことになっていた。梶川流の門下でも、猿寿郎と割りない仲になった女たちの数は十指にも余ったのである。

秋子たちの母親である梶川寿々も、自分がその中の一人であり、それ以上の者でないことは充分に知っていた。だから、千春の名をつけるべき日になって、ようやく猿寿郎が顔を見せたことにも、それまで放って置かれたのを恨むどころか、却《かえ》って思いがけない来訪であったことを喜ぶような有様であった。

まだ床の中にいた寿々は、急いで半身を起して胸許を身づくろったが、三十三歳になる彼女が、白っぽい寝巻の肩に黒髪を散らした姿は紅っ気がないのが却って仇《あだ》っぽく美しかった。猿寿郎も、最初にそれを認めたらしい。

「美い《い》女になったな」

挨拶《あいさつ》がわりの言葉であった。嗄《しわが》れた声で云い終ると、ごほっと大きな咳《せき》をし、拳で頤《あご》を叩いた。

が、彼が来た目的は寿々を見舞うことよりも、千春にあったらしい。咳を治めると、猿寿郎は急いで寿々の隣の小さな蒲団に寝かされている自分の娘を覗《のぞ》きこんだ。

「うむ、うむ」

彼は満足を言葉で現わせずに、ただ唸《うな》っていた。この七日の間、彼は直《す》ぐにも飛び出したい想いを本妻に力ずくで押えられていたのである。年齢よりは矍鑠《かくしやく》としていても、還暦を過ぎた彼にとって、女に子が出来るというのは思いがけない由々しさを持っていた。それは、単なる父性愛の喜びでなく、自分の生命の確認というものであったに違いない。

「うむ、うむ」

猿寿郎は、内弟子たちに助けられて、子供を抱きあげると、目を細めて娘の顔を眺めた。

「うむ、可愛いい。器量よしじゃ」

頬ずりもしかねないほどの愛《いと》しみ方であった。

生後七日目の赤ン坊は、肌の色もまだ美しくなかったし、目鼻立ちも判然としていなくて、小さいこと以外には可愛いさなど感じさせるものは何も持っていなかったのであるけれども、猿寿郎は嬰児《えいじ》を老いた膝《ひざ》に抱いて、いつまでも離さなかった。その有様は、多くの女を愛しながら、遂に一人の女にも執着しなかった猿寿郎を知る者にとっては、意外なほどであった。

「お家元、今日は、お七夜なんですよ」

寿々が云った。

「うむ。名前は考えてきた。筆を持って来い」

腰を浮かした内弟子の一人に、寿々は、

「扇子を。新しいのだよ」

と、云った。

蒔絵《まきえ》の硯箱《すずりばこ》と、梶川流の梶ノ葉に流水の紋章が紅で銘のように小さく刷り込まれた白扇が、猿寿郎の前に整えられた。七世家元は、筆先にとっぷりと濃い墨を含ませると、扇の中央に大きく「千春」と書き、昭和六年三月七日、七世猿寿郎と達筆で署名してから、誇らかに寿々にそれを示した。

「まあ」

感動して言葉のない女に、

「ちはる、と読む。どうだ、いい名前だろう。儂の本名が一字入っているぞ」
と、猿寿郎は、自分でも惚《ほ》れ惚《ぼ》れするように、いつまでも眺めていた。

流派に連なる者にとって、家元は絶対的な存在である。彼は神格化され、そうすることによって門弟たちは各自の地盤を安定させることができた。梶川流を学ぶ者にとって、梶川猿寿郎は至上の存在である。まして女たちの間で、猿寿郎は老いても尚、渇仰《かつごう》されていた。その人の愛を享けて子を産んだ今、寿々の心中はどんなものであっただろうか。猿寿郎の手から白扇を受取ると、寿々は押し戴いて、はらはらと涙を流した。この涙は、おそらく家元を頭に頂く流派に連なった経験のない者には、芝居めいた感傷としか理解できないかもしれない。が、そういう人々でも、後年、寿々が千春に賭けた一時期を見れば、このときの彼女の涙を読むことができるだろう。

千春という名前には、猿寿郎が云ったように、彼の三千夫という本名から一字とっただけの意味以上に、もっと深いものがあったようである。三月の生れだから、春も由縁《ゆかり》がないわけではない。しかし、千の春という文字には、猿寿郎の生命の願望が秘められてはいなかっただろうか。

千春は、実の父親によって名付けられても、猿寿郎の戸籍には入れられなかった。戸籍の上での彼女は、寿々の本名である松本すずの私生児であり、梶川三千夫が認知したということになった。姉の秋子は、寿々の妹夫婦の子としての戸籍を持っていたのに、千春には寿々は認知だけでも猿寿郎の名前を冠《かぶ》せていたかったのであろう。

　猿寿郎は、折にふれては上根岸に足を向けるようになったが、女である寿々はもはや顧みず、ただ千春だけをあやして、それで満足して帰って行った。その姿には、晩年の子を恋う哀れさがあったけれども、誰もそれを口に出して云うものはなく、彼が現われればその都度、

「お家元です」

「お家元ですよ」

「お家元が」

「お家元です」

大騒ぎで出迎え、もてなすのであった。

秋子は子供心にもこうした騒ぎの度に、自分と千春との違いというものを考えないわけにはいかなくて、

「私のお父さんは誰？」

糸代に訊《き》くことがあったが、すると糸代は当惑して、口ごもりながら、

「ずっと前に亡くなったんですよ」

と云った。

「どんなひとなの？」

「私は知りませんよ、お嬢ちゃま」

町師匠の家の内弟子というのは、二種類あって、下女同然に働きながら踊りの稽古をつけてもらう者と、親元から充分な月謝と生活費の仕送りを受けながら同じ家に寝泊りしているだけの者とがあったが、糸代は前者で、十三の年から梶川寿々の許に来ていた。秋子が生れたときからの、入門であり、その頃は内弟子の数も今ほど多くはなかったから、糸代が秋子の世話をするのはごく自然の成行きであった。子供好きで、働き好きで、万事が地味な糸代は、師匠の娘の世話をすることを誇りとして、まめまめしくよく仕えた。十七歳で寿々に取立てられて梶川の名をもらい、この稽古所では時々代稽古もするほどの技倆《ぎりよう》であったが、何分にも若すぎるし、小柄が災いして舞台映えのしない損な舞手であったから、決して目立たなかった。それでも、一人娘の秋子を、すっかり寿々から任されているので、他の弟子たちからも一目置かれてはいた。

土地柄で、下谷の芸者たちが多勢稽古に来ていたが、出産後の寿々はしばらく立って教えることができないので、そうすると振りの記憶力が人一倍いい糸代が、代りに稽古をすることになった。三味線は、やはり内弟子の寿々美が弾いた。

　ひよつくり、ひよつくり、ひよつくりひよつと、罷《まか》り出でたるやつがれは、
　色にも酒にも目なし鳥。

どつこいさうは虎の皮、褌《まはし》のはしは取られても、
恋の手取りの憎法師、なかなかその手ぢやまゐるまい……

「座頭」のように早手間で、軽い踊りなら大過はなかったが、同じ清元でも「七小町《ななこまち》」のように情緒的なものであったり、「忍売り《しのぶう》」のように芝居がかったものになると、寿々は下手な弟子たちをじれったがって、

「違うよ、違うったら。なんだい、その恰好《かっこう》は。それで小町のつもりかい？　呆《あき》れるよ、今日限りで踊りはやめちまいッ」

かあっと一息に怒鳴《どな》るのである。

それが教えられている者に投げつけられるときはまだよかったが、代稽古に立っている者が標的になってしまうと、目も当てられなかった。

「糸代ッ。そんなことを、いつ、誰が教えたよッ。なんだい、お前この家に、いったい幾つの時っから来てるんだい？　何を見て暮してたんだ。あたしが、そんなぶざまな形で踊ったことが、一度だってあったかよッ。着物畳んで田舎へ帰っちまいッ」

激しいときには、革製の張り扇が、ぴしりと胸許へ飛んでくる。

「見ちゃいられないよ、ああッ。今日は稽古を止めた。みんな帰れ、帰れッ。お寿々さんは弟子が粗末で、店を張っていられないのさ」

生れは日本橋の紅屋の娘なのだが、幼いときに零落して芸者に売られたという生い立ちの寿々は、根が我儘《わがまま》で勝手者だったから、一度口を切って怒り出すと鎮まるのに大層時間がかかった。

「おすずのように怒鳴りっ放しに怒鳴っていたら、さぞ胸も腹もすかすかして、いい気持だろうな。江戸前の踊りになると、誰も真似手《まねて》がないのは、そのせいだろう」

家元の猿寿郎が、感心したりするものだから、寿々の毒舌はいよいよ天下御免になってしまい、そうなるとこれがまた評判になって怒鳴られる方も、気を滅入《めい》らせることがなく、却って稽古に励むという妙な循環になった。

事実、手のつけられないほどの下手な踊りに対しては、寿々は口を結んで、つまらなそうな顔をして見ているだけで、何も云わなかった。怒鳴られるのは、脈のある弟子に限られていると、いつか人々は思うようにもなっていた。

秋子は、人形遊びやままごとにも倦《あ》きると、よく稽古場へ出かけて行って片隅に坐っていたものである。怒鳴ったり、扇子や四ツ竹を投げつけたりする母親を、怖いと思わないことはなかったが、同時にめざましいものとも思い、幽《かす》かな憧憬も込めて、それを見守っていた。寿々には、千春の生れる前から、子供にかまったり溺《おぼ》れたりするような月並な母性愛がなく、だから秋子は寿々の膝に抱かれたり、袂《たもと》を摑《つか》んで物をねだったり、普通の子供なみの甘え方を母親にしたことがなかった。第一、稽古の激しい寿々は、教えながら我を忘れて夢中になってしまうので、稽古の後は、口をきくのも億劫《おっくう》だというように、ぐったりしていた。子供を愛《いと》しむどころではなかった。

秋子は、自分が大きくなって踊りの稽古をしてもらうようになればどこか疎遠な母親とも、厳しく叱《しか》りとばされる愛弟子《まなでし》のように、ある緊張した愛情を親に抱くことができるのだと、子供心に漠然と期待していた。

踊りの稽古始めは、どの芸事でもそうであるように、数え年六歳の六月六日ときめられていて、秋子は千春の生れた年に、その日を迎えた。

早朝から始まる稽古の、いの一番が稽古始めの娘たちのために当てられていた。下谷の待合の娘や、同じ根岸に住む町内の三弦の師匠の娘が、同じく六歳で入門してきたが、寿々の娘である秋子は、第一番に稽古をつけられることになっていた。

糸代も緊張していて、この日のために前から用意していた秋子の稽古着を、衿《えり》を持って、さっと捌《さば》いてから、

「はい、胸を張って、お嬢ちゃま。着物を着るにも、踊るにも、姿勢のいいのが一番大切なことなんですよ」

と云った。

梶ノ葉を大きく飛ばし、流水を観世風《かんぜふう》に流した梶川流の揃《そろ》いの浴衣は秋子の初めて着る本仕立で、肩揚げも、身揚げも、飛切り大きかった。糊の匂いが、洗い糊と違って独

特に強く、鼻を搏つ。秋子は、緊張していた。生れて初めての峻厳《しゅんげん》な緊張感であった。

稽古場に行くと、寿々は、もう舞台の下の畳に、きちんと坐っていた。座蒲団は敷いていなかった。六月六日なので、他の弟子たちも、秋子の稽古始めを祝う心でか、いつもより早く顔を揃え、稽古着になって、寿々の背後にずらりと控えていた。

糸代と秋子は、寿々の傍に坐ると、畳に手をついて、叮嚀《ていねい》に頭を下げた。

「お願いいたします」

糸代が云った。

「お立ち」

「はい」

糸代は秋子を舞台の中央に立たせ、自分は身を退いて、その三歩後に控えた。後見の姿であった。

寿々香が、寿々の傍から立って、秋子の前に膝をつくと、

「梶川のお扇子ですよ」

と云って、竹骨の白い扇子を秋子に手渡した。糸代から前以《まえもっ》て稽古をさせられていたので、秋子はそれを膝前に一文字に置くと、舞台に手をついて、また叮嚀に頭を下げた。

「お願いします」

今度は秋子自身が云ったのだが、喉《のど》がひっつれて、うまく声が出なかった。顔を上げ

ると、寿々が、これまでに見たこともないほど崇高な厳しい顔をして端座している。

「その扇子は、梶川流の扇子です。あなたは今日から梶川寿々に入門したんですよ。私を母さんと思っちゃいけません。分りましたか」

「はい」

「踊りの道は厳しくて、歩くと息の切れることが多いんだけど、秋子は自分でやるつもりがありますか。やりたくなければ、今そこで云いなさい。稽古に容赦はしないから、辛《つら》くても始めたらやめられない。辛いことが嫌なら、今そこで嫌だと云いなさい」

「………」

「やるかい？」

秋子は、こくりと肯《うなず》いた。首の骨が、その瞬間折れたかと思うほど痛かった。

「やるんだね」

「はい」

それでは、と寿々は寿々香を顧みた。寿々香は清元の三味線を構えて「四君子《しくんし》」の前弾きを爪弾き始めた。それまで稽古場に、しんと張り詰めていた空気に、情緒的な音締が浸み渡った。


咲く梅ケ香も手弱女《たをやめ》の、袂に通ふ都の春。

……おのづからなる雨露の、恵みにかく生出《おひい》でて、誰が脱ぎかけし藤袴、風のまにまにかをる香の、深きぞ花の操《みさを》なる。

秋待ちて咲く菊の花、下行く水の流れ酌む、人も齢《よはひ》を延るてふ、その故事《ふるごと》も名にし負《お》ふ、東の野辺の黄金草。

……また此君と名づけしは、霜をも凌ぎ雪にも折れず、雲井に繁る千代の影、竹の園生の末長けれと……。

寿々香は踊りは冴《さ》えない人だけれども、清元は仲々《なかなか》の美声で、当人もそれが自慢だから、寿々に使われてもこういうことは嫌がらなかった。それどころか、喉をはりあげて四君子を一曲、力一杯唄《うた》ってしまったのだ。

寿々は、舞台に上って、秋子と真向いに立つと、悠々と四君子一段を、右と左を変えて舞い納めた。右と左を変えるというのは、左で持つべき扇を右で持ち、右手で開くべきところを左で開くという具合に逆勝手《ぎゃくかって》で舞うことである。習う者は、鏡を見るのと同じ形で、師匠の左手と同じように自分の右手を動かせばよい。

師匠が逆勝手に立って舞う教え方は、本来江戸にはない教授法であって、猿寿郎が上方に行って見覚えたものである。それでも、猿寿郎自身は、決してそれを応用しなかったし、東京では話にきいても、それがやれるほど器用な舞手はなかった。が、寿々は猿寿郎からその話をきくと、すぐ実行に移して、その技術を自分のものにしてしまったのである。寿々の稽古場に弟子が多いのは、稽古の激しさの他に、こういうことでも、人気があったのかもしれない。

秋子は、一文字に置いた扇子の前に両手を突いたまま、母親の舞ぶりを、一挙手一投足逃さず見詰めていた。すぐ目の前に、立っている母親を、坐って両手を突いて見上げるのであるから、後頭部が背中に付くほど顔を仰向けていなければならない。清元の曲は優雅で遅く、だから四君子一曲を舞う時間はかなり長いものであったけれども、秋子は母親の舞姿を緊張して最後まで見詰めていた。

梶川寿々は、この日は自慢の黒髪を、久々で鬘下《かずらした》の中割れに艶々しく結い上げていた。衿白粉《えりおしろい》が、秋子の目に痛いほど濃く、ほんのり紅を差した顔が、白い喉に突き上げられたような形であった。六十翁の家元にも色気を感じさせるほどの年増女の美しさが、彼女の差す手、引く手に溢《あふ》れていた。千春を産んだばかりで、まだ回復していない肩の痩《や》せ具合が、却って踊りに格調を与えるような形のきまりになって、四君子を舞う寿々は、楷書《かいしょ》の文字のようなかっきりした舞ぶりであった。

踊り終ると寿々は、紅潮した顔で秋子を見下ろし、

「さ、お立ち」

と云った。

秋子はそのまま立上ろうとして、

「扇子を持つんだよッ」

矢のような言葉に射られて、膝をついた。糸代がつと前に出て、扇子をとって、立つまでの手本を示した。秋子は横目でそれを見ながら、おずおずと扇子をとり、おずおずと立上った。

「やり直し」

寿々が云った。

秋子は坐って、また扇子をとり、立上った。

「もう一度やってごらん」

幾度か同じことを繰返させて、ようやく四君子の稽古に入った。

「いいかい？　これは品《しん》よく踊るものなのだからね、懼《おそ》れずに、菊や蘭《らん》の花と同じように、気品が出るように動《いご》けばいいんだよ」


咲く梅ケ香も、手弱女の、袂に通ふ、都の春、大宮人も閑あれや……。

寿々の稽古に特有の毒舌が、いつ飛び掛ってくるかと、秋子は目が眩《くら》むほど緊張しながら、目の前の寿々の動きと、すぐ左手で秋子に手本を示している糸代の両方に目を走らせながら、もう夢中だった。舞台の前で、寿々の弟子たちが自分を息を潜めて見詰めていることなどは忘れていた。ただ世界に、母親と、糸代と、自分の三人しかいないような実感で、ほんの一節《ひとふし》の踊りが、まるで永遠の舞のように長く思われた。

寿々は、黙って、まるで仏さまのような伏眼をして踊っていた。秋子は、それに従《つ》いて踊っている自分を母は見ているのかどうかと、ひどく心細い想いに囚《とら》われていた。

一節が終ると、寿々は扇子を持って立つときのように繰返させようとしなかった。

「今日は、これまで」

糸代が、ピタッと坐ったので、秋子もそれに倣《なら》った。

「有りがとうございました」

糸代が手を突いて頭を下げた。

「ありがとうございました」

秋子も、それに倣って云った。

この日、稽古始めであった子供は、秋子の他に三人いて、それぞれ寿々に誓言のようなことを云い、そして型通りに「松の緑」を踊った。長唄の松の緑は、その詞章も示すように幼な児の成長を祝う唄で、踊りの手ほどきには順当なものであったが、寿々が何故自分の子だけに清元を、それも味わい込めて踊る、振りが単純なだけ難かしい「四君子」を選んだのか、誰も分らなかった。

稽古始めの子供たちの儀式めいた稽古が全部済むと、

「さ、着替えなさい」

寿々が喜利《きり》をつけるように云い、すると子供についてきた親たちは、俄《にわ》かに息を吹き返して、口々に見知りの人の子を褒《ほ》めながら我が子の着替えを手伝い始めた。稽古場が、ようやく何時もの稽古場になって、女の彩りが急にわっと群立つように見えた。

秋子は糸代に手を曳かれて、自分たちの部屋へ戻った。そこで浴衣を脱ぐと、三尺帯の下はぐっしょりと濡《ぬ》れていた。動きの激しい踊りではないのに、それだけ緊張していたのだろう。単衣《ひとえ》の銘仙に着替えさせながら、糸代も黙っていた。が、彼女の指先は、いつもより念入りに秋子の衿元を揃え、紐《ひも》を結び、三尺を形よく結んで下げると、じっと秋子の顔を見た。それは、まるで母親のような様子であった。いや、師匠の娘と門弟という関係であるだけに、一層胸が迫っていたのかもしれない。

「お稽古場へ行っても、いい？」

秋子が訊いた。

「ええ、ええ。いいですとも」

秋子は廊下を勢いよく歩いて、稽古場へ入ろうとして、開け放した戸の蔭《かげ》で、ふと立止った。稽古場に三味線の音がなく、弟子たちと寿々の話している様子が洩れていたからである。

「血っていうものが、あるからね」

寿々の声であった。

「いいのさ。あたしは千春は大丈夫だと思ってるよ。見といで、あの子は秋子と違うんだから」

「でも秋子ちゃんは、お師匠さんのお子さんなんだし、一所懸命だったじゃありませんか」

「一所懸命だけで踊りが上手くなっても、先が知れてるよ。踊れるか踊れないかは、本当は生得《しょうとく》のものなんだから。初めて扇子を持ったって、才のある者と無い者は、見る者が見れば、ちゃんと分るんだからね。自分の子だからといって、必ず芸が伝わるとは限らない。それにしても、今日はあたしはすっかり滅入っちゃったよ。他の子供の手前があるから、稽古を止められないだけ辛かった。前々から秋子は踊りに向かないんじゃないかって考えてたんだけど、今日は目《ま》の当りに見ちゃったんだもの」

秋子は、廊下に突っ立ったまま、全身の血が凝固するのを感じていた。寿々の言葉の途中で逃げ出したかったのに、躰の自由が利《き》かなかった。痴呆したように瞠《みひら》いた秋子の目には、狭い庭先の植込みに、泰山木《たいさんぼく》の花が一つ、純白の花弁を開いているのだけが見えていた。

幼いときの記憶には、後で振返ってみて前後の繫《つな》がらないものが多い。踊りに才がないと云われ、母親の口からはっきり見捨てたという言葉を聴いたにもかかわらず、秋子がどうしてその後も踊りの稽古に熱中していたのか、それは秋子自身にもよく分らない。が、ともかく彼女は憑《つ》かれたように稽古に精を出した。

稽古は糸代がつけてくれた。もちろん習うものを決めるのは寿々であったし、糸代より先輩の代稽古はいたのだけれども、一番親身になって秋子に踊りを教えようとしたのは、糸代であった。午前中の寿々の稽古が一区切りついたあと、午後の弟子たちが来る前の僅《わず》かな時間や、夕食後に内弟子たちが、それぞれ自分たちの稽古に励む折などに、糸代は必ず秋子の踊りを復習《さら》ってくれたのである。

糸代が根っから人に教えることの好きな娘だったからかもしれなかったが、秋子の方でも糸代の後を従いて歩いて、稽古を強請《せが》んだのでもあるらしい。

こぼれ梅。

肩縫ひ上げのしどけなく、紙撚《こより》喰ひきる縁結び、解けかかりし繻子の帯、振の袂の花の笑顔のいとしらし、二つ文字から書き染めて、悋気《りんき》恥づかし角文字《つのもじ》の、直《すぐ》な心を一と筋に、

お師匠さんの仰しやつたを、真《ほん》に忘れはせぬけれど……。

手をとって教える糸代も、習う秋子も、「二つ文字」が恋のことであることも知らな

ければ、悋気がどんな感情なのか分らぬままで踊っている。「手習子《てならいこ》」などという、子供向きの踊りでさえも、艶っぽく仇っぽい踊りの稽古は、もし意味が分ったりしたら却って滑稽《こっけい》なものに思えて、真面目《まじめ》に習う気は失われたかもしれない。

「いいですか、お嬢ちゃま、紙撚喰いきる縁結び、というところは可愛いく踊って、その代り右肩を落して、そうそう、斜めに顔を上げるんですよ。躰を真正面向けないで、いつも捻《ね》じっているのが、色っぽい姿なんです」

色っぽいというのがどういうことか、糸代も分らないままに教えれば、秋子は教えられた通りの形にすることが色っぽいのだと会得する。可愛いい師匠と可憐《かれん》な弟子であった。

「いいですか、お嬢ちゃま、袖を合わせてこうやれば、袂が長く垂れるでしょう？　それを揺する気で、悋気恥ずかし、と、躰を揺すりながら、こう顔をかくすんですよ。いいですか、お嬢ちゃま、悋気恥ずかし――。そう、そう」

懇切叮嚀な指導の仕方であり、秋子は云われた通り幾度でも幾度でも繰返して習い、夜になって糸代と枕を並べて蒲団に入ってからも、

直な心を一と筋に……

お師匠さんの仰しやつたを……

真に忘れはせぬけれど

口三味線も口のうちで、手順を復習《さら》い復習い寝に就いたりした。

こういう娘に対して、実の親でも師匠でもある梶川寿々の教え方は、ただ邪慳《じゃけん》なものであった。

「なんだヨ、その足は。気味が悪いね」

稽古最中に吐き捨てるように云い、

「それが直るまでは踊ったって踊りにはならないヨ」

と横を向いて、先へ進めようともしないのだ。

寿々に稽古場できめつけられるより前から、秋子は自分の足が普通の人たちと違うことには気がついていた。それが、捻じり足というもので、他にまるで例のないことではないということは、寿々に痛罵されてから慰め顔で、通い弟子の一人が教えてくれたものである。立っているときも、足が内輪にならなくて、気をつけないと男足になってしまう。爪先が開いて外輪なのだ。しかし捻じり足が、最も顕著に醜態を晒《さら》すのは、正座したときであった。

正座したときには、誰でも臀部《でんぶ》の下で蹠《あしのうら》が組み合わさり、それをちょっと外して親指だけを重ねて、その重ね方を上、下と変えるのが痺《しび》れないための心得であったりするのに、秋子はうっかりすると二つの踵《かかと》が突き合わさって爪先が外を向いてしまうのである。蛙坐りという坐り方が、これに似ているけれども、蛙坐りは臀部を畳に落すので、足が両側に開き、従って蹠も蛙のように外開きになってしまうもので、秋子の捻じり足とは違っていた。足首から先が、人とは逆についているのではないかと、秋子も考えることがあったし、事実、ひょいと立っても、ひょいと坐っても、足首から先は人とは逆に捻じれている。

もちろん秋子も気をつければ足を内輪にして踊ることが出来ないわけではない。坐るのも普通の正座がやってやれないことはない。だが、長い時間そうして坐っていると、足首から先が痺れて捥《も》げたように痛くなるのであった。女方の舞も踊り続けると、脚の内股が腫《は》れ上る。

それでもそれを匡正《きようせい》するのでなければ踊りは踊れないよ、と云われれば、秋子は懸命になって匡正するための努力を重ねた。根岸小学校の行き戻りの道を、まるで花魁《おいらん》道中で八文字《はちもんじ》を踏むときの逆を行って、一歩一歩内輪に足を踏んで歩いたりしたものであった。しかしどう気をつけても生得の躰つきは変えきれるものではなくて、朝の登校途中で朝礼のベルが鳴ったりすると、駆ける足先はすぐ外輪に開いている。

寿々の育った頃と違って、世の中一般ではすっかり洋服が幅を利かしていたから、秋子も学校へ通うのは勿論《もちろん》洋服姿で、内輪に歩く練習というのも、靴をはいてしているのであった。

体操の時間には、運動靴にはきかえて、

「休め、気をつけ。前へェ進めッ」

イチニ、イチニ、と教師の吹く笛に合わせて行進するときは、腿のあげ方などから日本舞踊と根本的に違っていて、ここでは秋子の外輪な足の開き方を注意されることがなかった。それどころか彼女たちが三年生の頃から盛んになった、デンマーク体操の時間には、秋子は教師に大層可愛いがられて、

「瀬木秋子、前へ出る」

列に並んだ生徒の前で、模範的な形はこれだと、褒められたものである。

白いシャツに黒いブルマースをはいた秋子は、その頃から大柄だったから、平均台に乗って片足で立ったりすると、躰の線も仲々美しかった。踊りの稽古をしているので、躰が柔軟であるのもむろん役に立っていただろう。

「瀬木は足が綺麗《きれい》だから」

体操の教師は例外なくそう云って、朝礼の後のラジオ体操に、壇上に立って模範を示す数人の生徒の中には必ず秋子を加えた。確実な動きの他に、やはり姿態が美しいのでなければ壇の上には立たせられなかったのだ。

が、秋子はそれで得意になるということはなかった。むしろ内心では困惑していた。

体操の教師に褒められるよりも、秋子は寿々に一言でもいいから褒められたかった。生徒たちに模範を示しながら、秋子が憂鬱《ゆううつ》そうな顔をしていたのは、内輪歩きの癖をつけようとしているのが、この体操でぶち壊しになってしまうと考えていたからであった。

だから、教師に可愛いがられる割には、秋子は体操という教課にあまり熱心ではなかった。それよりも、むしろ、普通の学課の方が、教室の中で椅子《いす》に坐って、動かないでいられるだけでも有りがたかった。いや、踊りの師匠の子供にしては、秋子は仲々優秀な成績をいつも修めていて、二年、三年、四年と三年続けて学年末には学年総代として校長から成績簿を受取るという輝かしい優等生なのであった。

根岸小学校は、上根岸、中根岸、下根岸の丁度中央に位置していて、その辺りは下町でも遊廓のあるあたりから遠く、上野の杜《もり》は近いという場所柄からも、芸人でもかなり格の高い連中の子女たちが多く通っていた。秋子は女子組に属していたが、男子組には噺《はな》し家《か》の林家正蔵《はやしやしょうぞう》や講釈師の神田伯竜《かんだはくりゅう》の子供などがいた。そういう云い方をするなら、秋子も梶川寿々の娘ということで、大きな顔が出来る身分だったのである。

だが根岸小学校には、芸人、職人、商人、待合の子供などがいる一方で、堅気な家の子供たちも多く通ってきていた。組の半数は、会社員の子供たちで、父兄参観日には親が必ず出かけてくるのはそういう家に限られていた。

女子組の級長をしていた秋子は、父兄参観日の来る度に、淋しい思いをしたものである。彼女はまだ、自分が戸籍の上では梶川寿々の妹夫婦の娘になっていることを知らなかったし、しかもその親たちは大阪に行って、秋子は顔に見覚えもないのだ。父兄参観日の通知は、いつもガリ版刷りの手紙になっていて、生徒たちの手に渡され、秋子は必ずそれを寿々に手渡しているのだが、寿々は碌《ろく》にそれを見もせずに長火鉢の抽出《ひきだ》しに押込んでしまう。

「母さん、明日が父兄参観日なんだけど」

「ああ、そうかい」

それとなく催促しても、寿々はまるで取合わないのだ。

朝礼台で模範体操をやり、組では級長をやっても、総代になっても、それで褒めてくれる親ではなかったのだ。教師も出来の悪い子供のことなら、熱心に家庭訪問もやったのだろうが、秋子の母親を彼の方から訪ねようという気はなかった。上級学校へ進むかどうかを考えるには早すぎたし、秋子が小学校の生徒として申し分のない優等生であったのが、妙な話だが学校と家庭とを疎遠なものにする原因になっていたのであった。

梶川流の家元猿寿郎が死んだのは、秋子が小学三年生の暮れの出来事で、寿々が黒い喪服を着て、四つになる千春には白ずくめの和服を着せ、ひきしまった顔をして出かけたのを秋子はよく覚えている。同じ家の中にいるときにも、妹の千春に愛が偏《かたよ》っているのを折につけ感じて来たけれども、二人が揃って出かけたあとの侘《わび》しさというものはなかった。家元の死は、流儀を汲《く》む者の等しく服喪すべきことであったから、上根岸の稽古場も、もとより三味線の音締は愚か、口三味線で稽古することも憚《はばか》られねばならなかった。だから一層、家の中はしんと淋しくて、秋子は糸代のあとを、だらだらと不安げに従いて歩いていた。

「糸代さん」

「はい、お嬢ちゃま」

餅屋《もちや》から届いた伸餅《のしもち》を、内弟子が三人がかりで切っているところであった。男手のない家だし、固くならないうちに切らねばならないのだから、家元が死んだときいてもこればかりは放っておくわけにはいかないのである。搗《つ》きたての餅のことだから、庖丁《ほうちよう》は一々濡れ布巾で拭いたり、練馬大根を切ったりしながら、餅に当てなければならなかった。

名前を呼んだ秋子も、名を呼ばれた糸代も、餅の方に気をとられていて、話はなかった。話のないのは両方で分っていた。家元の通夜に、母親と妹が出かけて行き、千春の介添えには糸代より後輩の内弟子の美津子が、やはり喪服を着て出かけて行った。残された秋子にも、糸代にも、通夜に同行する理由は全くないにも拘《かかわ》らず、割切れなくて面白くなくて、しかもそれが言葉にもならない。

他の内弟子たちは、そういうことには関係がないから、伸餅を切りながら屈託のない会話を続けていた。

「六十、五でしょう？」

「六、よ。お嬢ちゃまが六十三のときの子供なんだもの」

「七十七だと喜寿だけど、六十六だと何かしら」

「なんでもないわ。だから死んだのよ」

「もうちょっと生きててもらいたかったわね」

「どうして？」

「お嬢ちゃまがさ、家元の娘ということで初舞台してから、死んでほしかったじゃないのよ。その方が、私たちにだって、ちょっと鼻の高い思いができたわ」

「そうね、あと五年でいいから長生きしてもらいたかったわね」

「それでも七十そこそこなんだもの。考えたら、踊りで鍛えた躰にしては保《も》たなかったわねえ」

「積悪の報いでしょ。お通夜も面白いかもしれないけど、告別式はお焼香の順で揉《も》めるわよ。うちのお師匠《つしょ》さんぐらいの親類が、わっと押し寄せるんだもの」

「うちのお師匠さんは別格よ。お嬢ちゃまがいるんだもの」

「そうね。三千郎《みちろう》さんが家元を襲《つ》ぐのは、間違いないとして、お家元は女の数の割りには子供が少ないっていうから」

「当てにはならないわよ。死んだとなったら、続々と御落胤《ごらくいん》が出てくるかもしれないわ。芝居でも講談でも始終そういう話があるじゃない？」

修業中の内弟子のことだから、どちらもほんの小娘なのだが、踊りの稽古などをしていると、このくらいの口がきけるのである。

糸代は今ではこの家の弟子の中で一番の年配になっていたから、話途中でいらいらし始めて、つい自分が餅を切り損うと、

「お喋《しゃべ》りしないで、さっさと切って頂だい。庖丁の手がお留守じゃないの」

我慢できないといった調子で、叱りつけた。内弟子たちは、むうっとふくれ、黙って荒っぽく庖丁を使い出した。切り捨てられる伸餅の耳が、急に大きくなった。

秋子は餅の耳を集めては積木のように弄《もてあそ》んでいたが、これも糸代と同じように不機嫌だった。花柳界の弟子が多勢くる稽古所だから、男に女が何人いるなどという話は、どういう意味かも分れば、別段それが物珍しくも、とりたてて不道徳とも思わない。だから内弟子二人の会話は、秋子にとってはただ異父妹に関する話として、聞けるものであった。家元の死は、千春にとって、決して幸福なものではない、ということを彼女たちは話していた。それは秋子を不機嫌にさせるものではなかった。

秋子の気に障ったのは、ただ、彼女たちが千春を、

「お嬢ちゃま」

と呼びならしていることであった。

いつの頃からか、この家で、お嬢ちゃまと呼ばれるのは千春だけになっていた。秋子のことは、誰でもが、

「秋子ちゃん」

でなければ、

「秋子お嬢ちゃちゃま」

と呼ぶ。

ただ一人、糸代だけが、頑なに、秋子をお嬢ちゃま、と呼び、千春は「千春お嬢ちゃま」という呼び方をしていた。それは糸代が秋子をこの上なく愛しているからでもあったけれども、秋子とともに凋落《ちょうらく》してくる自分の地位を守るための抵抗の顕《あら》われというものでもあった。

秋子を守っているために、糸代の地位はこの家では寿々に継ぐものであったのに、それが今では千春の介添え役の美津子にとって替られようとしている。現に今日も、美津子の梶川寿々美は、いそいそと喪服に着替えて、寿々と千春の後に従《つ》いて出かけてしまったのだ。

その三人は、夜更《よふ》けて帰って来た。

師匠が外出《そとで》をしているときには、内弟子たちは誰も先に寝ることができないから、秋

子を寝かしつけたあと、糸代たちは火鉢の火で餅の耳を焼いたり、砂糖醤油をつけて食べたりしながら起きていた。

表の戸の外に気配があると、それっと皆で飛び出して玄関に出迎えたが、

「お帰りなさいまし」

「塩は？」

「はあ」

「塩だよ、仏さまのところから帰ったんだからね」

通夜の帰りも塩を撒《ま》いて迎えるかどうか、そこまでの才覚は糸代にもなくて、用意はしていなかったのに、寿々は上機嫌で、玄関先でのごたつきに珍しく癇を立てなかった。

「まあ、お前たちも聞いとくれよ」

寿々は部屋に戻っても直ぐには、着替えようとせずに居間の中央に坐って、取り囲んだ内弟子たちの顔を満足そうに眺めまわした。

千春は美津子に抱かれたまま、彼女の胸に顔を押しあてて、眠っていた。美津子の黒い喪服に、そうして寝ている幼な児は、白綸子《しろりんず》一色の装いであったから、千春の寝姿は神々しく、寿々の表情にも、この場の空気にも、似つかわしかった。

梶川寿々のこれから云おうとすることを、美津子は充分心得ているらしく、千春を抱いている自分の役割りも知っていたのだろう、眠っている子を、寝かせることはせずに、

静かに寿々の背後に坐って、一段高い目で糸代たちを見下していた。

「お前たちにも喜んでもらいたいのだけれどもね、今日はお家元のお棺の前で、三千郎さまから、千春のことは心配するな、とおっしゃって頂いたんだよ。三千郎さまは、来春早々、喪の明けないうちに家元襲名をなさるというから、これはもう新しいお家元のお約束で、千春は家元の実の妹だということを認めて頂いたことになるんだからね、こんな有りがたいことはありませんよ」

若い内弟子たちは、みんな口不調法で、こういう場合に相応《ふさわ》しい言葉というものを知らなかった。本来ならば、筆頭内弟子の糸代が何事かを云うべき場合なのであったが、彼女は千春を抱いている美津子の、いかにも優越感に充ち満ちた表情に拘泥《こだわ》っていて、碌《ろく》に寿々の言葉をきいていない様子なのだ。

「ああ、もうこれで大丈夫。美津子も御苦労さん。千春のことは頼みましたよ。いずれ三千郎さまも、千春の稽古始めには、この家に見えて下さることだろうし、私の跡は千春が継ぐのだから、美津子もそのつもりで仕えてほしいし、みんなもその気でいておくれ、いいかい。いいね」

寿々は喋り終ると、弟子たちの反応には頓着なく、気が済んでしまったらしく立上ると、

「さ、晩《おそ》いよ、寝よう。美津子も千春を寝かしておくれ」

云いながらもう黒い帯を解き始めていた。

秋子がどうしているか、と寿々は一言も訊かなかったし、この夜、誰の念頭にも秋子のことは思い浮かばなかっただろう。

しかし秋子は、床の中で眼を覚ましていた。玄関から寿々の居間までの長廊下は、丁度秋子の寝ているところからは頭の位置になる。子供のことだから、廊下を人が歩いたぐらいでは滅多に眼を覚ましたりなどしないのだが、この夜は、寿々が廊下を歩きながらもう高声で話し出していたし、家元の死というこの家の異変には気のついていた秋子だから、つい寝ている耳にも物音が入りこんで彼女を揺り起したのだろう。

が、眼が冴えても、耳を澄ましても、寿々の居間の話し声は、秋子の寝ているところには届かなかった。秋子は床の中に、じっと身を潜ませ、ずっと前に千春が生れたときのことなど思い出して、ふらふらと閨《ねや》から離れるのだけはよそうと思っていた。夜寒というものを感じる年齢ではないのに、冬の夜寒が首のあたりへ這い込んでくるのが感じられる。

気がつくと、そっと糸代が障子を開けて、部屋に戻ってきた。夜の静寂《しじま》が、糸代の音を盗んだ動きで一層強く、秋子は眼を閉じて眠ったふりをしていた。餅を切ったときでさえ、話しあうことなどなかったのに、いま秋子が眼覚めていると知ったら、糸代がどんなに困惑するかと思ったからであった。

糸代が、寝巻に着替え終ったと思われるころから、じっと一所に坐って動かないのに、秋子が不審を持ったのは間もなくである。薄眼を開けて見ると、糸代は秋子と並べて敷きのべてある蒲団の上に坐って、身を固くし、じっと秋子を眺めおろしていた。

「ううん」

咄嗟《とっさ》に秋子は寝苦しそうな呻き声を出して、糸代に背を向けて寝返りをうった。眼の開いているのに気づかれたくないと思う以上に、糸代の視線が怖ろしくて、危険から跳びのくようにそれを外したのである。そうしてから秋子は、糸代の眼《まなざし》の記憶をすぐに反芻《はんすう》していた。

あの糸代の、秋子を眺めおろしていた眼は、何だったろう。

寿々の言葉によれば、千春の地位が定まったという夜、糸代の胸の中を去来する想いは、おそらくは複雑なものであったに違いない。秋子を、愛していた糸代は、この夜あらためて彼女の愛の対象を見詰めてみたのではなかったろうか。その対象には、寿々の云うように踊りの才というものがないのかどうか。また、糸代は秋子の向うに千春を、そして千春のまた向うに美津子を見ていた筈である。

糸代が、秋子を見詰めながら、何を考えていたか、それは秋子には到底分らなかった。ただ、怖ろしかった。それは、この家の中でただひとり秋子を庇護《ひご》する立場にあるひとの胸中を索《さぐ》ることであったから。分っても、分らなくても、秋子の不安が消えることではなかった。

それから二年めの六月六日、家元の死に白い喪服を着た千春は、六歳の稽古始めの日を迎えることになる。

この年も梶川寿々の許には、稽古始めの娘たちの入門が二人ばかりあったのだけれども、その稽古の時間は午後に繰下げて、寿々と千春は朝風呂に入り、髪結いも呼んで、普段は櫛巻《くしま》きにしている寿々の髪を、地味な丸髷《まるまげ》に結いあげさせた。美津子は全員の準備が仕上る頃に、美粧院から急いで帰ってきた。パーマネントで縮れた髪を、派手な型にセットしていて、それから彼女の持物の中でも一番上等の晴着と着替えた。

寿々は梶川流の揃いの裾模様《すそもよう》を着ていて、それは小豆色の地色に観世水を流し、梶ノ葉を三枚浮かした地味なものであった。が、帯には支那綴《つづ》れを締め、ダイヤの帯止をしていて、美々しい出で立ちであることには変りはなかった。しかし、間もなく四十に近い年だということは隠せなかった。

千春はといえば、この日のために特に染めさせた友禅の振袖で、その派手派手しい色彩が、眼の大きく、口許の愛らしい美貌《びぼう》の萌芽《ほうが》と充分釣合って、

「まあ可愛いい」

師匠の娘の稽古始めを祝いに来ていた門弟たちは、お世辞でなく口々に褒めそやした。糸代は、ぶすっとしたまま、この日は誰とも口をきかずに、秋子の着替えを手伝って

いた。

千春の稽古始めが近づいていることを、秋子は知っていたが、自分と同じように、この家でやることだろうと思っていて、それが練塀町《ねりべいちょう》の家元の家へ出かけて行くのだと誇らしげに聞かされても、ああそうかと思うだけで、自分に関係があることだとは思わなかった。小学校五年生になっていた秋子は、上級学校へ進学したくて、毎日勉強に没頭していたから、踊りには前通りの情熱を燃やしていても、妹には前ほど思い煩わないようになっていた。いや、千春の地位に対して、思い煩うことには、二年もすれば彼女はもう麻痺《まひ》していたのだと云った方が正しいかもしれない。

「糸代、何をぼやぼやしているんだい。秋子も用意させるんだよ」

いつもの時間に起きて、ランドセルの中身を点検していた秋子は、母親の言葉に吃驚《びっくり》した。

「お嬢ちゃまもですか」

「あたり前だよ。私の産んだ娘なんだからね、千春の後見は、美津子と秋子の二人なんですよ。早く着物を着せなさいッ」

家元の家に、糸代は連れて行かれないということが、これで分った。今日は寿々の取上げ名取りの筆頭から数人が、やはり梶川流の揃いの紋付を着て出かけていて、それは寿々と千春の伴人《ともびと》として、賑《にぎ》やかに上根岸から繰出す用意なのであった。

自動車《ハイヤー》三台に、びっしりと乗り込んで、同じ下谷《したや》の練塀町に出かけて行くと、職人町には不似合いな大名の下屋敷のような構えの大きな邸があった。門札に大きく「梶川」と書いてある。これが梶川流代々の家元の棲居なのであった。

家元の稽古場は、もとより上根岸の梶川寿々の舞台などとは較《くら》べものにならない大きな立派なものであった。緞帳《どんちょう》も引幕も用意があるほどで、奥行き四間もある本舞台の寸法なのだ。そして畳より一尺三寸高い。

寿々、千春、美津子と秋子を前にして、寿々の名取連中がびっしりと並び控えているところへ、

「やあ、お早々と」

若い家元は気さくに現われて皆を驚かした。

「お早うございます。今日は千春のために、お忙しい中をお差繰りなさいまして、まことに有りがとう存じます」

寿々が稽古始めの親の口上にかかろうとするのを、手で押し止めて、

「母が参りますから」

と八代目猿寿郎は云った。

母、というのは、先代猿寿郎の妻に当る人のことであった。石女《うまずめ》であった彼女は、当代の家元にとっても、義母に当る。梶川流が今日あるのは、この人あってと云われてい

る大きな存在なのであった。七世家元が死んだあとも、神の存在は消えたわけではない。

鉄無地の単衣を着た老婆は、白髪を茶筅髷《ちゃせんまげ》に結って、門弟たちに手をひかれて出てくると、頭を下げている寿々たちに、会釈して、中央の厚い座蒲団の上に坐った。先代家元より年上の女房であったから、七十そこそこになっている筈で、だから躰は小さく萎《な》え凋《しぼ》んでいたけれども、肌の美しい老婆で、そこに気品というものがあった。

「千春でございます」

寿々は、先代家元夫人と、当代の家元に、千春だけを紹介し、千春にも挨拶をさせた。千春は、かねて家で前以て稽古をさせられていたから、小さな手を揃えると、

「お願いいたします」

はっきり云って頭を下げた。利発さと、可愛いらしさが、誰にも強く印象づけられるような態度であった。

舞台には、家元と、寿々と、千春の三人が上った。

千春の背後に寿々が控え、終始ぴちっと手をついたままで、彼女は踊らなかった。ただ最初に、

「梶川の扇子を」

と、家元が弟子に持って来させようとしたのを、

「先代から千春が頂いたお扇子がございます」

はっきりと云って、猿寿郎に差出しただけである。

受取った猿寿郎は、開いて見て、千春と書いた梶川流の扇子と、七世猿寿郎という署名をあらためると、押し戴いてそれを閉じ、千春を招いて改めて、彼女に渡した。

型通りの宣誓も、家元直系の弟子となれば重々しくて、この二、三日そればかり練習させられていた千春は、これも大過なくやってのけた。

杵屋《きねや》の高弟たちの三味線が、撥音《ばちおと》高く始められ、朗々と男声の長唄「松の緑」が稽古場一杯に流れ出した。先代家元の遺児の稽古始めなのだ。地方《じかた》も一流中の一流が三梃《ちょう》三枚も舞台に並んでいたのであった。


今年より、千《ち》たび迎ふる春ごとに、なほも深めに、松のみどりが禿《かむろ》の名ある、二葉の色に大夫の風の吹き通ふ。

松の位の外八文字。

華手《はで》を見せたる蹴出し褄。

よう似た松の根上りも、一つ囲ひの籬《まがき》にもるる、廓《さと》は根引の別世界。世々の誠と裏表。くらべごしなる筒井筒。振分け髪も、いつしかに、老となるまで末広を、開き初めたる名こそ、祝せめ。

秋子は、呼吸することを忘れて、千春の動きを見守っていた。

稽古始めに何の曲が取上げられるか分らなかったし、妙な癖をつけてはならないという配慮から、寿々は千春には扇子の開き方と持ち方ぐらいしか教えていなかった。しかも、寿々が介添えとして舞台に上りながら、千春の横に立って舞って見せることもしないで、背後に控えているだけである。だが千春は、物怖《ものお》じもせずに、異母兄である家元の一挙手一投足に従《つ》いて踊っていた。

それは動きでなく、正《まさ》しく踊りであった。

どんなに年季を入れて踊り込んだ者でも、手順を移してもらうときには三味線の間を外すものであるのに、千春は初めて家元に従いて動きながら、杵屋の三味線にも、見事にはまって踊っていたのである。

これは、人々を驚嘆させずにはおかなかった。不世出の名人といわれた先代猿寿郎の血を、人々は感じないわけにはいかなかった。白髪の未亡人梶川月は、老いた小さな眼に光を漲《みなぎ》らして千春を見ていたし、若い家元も真剣に踊り始めていた。ほんの一振りを形式的に踊るのが、稽古始めの行事であるのに、彼はそれを忘れて、遂に「松の緑」全曲を、完全に踊り終えたのである。

三味線の音締が止んでも、しばらくは誰も口がきけなかった。六歳の千春は、このとき疑いもなく梶川流に君臨していた。

「有りがとうございました」

寿々の声はひきつっていた。

「ありがとうございました」

倣《なら》って云う千春の声の年相応の幼さが、ようやく人々に息をつかせた。

「千春ちゃん、踊りは面白いかい?」

猿寿郎は、寛《くつろ》ぐとすぐにこういうことを訊いた。

千春は、仇気《あどけ》なく顔をあげて、

「うん、面白い」

と答えた。

「難かしくなかったかい?」

「難かしいかしら。でも、それで面白いのよ、ね?」

この大胆な、家元を家元とも思わない言葉は、この場合の千春が云うには、まことに相応しかった。

梶川月は口数をきかなかったが、梶川の紋を織り込んだ綸子を三反、寿々に贈ったのは、亡き夫の愛人に対する彼女の譲歩を示すのでなくて何だったろう。

日支事変の凱旋将軍《がいせんしようぐん》のように、千春を押したてて帰路についた人々は、ただもう興奮していた。

「空怖ろしいようでしたねえ。お嬢ちゃまの舞ぶりは」

「私もねえ、千春を産んで辛いこともあったし、お家元がなくなって気も落していたけれど、これで生甲斐《いきがい》ができたと思ってるんだよ」

「ほんとうですよ、お師匠さん」

このとき、誰の念頭にも、秋子がないことは当然だった。家元も、梶川月も、遂に秋子に一瞥《いちべつ》を与えなかったし、寿々さえも一行の中に秋子がいることは忘れているようであった。

秋子は、自動車の中でも唇を嚙《か》んで、じっと耐えていた。親にも蔑《さげす》まれている捻じり足を、無理に内輪に組んで坐った足の痺れが、もう外傷のように痛くなっているのを、必死で我慢していたのであった。


秋子の上級学校進学を、寿々はあまり喜ばなかった。芸者あがりの踊りの師匠である梶川寿々には、女の子の高等教育の必要などはまるで考えることもできなかったのに違いない。それでも秋子が、おそるおそるながら幾度か、

「母さん、私、行きたいんです」

この短い言葉を繰返すと、

「そうだね、秋子は勉強の出来るのだけが取柄なんだから、女学校にあげることにしようかねえ」

渋々ながら許可がおりた。

「そのかわり、踊りの稽古はやめさせないよ、秋子」

「はい」

「美津子だって、いつ糸代の二の舞をするか分らないからね。あんたは千春の身内で、いつかは面倒を見てやって貰《もら》わなければならないと思ってるんだから」

「…………」

「一所懸命でやれば、あんただって母さんの子なんだから、上手になれないこともないんだからね」

寿々もさすがに云い過ぎたと思ったものか、急に優しい声を出したが間に合わなかった。秋子は涙ぐみ、もう慣れてもいい筈なのにと泣いている自分を口惜しく思った。

美津子が糸代の二の舞をするかもしれないというのは、糸代が去年、急に嫁に行くからと云って郷里に帰ってしまったので、千春につけてある寿々美の美津子も、いつ千春を離れて居なくなってしまうかも分らないという意味である。踊りの内弟子に入るには、年期奉公と同じように年限つきの誓文を一札入れるものであったが、糸代の期限はとうの昔に切れていて、それでも当人は永代《えいたい》仕えたいと云い云いしていた。そばで見ていても、それが一時の世辞追従でないことは、彼女の踊りの精進ぶりにも窺《うかが》えた。糸代は、涙ぐましいほどの努力で寿々の指導に従い、同門の後輩に代稽古をつけ、そして秋子に仕えていたのである。

糸代は、寿々が上根岸に稽古場を開いてから間もなく内弟子に入ったので、十年の余も一緒に暮していたから、糸代が居なくなってみると、家族が一人欠けたように寂しかったのだが、寿々はそう思う度に舌打ちをして、

「当節の娘は義理ってものを知らないから困ってしまう。あれだけ仕込んでやって、娘の世話まで任したのにサ、男が欲しくなれば後足で砂をかけるんだから。気を許しただけ馬鹿を見たよ」

と、口穢《くちぎた》なく罵《ののし》るのだった。

糸代の結婚というのは、親が纏《まと》めた縁談であったのだから、男が欲しくなったなどという言葉は当らなかったし、後足で砂をかけるような所業は何一つしたわけでもなかったのに、寿々の毒舌はいわば八ツ当りに類するものであった。もっとも、盆にも暮にも年始にも姿を見せない糸代は、やはり親の勧めばかりで結婚したとは云えなかったようである。それまで、縁談があるから帰れと家からうるさく云って来たのは、無いことではなかったのに、その度に糸代は問題にしていなかったのだから、急にその気になるのは、それだけ理由があった筈で、それは秋子にも薄々は分っていた。

が、いずれにせよ、糸代が居なくなって、秋子の稽古に身を入れてくれる者がなくなると、その分だけ秋子は試験勉強に没頭することになった。寿々が秋子の上級進学を許したのは、秋子の踊りに殆《ほとん》ど関心を持たず、だから秋子自身のやることにも深い関心は払わなかったからだと云えるのである。寿々は秋子が上級学校へ行くと定ってからも、だからどうという特別なことは何一つしなかった。第一候補の府立第一高女の願書をとってくるのも、区役所で戸籍抄本をとってくるのも、全部、秋子が自分でやらなければならなかった。担任の教師が、秋子の家の事情を知って、願書に書入れたり、その他の事務的なことは計らってくれたけれども、受験までに幾度、秋子は心細い思いをしたかしれなかった。

が、何よりも区役所からの戻り道で、戸籍抄本を展《ひろ》げて見たときの、秋子が受けた衝撃は大きかった。

瀬木秋子。大正十五年二月九日生。父親の名前は瀬木仙吉。母親の名前はマス子。

——戸籍抄本には、幾度読み返しても、そう書いてあるのであった。

ずっと前に死んだと云われていた父親は、どうやら存命しているようであったし、何より驚いたのは秋子の母親が寿々ではなくて別の女になっていることであった。梶川寿々の本名は松本すずであり、町内の寄合いや何かで寿々の本名が必要なときには、そう署名しているのを見ていて、母親と自分の苗字が違うのは、多分自分は父親の姓を継いで、母親は実家の姓に戻ったのだろうと思っていた。千春が根岸小学校に入学すると、胸にまつもと・ちはると書いた名札をつけて秋子を驚かしたが、そのときも秋子はあまり深く疑わなかったのだ。

が、戸籍抄本の父親と母親の名は、秋子の息を止め、足をすくませた。なんということだろう、なんということだろう。母さんと思っていた人は、千春だけの母親で、私の母親ではなかったのだ。妹と分けへだてをする母親を恨めしいと幾度も思ったものであったが、親でない人に親の愛を求めていたのかと思うと、秋子はうろたえ、ただ途方に暮れた。

糸代のいなくなった家の中では、皆が寿々の次には千春を中心に生活する習慣を持っていて、秋子の挙動を見守っているような内弟子はいなかった。秋子も孤独に馴《な》らされていて、そういう生活に形のついた不満も持たずに来たのであるけれども、戸籍抄本を手に摑みしめて、帰ってきた家の中を見廻《みまわ》すと、この驚きも、この悲しさも、打明けて相談する相手の居ないのに、あらためて秋子は気づかされた。

「秋子ッ、何をしてるんだいッ」

稽古場から、寿々の甲走《かんばし》った声が響いた。

「はいッ」

飛び出して行くと、

「吃驚箱《びっくりばこ》から飛び出たような顔で、なんだよッ。踊りの稽古は忘れたのかいッ。演舞場の温習会《おさらいかい》は、もうすぐじゃないか。踊りを怠けたら、女学校へはやってやらないから」

寿々は、早口でまくしたてた。

もうすぐという演舞場の会は、梶川流の春の大会で、四月の末に催される恒例のものであった。暦の上では春が立ったが、まだその日まで二カ月余もある。けれども稽古の厳しい寿々は、少なくても三カ月は、みっしり稽古をつけたものでなければ舞台では踊らせないという方針なのであった。

梶川流大会は、年一度の全国大会であったから、家元の方で門弟たちに踊りの番数は割当ててくる。寿々のところには、三日に分けて五番の受持ちが来た。下谷の芸者に三番持たせて、あとの二番は寿々自身のものと、秋子と千春のものをと、寿々は考えて、稽古に入っていた。

寿々の演《だ》し物《もの》は「山姥《やまんば》」。金太郎は、千春が踊る。

そしてもう一番は、秋子と千春の「連獅子《れんじし》」なのであった。

五番の割当ての中で、二番も千春の演し物を考えたのは、寿々がこれを機会に、千春の存在を出来る限り派手に梶川流へ披露しようという気があってのことに違いなかった。急いで足袋をはき、着かえて稽古場にでると、千春はもう舞台に上っていて、寿々の注意を聴いているところだった。膝には稽古用の手獅子を置いている。八つになったばかりの千春は、柄が小さいので、五つ六つにしか見えず、ただ可愛いらしかった。が、舞台に胸を張って正座して、母親の言葉を聴いている様子は、どこか犯し難い泰然としたところがあった。秋子は稽古扇子を帯に差し、手獅子を持って舞台に上ると、そっと千春の横に坐った。

「いいかい」

寿々は千春を見詰めたまま、秋子には一瞥もくれずに続けていた。

「狂言師というのは、大奥だとか、宮中だとか、分るね？　天皇陛下のおいでになるような尊いところへ伺って、舞や踊りをお見せする者なんだから、まず行儀ってものがよくなきゃならない。すり足で、足袋が目に痛いほど白く見えるように踊るんだよ。足袋が白く見えるのは、足袋が汚れていないという意味じゃない、足の運びが綺麗なら、そう見えるのだから、全身の神経を足袋の先に集めて歩くんだよ。いいかい」

「連獅子」の前シテは、足の運びが生命だという説明は、先ず秋子を怯《おび》えさせた。足首に、舞台の冷気が滲み込むような気がした。

「はい、立って。秋子が前だよ」

秋子は千春の前に立って、それでもこれは男舞なのだからと、自分に云いきかせていた。自分でも努力して気をほごさなくては、捻じれ足が気になって身動きがならないからである。

「手獅子を前に出して、もっと高く。稽古用のは軽いけれど、本物はその倍も重いのだからね。うかうかしていると、腕が下っちまいますよ。高すぎるほど高く突き上げていて丁度いいくらいなんだから。いいね？」

内弟子は蓄音機を操って、レコードに針をあてた。笛と鼓《つづみ》がしばらく続いてから吉住《よしずみ》小三郎《こさぶろう》の美声が流れ出した。

それ牡丹《ぼたん》は百花の王にして、獅子は百獣の長とかや。
桃李にまさる牡丹花の、今を盛りに咲き満ちて、虎豹に劣らぬ連獅子の、戯れ遊ぶ石の橋。

長唄「連獅子」には馬場連《ばばれん》、瀬戸連《せとれん》と呼ばれる二種類があって、後者は明治に入って杵屋正治郎が新曲をつけたものである。梶川流では、この瀬戸連の曲で踊るのが通例であった。格調高く、しかも華やかな名曲である。

前シテは、秋子が狂言師右近《うこん》に、千春が左近《さこん》になって、殿中の高貴の前で手獅子を使い、連獅子の舞を舞う趣向になっている。

抑々《そもそも》これは尊くも、文珠菩薩のおはします、其名も高き清涼山。峨々《がが》たる巌《いはほ》に渡せるは、人の工《たくみ》にあらずして、おのれと此処に現はれし、神変《じんぺん》不思議の石橋《しやくけう》は、雨後に映ずる虹に似て、虚空を渡るが如くなり。

間もなく女学生になる秋子と、小学校一年生の千春のコンビは、級で背の高い方にいる秋子と、年齢よりずっと小柄な千春と、背丈の釣合はあまりとれていなかった。痩せて背の高い秋子は、日本人離れした体格をもっていて、顔が小さく、それだけでも日本舞踊に適した躰つきではない。白粉を刷《は》き、鬘《かつら》をつけても、姿はひょろりとして安定感がなかった。そして千春はといえば、これは秋子とは対蹠的に、背は低いが顔が大きくて、前髪立ちの鬘を冠ると、まるで御所人形のように可愛いかった。

演舞場の楽屋で、舞台へ出る前に二人は写真師の前で形をつけたが、寿々や寿々の取巻き連中は、

「まあ、なんて可愛いいんでしょう」

「さすがですねえ、形がきまっている」

「あらあら手獅子の布が下に着いてますよ。小ちゃいんですねえ。それなのに、まあ、あの形のいいこと」

口々に褒めそやしているのは、千春ばかりであった。

千春は、ふだんは決して温和《おとな》しい方ではなくて、かなりこましゃくれた口をきいては

大人たちを呆れさせたり、笑わせたりする子供であったが、化粧をし衣裳をつけると、初舞台という緊張が子供心にもあったらしく、怒ったように黙りこくってしまっていた。誰が何を話しかけても、返事をしない。

「すっかり気取っちまってるんだよ」

寿々が、そういう娘に満足しているらしく、こう表現して、代りに皆を笑わせていた。

二人で踊る連獅子に、最初から差がついていて、誰も秋子を話題にする者はなかった。秋子にとっては数度目の梶川流大会で、千春は全くの初舞台なのだから、仕方がないと思おうとしても、秋子との組写真はただの一枚撮っただけで、写真師が千春一人に型を変えさせては幾度もマグネシュウムを焚《た》き、シャッターの音を立てている横には、秋子もいたたまれなかった。楽屋履きをつっかけて撮影室を出ると、すぐ前が舞台裏で、「連獅子」の前の演目である「吉野天人」の幕が開いたばかりらしく、長唄の歌声が薄暗い中に流れて来ていた。

瀬木仙吉、マス子。私の本当の父さんと母さんは、今どこで何をしているのだろう……と、秋子はぼんやりと考えていた。父親は死んだと云われ、寿々を本当の母親とばかり思って今まで育ってきた秋子は、こうして踊りの会の楽屋でも自分に冷たい寿々を、もはや恨む気にはなっていない。瀬木仙吉、マス子。この両親には、どうしたら会えるのだろうか。この二人のことは誰に訊けばいいのだろうか。

寿々に直接訊けば、話は簡単な筈であった。だが、母さん、と今まで呼んでいた人に、私の本当の母親は誰なのですか、とは訊き難かった。それも、秋子も正確に覚えているように、確かに寿々の産んだ千春だけを愛している母親に向って、では、私の母親は何処にいるのかとは訊き難かった。では、誰に訊けばいいのか。

家の中には、親身になって話相手になってくれるような者は一人もなかった。ただ一人いた糸代も、嫁に行ってしまった。幼い日に、

「私の父さんは？」

と訊《たず》ねたとき、

「ずっと前に、お嬢ちゃまが小さいとき亡くなったのですよ」

と糸代が答えたのを、秋子は思い出した。そのときの糸代の声音に狼狽《ろうばい》の響があったのまで、秋子は思い返していた。嘘《うそ》をついたからだ。糸代は嘘をついていたのだ。何故、糸代は嘘をついたのだろうか。

私はきっと、子供のない梶川寿々に貰われたのだ。私は貰い子なのだ。だから私は、踊りが下手なんだ。「あんただって母さんの子なんだから、一所懸命やればうまくなるサネ」と寿々が云ったのを秋子は思い出した。あれも嘘だ。

年齢的にも多感な少女に、この想像は、いやこう思い込んだことは、負いきれないほどの重荷に違いなかった。秋子は暗い舞台裏で、陰湿な想いに閉ざされて、いつまでも

佇んでいた。

「まあ、此処にいたんですか。随分探したんですよ」

胡蝶《こちょう》の扮装《ふんそう》をした美津子が、憤りと非難をこめた目つきで、秋子を見据えたとき、ようやく秋子は我に返った。「吉野天人」は終っていて、舞台裏は地方《じかた》連中の交替や大道具の転換でざわめいていた。「連獅子」の開幕が迫っていたのであった。

秋子の姿が楽屋にも見えないものだから大騒ぎになって、千春付きの美津子までが大《おお》童《わらわ》で探し廻った。

「まあ、客席まで行って見たんですよ。心配させないで下さい。お嬢ちゃまと違って、あなたは大きいのだから。いやだわ、こんなところにぼんやり立っているとは思わなかった」

仮にも師匠の娘に対して、こんな口のききようは無礼というものであったが、美津子は家でも寿々の弟子の中では一番威張っていて、内弟子たちにすっかり嫌われていた。それでも千春の付人として、寿々も信用していたから、誰も面と向っては逆えずにいる。

ぷりぷりしている美津子に、引立てられるようにして舞台の袖に着くと、黒い紋服を着た寿々は、かっと眼を剥《む》いて秋子を睨《にら》んだが、それだけで、怒鳴らなかった。

「地方《じかた》さんに、すぐ御挨拶して」

小声で秋子を舞台に急がせ、戻ってくると裏方の黒衣《くろこ》に、

「お願いします」

寿々は自分でそう云うと、

「さ、落着いて、しっかり踊るんですよ」

千春の傍で腰をかがめて、彼女の耳許に囁いた。寿々は千春よりも、もっと緊張しているようであった。

柝《き》が入り、緞張が上ると、しばらく笛と鼓が聞えて舞台は静まり返った。

秋子は手獅子を構えて、所作台の上を、摺《す》り足《あし》で舞台の中央へ進んだ。

しばらくすると、拍手が湧《わ》き起った。それは秋子より数歩遅れて舞台に登場した千春の為に送られてきたものであった。

「豆獅子ッ」

「豆梶川ッ」

大向うから、こういう掛け声がかかる。子供でも更に小柄な千春の左近を、豆獅子と呼んだのは正にその通りで、客席は爆笑した。豆梶川という掛け声をかけたのは、千春が先代家元の子供だということを知っている通人に違いなかった。が、人形のような千春の動きは、人々の微笑を誘い、しばらく拍手は熄《や》まなかった。

舞台の秋子は、こうして観客の目からも、千春の添え物のような扱いを受けたのであった。背の高い秋子の舞ぶりに、人々は誰も注意を払わないのに、千春の差す手、ひく手は、その度に拍手の種になるのである。可愛いい、可愛いい、と客席の人々は、囁きあい、微笑で千春の動きを見守っていた。

黒衣の差出す差しがねの先で、造りものの黄色い蝶が、翅《はね》を動かして招く。秋子は夢中でそれを追いながら、花道をかけた。前シテの幕切である。揚げ幕が曳かれ、幕だまりに入ってほっとする間もなく、待ちかまえていた衣裳方の手で、狂言師の衣裳は剝《は》がれた。息つく暇もなく、後シテの獅子の衣裳に着替えなければならないのであった。顔師も楽屋から奈落を通って上ってきていて、秋子と千春の顔に、紅隈《べにぐま》をとった。衣裳は小袖も袴も、目が眩むほど綺羅綺羅《きらきら》した金襴《きんらん》のような織物である。

着替えている間に、舞台では間狂言《あいきょうげん》が始まっていたが、客席は少しも湧かなかった。役者がやればともかく、舞踊家の台詞《せりふ》では、狂言の面白味は味が薄くなるので、無理はなかったのだけれども、千春の左近が人気をさらってしまった後では一層客の興味を惹《ひ》くことは出来なかったのだろう。

白い獅子の毛をつけた秋子が、花道から、舞台へ笛の調べに乗って静かに現われると、パラパラと疎《まば》らな拍手が来たが、すぐに消えた。そして、赤毛を振立てて千春が花道から駆けて出ると、前シテの狂言師の時より一層旺《さか》んな拍手が捲《ま》き起った。前シテでは御所人形のように愛らしかった千春が、後シテで獅子に変ると、小柄が一層舞台で目立ち、まるで極込人形《きめこみにんぎょう》が動くようで、それがポンと足を出したり、正確なギバを見せたり、

形よく定るのだから、見る人は誰も惜しみなく手を打ち、

「豆獅子ッ」

「ヤアッ、豆梶川ッ」

大向うの掛け声は乱れ飛んだ。

それは、しかし小柄だから、可愛いいから、というそれだけで送られて来る声援ではなかった。人々は、音曲の間を外さずに、見事に踊りまわっている小さな躰に驚嘆していたのであった。


峰を仰げば千丈の、雲より落る滝の糸。谷を望めば千尋《ちひろ》なる、底は何処《いづこ》と白波や。

巌に眠る荒獅子の猛き心も、牡丹花の露を慕うて舞ひ遊ぶ。

斯る険阻の巌頭より、強胆試す親獅子の恵も深き、谷間《たにあひ》へ、蹴落す子獅子は、ころころころ。

落ちると見えしが、身を翻《ひるがへ》し、爪を蹴立て、駆登るを。

また突落し、突落され、爪のたてども嵐吹く、木陰に暫し休らひぬ。


獅子は千仞《せんじん》の谷に子を蹴落して力を試すというのが、「連獅子」の主題であった。踊りも、親獅子が、子獅子のたて髪を銜《くわ》えて、谷底へ突落す件《くだり》が、最も高潮した場面にな

る。勢いよく足拍子をとって舞台を踏み鳴らしながら、秋子の親獅子が、千春を摑《つか》まえて、突き放すと、千春は仔猫《こねこ》のように所作台の上を転げて、そしてまたひょいと立上る。また突く、また転げる。千春が転げる度に、拍手の嵐が捲き起る。最後に突くとき、秋子の腕には振り以上の力が入った。口惜しさが、思わず腕にこもってしまったのであり、それが踊りの拍子に飛び出したのだ。

千春は、足を宙に浮かせて転げ、しばらく動かなかった。

登り得ざるは臆せしか、アラ育てつる甲斐なやと、望む谷間は雲霧に、それともわかぬ八十瀬川。

曲は鎮まって親獅子が、蹴落した子獅子を案じて、崖の上から谷間を覗きこむところであった。秋子は、振り通りに千春を心配して、うずくまっている千春の様子を、そっと窺った。

水に映れる面影を、
見るより子獅子は勇み立ち、翼なけれど飛び上り、数丈の岩を難なくも、駆上りたる勢ひは、目覚ましくも又、勇まし。

詞章の通りに千春は起上り、長唄も息を吹き返して、親の期待に適《かな》った子獅子の一人舞になった。無心に踊りまくる千春は、完全に舞台を圧し、観客席を圧していた。

この頃になって、何故か秋子は急に涙がこぼれ始めた。千春が、ぼうと霞《かす》んで見え、舞台全体に霧がかかってしまった。考えているのは、千春に拍手の多いことでも、自分に人気がないことでもなくて、寿々のことばかりであった。

戸籍抄本を見てから、秋子は一途に寿々を自分の母親ではないと思い込んでしまったのであるが、それでも秋子の寿々に寄せる思慕の念は熄《や》んだわけではなかった。妹ばかりを愛しんで、秋子には邪慳で碌に踊りの稽古もしてくれない母親であるのに、秋子は寿々を、いつかは千春と同じように愛してもらいたいという願望をこめて、慕っていた。その思慕が舞台で踊っている最中に、どっと躰に溢れて来た。

三味線は、狂いの合方を奏でて、千春はチョロチョロと花道のスッポンに走って行き、秋子は舞台中央で、耳の下に下った毛を摑みしめると、腰をきめて、さっと毛を振り下げた。

獅子の毛を、合方に合わせて振りさばくのは、かなりの体力と技術を必要とするものである。白い毛も、見かけよりはずっと重くて、それを左右に振ったり、左に廻したり、右に廻したりしながら、腰をふらつかせずにいられるのは、大変な技倆というものなのだ。だから、獅子の毛を振る光景は見るからに壮観であるけれども、幕溜《まくだま》りや後見たちは、手に汗を握っている。千春の赤い毛は、千春の背丈に合わせて特別に小さく誂《あつら》えたものではあったけれども、それでも千春の躰にすれば大層重いものであることに変りはなかった。

だが千春は、勢いよく赤毛を振り続け、花道から舞台中央へ、毛を振りながらにじり寄るという大人も顔負けの踊りを、やってのけたのである。演舞場が割れ返るような拍手であった。誰も、こんな小さい子供が踊る獅子は見たことがなかったし、初舞台には大概「お染久松《そめひさまつ》」か「手習子」ぐらいを出すものであるのに、その常識を打破って、しかも見事に踊り抜いたのだから、これは舞踊界でも劃期的《かっきてき》な出来事と云わなければならなかった。

紅白の大きな牡丹の造花を、四隅に飾り立てた獅子の座に立ち、秋子が両手をひろげると、千春は獅子の座から大きく飛び降りて、半ギバをして形を止めた。終りを完《まっと》うしたのである。緞帳が静かに降りてくるのを待ちながら、秋子は片足をあげた。親獅子の型なのであった。涙が止らず、目の中に紅がしみて痛かったが、ここでは躰を揺らすこともできない。

幕が降りると、幕溜りの人々は、千春のまわりにわっと集まり、寿々は興奮して涙を流していた。今日の会主である若い家元の猿寿郎も、飛び込んできて、

「お芽出《めで》とう。僕も鼻が高かった。千春は天才だね、ねえお母さん」

寿々の肩を叩いた。

「お家元、私はもう嬉《うれ》しくって」

鼻を詰らせている寿々の周りでは、もう貰い泣きする者があり、

「お家元、お芽出とう存じます。でもねえ、この初舞台を一目、先代にお目にかけたかった」

と、大時代な涙声で云う者もあった。

「うん、僕もそればかり思っていたよ。一目だけでも親爺に見せたかったなあ。しかし、仕方がないよ。寿々さん、来年は、僕と千春との演《だ》しものを考えよう」

「あ、有りがとうございます」

消息通の間では、千春が先代猿寿郎の子だということは知れていたけれども、今日の初舞台の表向きは、下谷の師匠の梶川寿々の娘としての千春であった。それが、来年は家元が組んで踊るというのだ。それは、千春の技倆が獲得した栄誉であり、寿々一門には、これ以上もない誇りであった。

「血ですねえ」

「先代の血が、お嬢ちゃまに流れているんですすよ。ええ、そうですとも、お嬢ちゃまが首を振ると、先代のお家元と、そっくりでしたもの」

「八つで、獅子の毛が振れるなんて、私は聞いたこともなかったけど、いいえ、誰でも出来ることじゃありませんよ。お師匠さんの御丹精もだけれど、名人だった先代の血が、踊ったんです。獅子の毛が赤いもので、私は時々、血だ、血だ、と思っていて、気が遠くなりそうでしたわ」

楽屋に帰るにも、千春と寿々を中心に、こういう囃《はや》し言葉は絶え間がなかった。背後に佇んでいる秋子を、顧みる者は誰もいない。髪師が、舞台の袖に待構えていて、すぐに獅子の毛をはずして持って行ってしまったが、むれて汗でぐっしょりしている頭が、急に軽くなると、同時に急に冷え始めた。涙は、もう止っていた。涙と汗で、顔の筋隈はどろどろに溶けていたが、秋子はそれに気がつかなかった。

ふと、耳許で聞きなれた女の笑い声がした。

「ひどいわ、三千郎ちゃまったら」

「何故さ。僕だけじゃない、みんなそう思ったんだぜ。だってサ、獅子がこんなに小さいのに、蝶々がその三倍も大きいんだもの。どう見たって蛾《が》だよ。それもさ、とびきりでかくって、バタバタやると粉の飛ぶような蛾がいるだろう？」

「ひどいわ、ひどいわ」

「寿々美蛾っていうのは、どうだい？　雀蛾《すずめが》って、でかい奴があるけどさ、つまり君は、その親類だな」

「どうせ蛾ですよッ」

「オヤ、蛾でもふくれることがあるのかな。なるほどね、ふくら寿々美蛾だ」

「知らないッ」

からかっているのは家元の猿寿郎で、からかわれているのは寿々の弟子の寿々美こと美津子であった。ひどく楽しそうで、怒った口をききながらも、美津子は喉の奥で、ころころと笑っていた。子供の踊る連獅子だから、踊りを短くアレンジして、そのかわりに新演出で胡蝶を出したのだが、千春の獅子にからむ胡蝶を、美津子が扮して踊ったのだ。対蹠が可笑《おか》しくて観客席の笑いも誘ったのだが、それをさんざん家元にからかわれているところなのであった。

だが秋子は茫然として、二人から遠ざかっていた。右の掌が、ひりひりと痛む。小道具の牡丹の枝に小さな釘《くぎ》が出ていたのを、いきなり摑んでしまったのであった。驚いて持ち直し、踊りの間は忘れていたが、そのときの傷が踊り終ってから痛み出したのだ。

掌をひろげてみると、親指の根もとに傷あとがあり、血はもう乾いてくろずんでいた。この血の中には、先代猿寿郎の血はもとより、梶川寿々の血も混っていないのかと、秋子はぼんやり考えていた。

梶川会の為の猛稽古も祟《たた》って、秋子は府立第一高女の受験には失敗した。合格者発表の日に出かけるのも億劫なくらい、秋子には自信がなかった。というのも、三日に亙った試験の間中、秋子は答案用紙を見ながらぼんやりしていたからであった。戸籍抄本を見て、自分が梶川寿々の実の子ではないと思い込んでしまった秋子は、その衝撃から仲々立直れなかったのである。殆ど白紙のままで答案を提出した秋子を、合格させるほど府立第一は寛容ではなかった。

「どうしてでしょうねえ」

秋子の成績ならば合格するものと頭からきめていた担任の教師だけが腑《ふ》に落ちない顔をしたが、秋子は俯向《うつむ》いたきり黙りこくっていた。女学校へ進みたいという気持が、前ほど切実ではなくなっていた。踊りの稽古同様、何事にも励みというものがなくなってしまったのである。

念の為にと教師が勧めてあったので、第二志望の女学校にも願書を提出してあったから、とり敢《あ》えずそこを受験することになった。私立の上野高等女学校である。場所は谷《や》中《なか》に近く、秋子の家からは徒歩で通うことができた。

虚脱していたとは云い条、第一高女の不合格は、やはり一つの衝撃には違いなかったから、上野高女の受験中は秋子は真面目に答案用紙に向って、そして合格した。

だが、府立第一を落ちたことも、上野高女に入学したことも、寿々には大した関心事

ではなかったから、秋子の報告をきいても、

「おや、そうかい」

と、云っただけだった。

一人娘や、特に教育熱心な家庭では、母親が必ず受験の日に付添ってきて、一課目終るごとに様子を窺って、娘と共に一喜一憂していたものであったが、秋子は休み時間は一人で校庭の隅の霜柱を踏んでいた。私の母さんは母さんじゃないのだからと自分に云いきかせていた。しかし、寿々を母親ではないと思うのに、戸籍抄本に記載されていた瀬木マス子に対して懐かしいとか逢《あ》いたいという情は湧いて来ないのである。これは吾ながら、秋子には不思議だった。見たこともない相手だからだろうか。

上野高女の制服は丸襟《まるえり》の白ブラウスに、紺のジャンパースカート。ハーフコートの襟にはリボンがついていた。そろそろ繊維製品が欠乏して来て、親に才覚のある者は、純毛の上等品で制服を仕立てていたが、そうでないものは学校の指定した洋服屋でスフ入りの制服を購入した。もちろん秋子の制服はスフ入りであり、靴下はガスの黒い長靴下。躾《しつけ》のやかましい女学校だったから、靴下の踵に穴があったり、まして伝染病などあろうものなら、担任教師から目の玉が飛び出るほど叱責《しっせき》された。スカートの襞《ひだ》も、朝礼のときにはピチンと揃っていなければならなかった。

純毛のスカートならそんなことはないのだけれども、スフ入りは椅子に腰をかけると

忽《たちま》ち本来の襞のあちこちに別の皺《しわ》が出来てしまって、二目と見られたものではなかった。だから椅子に腰かけるときには、彼女たちは涙ぐましいほどの努力で、襞を乱さないように注意するのだし、家に帰ると急いで普段着に着かえてしまうのであった。夜、就寝前には蒲団の下に、小一時間もかかって襞を揃え、寝押しをかけるのも日課であった。梶川寿々の家には相変らず内弟子たちがいたけれども、秋子の日常に手を貸す者は誰もいなかったし、それでなくても秋子は、自分でやらなければ気の済まない性格であった。

上野高女での彼女の成績は抜群によかった。府立第一に入学できる実力が、白紙の答案で不合格になり、第二志望に廻った秋子なのだから、それは当然のことであったが、入学式のときにも総代になったし、その後も、学課ごとに専任教師には大層可愛いがられた。秋子もそれが嬉しくない筈はなくて、女学校へ通うのに、家から出てすぐ寛永寺坂を登って行くのから楽しい毎日だった。

そんな秋子に引かえて、根岸小学校での千春の成績は惨憺《さんたん》たるものであった。おしゃまな口をきく千春の日常からは想像もできないようなひどさで、だから、おそらく当人に勉強する気がまるでないのだろうと思われたが、学期末に担任の訓導から呼出しを受けた寿々は、帰ってくるとぷりぷりしながら帯を解いて、

「秋子ッ、秋子は居ないかいッ」

千春を呼ばずに秋子を呼んだ。

ノートの整理をしていた秋子が、何事かと驚いて寿々の居間に顔を出すと、

「千春の成績が悪いんだとさ」

寿々は眼尻を吊上げたまま、ひどく不服そうに秋子に云うのだ。

「…………」

「秋子さんの妹とは思えないと先生が云うんだよ」

「…………」

両親が違えば、千春は秋子の妹ではない筈だと思ったけれども、口に出しては云えなかった。黙っている秋子に、寿々はひとりでいらいらして、

「うかうかしてると落第だとさ」

「まあ」

「おどかしだとは思うけどね、それに踊りには学校の勉強なんざ、大して役に立ちもしないんだけどね。だって母さんは碌に小学校へ行ってないんだから」

妙なところで威張って見せて、

「だけど落第は困るからね、なんとかしなくちゃいけない。先生の仰言《おっしゃ》るのにはね、家庭教師をつけるか、でなかったら秋子、あんたに千春の勉強を見て貰うようにって云うんだけど」

寿々にしては珍しく高圧的ではなかった。秋子の様子をうかがいながら、

「どうだい秋子、やってくれるかい？」

多少の遠慮はあるらしくて、こういう云い方をするのであった。

「はい」

秋子は声が詰ってしまって、これだけの返事がやっとだったのに、

「どっちだい？　やってくれるんだね」

寿々は念を押してから、

「千春ちゃん。誰か千春ちゃんを呼んでおくれ」

隣の部屋に声をかけた。

「はアい」

美津子の間伸びした返事があり、やがて千春が、

「なあに？」

これは師匠である母親の部屋に入るのに礼儀も作法もあるものでなく、立ったまま障子をあけて入ってきた。

「千春ちゃん、あんた今日から、お姉ちゃんに勉強をみてもらうんですよ。学校の先生もそう仰言ったのだから」

千春は忽ち不機嫌になって、チラと秋子を見たまま黙りこくっていた。

「お姉ちゃんが今日から勉強の方の先生なんだから、そのつもりでおいでなさいよ。い

いね、千春ちゃん」

「うん」

「手を突いて、お願いします、と仰言いな」

はっとしたのは千春だけではなかった。秋子も驚いて寿々の顔を見た。踊り以外の教養はなくても、さすがに寿々には一芸に達した者の分別《わきまえ》はあったのであろう。姉妹でも、師弟の礼は持たなければならないと千春に云い含めたのであった。千春は、きゅっと唇を嚙みしめ、そして畳に指先を揃えると、はっきり秋子を見上げて、そして頭を下げた。

「お願いします」

てれくさかったのか、口惜しかったのか、そう云い終ると、すぐに立って、バタバタと部屋を出て行ってしまった。それはいかにも子供らしい無邪気な仕種《しぐさ》とも見えたし、また子供らしくない傲慢《ごうまん》な態度とも見えたが、秋子はどちらとも思わずに茫然としていた。感動していたのであった。千春にでなく、寿々に、感動していた。

しばらく、秋子は寿々の居間で、寿々が妙な顔をするまで黙って坐っていた。寿々が痺れを切らして、

「秋子」

云おうとしたときと、

「母さん」

秋子が口を切ったのが同時だった。

「なんだい？」

「私の母さんは誰ですか？」

「なんだって？」

「入学試験のとき、戸籍抄本を見たんです。瀬木仙吉、瀬木マス子って、誰のことですか？　お父さんは死んだこと知ってます。でも、母さんは母さんじゃないのだったら、私の母さんはどこにいるんですか？」

秋子は自分でも思いがけない言葉が口をついて出るのに驚いていた。生れて初めて、寿々から人格を認めた扱いを受けて、それで急に日頃の疑いが言葉になってしまったのだろうか。

寿々の方は、もっと驚いていた。というより呆《あき》れていた。

「秋子、あんた何を云うんだい？」

芯《しん》から呆れているらしかった。秋子に向って坐り直して、

「秋子の母さんは私ですよ。私が、あんたを産んだんですよ」

「でも戸籍抄本には瀬木マス子って……」

「マス子は私の妹さ。あんたの父さんとは結婚しなかったのでね、出来た子供を、妹の

籍に入れたのが秋子ですよ」

「本当ですか」

「母さんは嘘は大っ嫌い」

「私のお父さんは……」

「死にましたよ。だけど私は母さんに間違いないんだから安心おし。さ、千春ちゃんの勉強を見てやっておくれ。つまらないことは考えないの」

追い立てられるようにして秋子は寿々の部屋を出た。

母さんは嘘は大っ嫌い。この言葉が強く耳に残っている。

母さんは、私の母さんだったのだ。やっぱり母さんは、私の母さんだったのだ。この感動は、しかし何故か複雑だった。寿々の言葉は断定的で、どこにも芝居気はなかったから秋子は彼女の言葉を全く信じたのであるけれども、寿々が秋子の実の親だという事実が、今あらためて確認されたことが奇妙なのであった。

だが、ともかく秋子は幸福であった。継母のところに居るという想いよりも、実の親の家で冷たく遇されている方が、まだ心強いというものであった。

「千春ちゃん」

秋子はわだかまりなく妹の名を呼んだ。父親こそ違え、姉妹であることには変りはない。そう思えば、呼び声まで前よりも気楽な響があった。

「お願いします」

踊りの稽古でついた躾で、千春は秋子の部屋へ来て机に向う前には必ず膝に手を置いて、きちんと挨拶をした。それは形だけというものでなく、お転婆な妹の、十二分に姉を尊敬した態度であった。

実際、この家の中で、秋子を蔑《ないがし》ろにしない者があるとしたら、それは千春なのであった。とり巻きがもてはやす中心にいて、千春だけは決して秋子に侮蔑《ぶべつ》の言葉を投げ与えたことはなかった。踊りの稽古のときでも、秋子のしくじりを、千春は嘗《かつ》て嗤《わら》ったことがなかった。

机に向い合って、千春は読本を置き、秋子の云うままに声を出して読み始めた。小学校二年生の国語の教科書は、一章の文章が短いから、千春は読むのに苦もなかった。

「書き取りをしてみましょうね、千春ちゃん」

「うん」

結果を見て、秋子は息を呑《の》んだ。千春には片仮名と平仮名の区別がまるでついていないのであった。よく考えれば、平仮名を揃えることが出来ないわけではないのに、それはかなりの時間がかかるので、耳にきいたとき思いつく方の文字を先に書くものだから、片仮名が滅茶滅茶《めちゃめちゃ》に混ってしまうのである。ともかく書き取りの帳面だけ見れば、二年生としては劣等生のようなひどさであった。

「千春ちゃん、片仮名のアを書いてごらんなさい。そうね、平仮名のあは？　じゃ、片仮名のイ、平仮名のい、そうそう。それから片仮名のウ、平仮名のう」

順序を云ってみても、エとえ、ヱとゑのあたりでは戸惑うし、戸惑うと俄かに大胆になって、千春は滅茶滅茶に書く。それは姉の前で不貞くされているようにも見えたが、実はそうではなく、千春は要するに文字のことなど平仮名や片仮名がどうでも大勢に影響はないというような考え方をしているのであるらしかった。簡単な言葉で云えば無頓着なのだ。

この無頓着は、算術の面でも同じであった。正確に数を計算する必要も、千春は少しも感じないものだから、加算でも引算でも、最後のところで数が狂うのである。

「千春ちゃん、あなたが二十五銭持ってるとするわね。そこへ、母さんが十一銭、私が八銭借りたとしたら、いくら残ると思うの？　それと同じ勘定になるのよ」

噛んで含めるように云ってみせても、

「十銭ぐらい残るわ」

千春は計算の途中で、いい加減な答を出してしまう。

「ぐらいというのは算術にはないのよ。逆に十一銭と八銭を足してごらんなさいよ。十九銭になったじゃないの、それでは」

このくらいの説明で、もう千春は混乱してしまうらしく、もう一度計算ということに

なると、また途方に暮れたような顔をあげて、

「五銭ぐらい」

などというのだ。

これでは受持の教師が、先を憂えるのも無理はない、と秋子は嘆息した。頭が悪いわけでは決してないのに、千春には、まるで〝やる気〟というものがないのだ。教える方がいくら熱心になっても、これでは効果があがらない。

「千春ちゃん、こういう基礎的なものを、しっかりとやっておかなくちゃ、女学校へ入れないわよ」

真剣な顔をして秋子が警告すると、千春は愕《おどろ》いたような表情で、

「千春、女学校へ行かないのよ」

と云うのだ。

「あら、行かないの？」

「うん。母さんが行かなくっていいって。踊りだけやんなさいって」

「そう……」

千春自身も寿々と同じように、踊りだけが大切で、それ以外のものには一顧も払わない気でいるのであった。

秋子は溜息をつき、

「でもね、千春ちゃん、落第するのは困るわよ」

「うん」

「だから、お勉強しましょうね」

「うん」

いい成績がとれないまでも、ともかく落第だけはしないように。こういう低い目標に向って、姉妹は毎日机を中にして向きあう習慣ができた。千春は、ともかく形だけでも予習と復習を秋子の前でやることになったのである。

勉強嫌いでも、千春は秋子の部屋に来て本を展《ひろ》げるのはそれほど嫌ではなかったらしく、口実を設けてさぼるようなことはなかった。そして秋子の方では、手のかかる面倒な弟子であったが、千春と二人きりで机に向きあっている時間は、一日で一番楽しいものになった。

可愛いい。秋子は千春を芯からそう思っていた。それにしても、なんという恵まれた子供だろうかと思う。踊りの才能、降りそそぐ母の愛、誰からも可愛いがられ、のびのびと生きている千春。ただ在るだけで光り輝くような千春。どこに居ても目に立つ子供なのであった。

勉強はできないのに、受持の教師にも結構可愛いがられていたし、学芸会では花形になった。

下谷区根岸小学校には芸人の家の子供が多いから、学芸会の賑やかしさは、山の手の小学校の比ではない。落語が出る、講談が出る、と云った具合なのだから、日本舞踊などは二番でも三番でも出せば出せるのだ。梶川寿々の娘として千春も、講堂の舞台を踏むことになった。

秋子も、同じ舞台で日本舞踊を踊ったことはある。「子守り」を小学校三年生のときに、そして五年のとき「島の千歳《せんざい》」を踊った記憶がある。

だが、千春は、三年生で「櫓《やぐら》のお七」を出したのであった。後見役には、いつも美津子が出るのであったが、根岸小学校とは関係がないので、秋子が特別に上野高女を一日休んで出演することになった。梶川流の「櫓のお七」は、他の多くの流儀でもそうであるように、お七を人形ぶりで踊るのである。浄瑠璃《じょうるり》につれて、踊り手は文楽の人形と同じような動きを示す。当然人形つかいが必要になって、それが後見なのであった。秋子は野郎頭の鬘を冠り、鶯色《うぐいすいろ》の無粋な上下を着て舞台へ出た。

義太夫の三味線が始まる前に口上を云うのも後見の役目であった。

「とざい東西、このところ御覧に入れまするは八百屋お七火の見櫓の段、相勤めまする太夫、松本千春、松本千春……」

口上の中に千春の名前が入ったので、観客席の子供たちは面白がって手を叩いた。それは恰《あたか》も千春の前評判が高いことや、彼女の人気を示すもののようにも思われた。「櫓のお七」は学芸会に出すには、仰々しすぎる演目だったと云えるかもしれない。

人形ぶりという踊りそのものが、けれん味の多い素人《しろうと》受けのするものであったから、お七に扮装した千春が秋子の腕の中で、ぐったりと人形のように骨抜きになったりすると、それだけで子供たちは大喜びだった。まして人形が顔をあげ、手足をぎくしゃくと動かそうものなら、踊りの主題と関係なく、観客席は湧き立った。生徒ばかりでなく、校長以下の先生たちまでが拍手している。

こうした反響は、秋子がかつて味わったことのないものであった。

「子守り」と「島の千歳」も、見た目にはあまり変化のない退屈な踊りであった。終っても拍手は、ごくあっさりしたものであったのを秋子は覚えている。

しかし、義太夫の節に合わせて、

「ハッ」

「よッ」

と掛け声をかけ、千春の躰を支え、千春を自在に踊らせている秋子は自分と千春の人気の違いなどを今更考えることはしていなかった。

それどころか、秋子も得意なのであった。拍手喝采《かっさい》を浴びている千春が、秋子の呼吸で、秋子の腕の中で踊っている。謂《い》わば、秋子が千春を踊らせているのだ。観客は華やかな千春にばかり目を奪われているけれども、千春が華やかに踊ることができているのは、秋子の支えがあるからなのだと、秋子は後見する者の矜持《きょうじ》に酔っていた。

雪の降る中を、男に逢いたい一心で火の見櫓に駆け昇るお七の心情は、小学校三年生の千春に表現出来る類いのものではなかったけれども、人形ぶりの大仰な振付けは、そういう千春に相応しく、小学校の講堂でなくても、踊りは充分な成功を納めたに違いなかった。

幕が引かれると、千春は汗で濡れた顔をあげて秋子に向い、感にたえたような云い方をした。

「お姉ちゃんの後見だと、踊りいいわ。とっても楽」

気持よく踊れたという喜びが表情に溢れていて、眼が輝いていた。

この言葉を、秋子はその後も幾度思い出したか分らない。嬉しかった。美津子の後見でばかり踊っていた千春が、そう云ったのは、明らかに美津子の後見より、ずっと踊りいいという意味に違いなかった。他人の美津子より、血の繋《つな》がっている自分の方が、踊りいいのは当り前だ、と秋子は誇らかに肯いていた。

舞台の袖で出来栄えを見守っていた寿々も、さすがにこれは千春ばかりを見ていたのではなく、

「秋子、よくやったね」

言葉は短かったが、めずらしく労《ねぎら》いの声をかけてくれた。

美津子も来ていたが、これは着替え終るころ秋子に、

「梯子《はしご》に登るところは、もっと早間《はやま》にしないと踊る方が踊りにくいわよ、秋子ちゃん」

注意ともつかないことを云ったが、秋子は黙殺した。近頃の秋子に、気に入らないものがあるとすれば、それはこの美津子の存在であった。

秋子は時折、他人の美津子が、千春と自分との間に立ちはだかっていることに、ひどく抵抗を感じることがある。それは、寿々の口からはっきり自分が寿々の娘であることを聞かされ、千春とは父親こそ違え、間違いなく姉妹なのだと確信して以来、いよいよ激しくなった。寿々は相変らず美津子に千春を預けていて、踊りの手順をさらうのも、着るものの始末も何も、全部彼女に任せていたし、美津子が内弟子の中で一人だけ別誂えのような顔をしているのも前からのことであったが、千春の予習復習をみてやるようになってから秋子は、そういう美津子が事あるごとに気に障ってならなくなった。

とは云っても、秋子の立場は相変らず、稽古場では美津子以外の内弟子同様であったし、寿々も千春の勉強は秋子に頼んでも、それはそれきりで忘れてしまったように、あとの日常生活では相変らず秋子に邪慳だった。だから秋子に新しい権威が与えられたわけでもなく、内心でどう美津子に対して反感を持っても外に現わしようはなかった。

寿々の稽古場は、相変らず寿々の怒鳴り声のおかげで威勢がよく、下谷の芸者たち、下町の娘たちが風呂敷包みを胸に抱いて通ってきていたが、呉服の統制がきつくなると、

彩りの上で彼女たちの華やかさはかなり半減してきた。

時勢が最も顕著に現われてきたのは、踊りの会の衣裳で、

「人絹を着ろって云うのかいッ」

寿々が金切声をあげて衣裳屋を睨みつけるようなことも起っていた。

「へえ。古いものでよろしければ、いつでもお役に立ちますが、お師匠さんは度々《たんびたんび》に新誂えですから、どうしても当節は全部本絹ってわけにいかないんですよ」

衣裳屋は一向に恐縮しなくなった。

「だってあんた、踊りは着物がいのちなんだよ。着物の贅沢が出来なくって踊りを踊ったら舞台がみみっちくて見ちゃいられないんだよ」

「へえ、それはそうでございますがねえ」

「分ってるなら、草の根分けても正絹を探して来て染めなさいな。何年のつきあいだと思ってるんですよ」

「お師匠さん、蛇の道は蛇でござんすから、探せばなんとか手に入りますし、職人にも内緒で染めさせることはできますがね」

「まあ、染めるのまで遠慮しなくっちゃなんないの?」

「そうなんですよ、お師匠さん。この節は絵羽模様が御法度《ごはっと》なんです。それで呉服屋なんぞは付け下げと云いましてね、模様を肩のところで振り違える染め方を考え出しまし

たよ。苦肉の策でさあ」

「道理で、デパートの展覧会も地味になったと思ったわ」

「万事に詰って来ましたんですよねえ。お師匠さんも分っておいでなんですから」

「いいえ、私は分りませんよ」

衣裳屋が首をすくめるのに、寿々は頭から冠せるように云う。

「他の子の衣裳はどうなってもね、千春の着る分だけは、どんなことがあっても全部絹《おかいこぐる》物《み》にして貰いますよ」

梶川会が、また迫っているのだった。千春が家元と踊るのは、恒例のようになり始めていた。その晴れの舞台に、人絹などが着せられるものかと、寿々は頑なに思っているのであった。

千春の稽古は、家で寿々から習う他に、練塀町の家元の許にも月に七日間、続けてびっしり通っている。家元のところに、寿々以上の踊りの上手が居るわけではなかったが、なんといってもこの世界では実の技術より権威の方が物を云うし、寿々自身も家元直接の稽古というのを有りがたがって、千春を通わせているのであった。手の空く日には自分がついて行ったりもするが、大概は美津子が介添え役だ。千春を小学校まで迎えに行き、授業が終るのを待ちかねて、練塀町まで連立って行くのである。家元の稽古は、もちろん千春だけが受けるのであるが、やはり美津子にも権威に憧《あこが》れる心が強いのであろうか、何よりこの七日間はいそいそして、まるで自分が稽古に行くように熱心に出かけて行った。

そして又、帰ってくると、家元の稽古所で見たこと聞いたことを、自慢するように家の者たちに話して聞かせるのである。

「お師匠さん、戦争ですって」

ある日も帰ってくると、いきなり寿々に云った。

「なんですよ、急に」

「戦争が起るでしょうって」

「満洲《まんしゅう》や支那じゃ、とっくに起ってるじゃないか」

「そんなんじゃないんですって。もっと大きな世界中の戦争なんですって。日本も早晩まきこまれちゃうんですって」

「誰が云ってたんだい、そんなこと」

「お家元です」

「へええ、そんな話が稽古場で出るのかねえ。先代が生きていたら、目の玉が飛び出るほど叱られただろうよ」

「稽古が終ってからですわ。お嬢ちゃまの着替えを手伝っていたら、そう仰言ったんです」

「家元が、あんたにかい？」

「ええ」

「へええ、あんたにわざわざそんなことをねえ」

うさん臭そうに顔を見られて、美津子は間が悪そうに、こそこそと自分の部屋へ引取ったが、その頃、千春は秋子の机の前に坐って、復習の態勢を整えながら、やはり同じような話を始めていた。

「ねえ、お姉ちゃん。戦争が始まると踊りが踊れなくなるっていうのは、なあぜ？」

「ええ？　どうしてそんなことを訊くのよ、千春ちゃん」

「今日はお稽古なんかそっちのけで、戦争の話ばっかりだったわ。大変だ、大変だって、そればっかり。千春、つまんなかった」

「誰がそんな話をしていたの？」

「家元が、よそから聞いてきたんだって。お稽古に来た人たち集めて、もう踊りどころではなくなる時代が来るだろうから、そうなったときのことを充分考えた方がいいよって、そればっかり云うの」

「戦争って、どことやるの？」

「アメリカとだって。参謀本部が市ケ谷台に引越したのは、その準備ですって。千春は、よく分んない」

「…………」

「嫌だなあ、千春。踊りが踊れなくって、勉強ばっかりしなきゃならないなんて、嫌だなあ」

千春は心底から嫌だというように、机の上に展げた教科書をポンポンと叩いた。

非常時という言葉が、まるで流行語のようにあちらでもこちらでも聞かれる時代が来ていた。『贅沢は敵だ』というカードを、街角に立って、派手な身装《みなり》の女たちに配るという婦人団体などが目立ち始めた。

他流の踊りの会を見ての戻りに、そういうカードを銀座で三枚も受取ってきたといって、寿々が、

「あんな連中も目は高いんだね。私の着物が贅沢だってことが分るんだから」

却って得意にしていた。

だが、『非常時です！　あなたも国民の一人として、長い袂を切りましょう！』というビラを手渡されたときは、帰ってからもしばらくぷりぷりと怒っていた。

「馬鹿にしてるよ、袂が長かろうと短かかろうと大きなお世話だよ。袂がなけりゃ、踊れないじゃないか。梶川寿々をなんだと思ってるんだ」

素人が道楽に踊っているのだったら、あるいはこういう時代では踊りで肩身せまく思うものかもしれなかったが、寿々の場合はどんな時代が来ても、踊り中心の生活信条は変らなかった。

しかし、その信条通りに生きるのは何かと不都合の多い世の中になってきていた。上根岸というのは下谷でも粋なところで、近隣には名ある人の二号をしている女の住居や、遊芸の師匠の家などが多かったのに、隣組というものができると、堅気な仕事の家が俄かに大きな顔をするようになって、寄合いの度に寿々の代理で出た内弟子たちは嫌みを云われて打凋《うちしお》れて帰って来るようになった。

「三味線だの長唄だのが、家の外まで聞えるのは困るって。銃後を守る精神があれば、自粛する筈ですがねえって、聞えよがしに云うんです」

「私のときも云われたわ。よく踊っていられますねえって。時局を弁《わきま》えたら、そんな派手なことは出来ないだろうにって」

寿々はそれを聞くと、また額に青筋を立てて、

「梶川寿々から踊りを取ったら、もう腑抜け同然なんだ。兵隊が鉄砲揃えてやって来たって、私ゃ踊っちまうんだから」

家の中では喚いても、さすがに隣組長の家まで出かけて行っては啖呵《たんか》も切れなかった。時局柄、弟子の数はみるみる減っていって、稽古場では寿々の苛立《いらだ》った声がひどく空虚

に響くようになっていた。
そういう中で、千春に踊りを仕込むことだけが、梶川寿々の生甲斐のある生活であったようだ。踊れなくなる時代が来ているという不安が、この二人が二人だけになる時間には薄れるのに違いなかった。

松風や、枝もたわめる雪重み、
夢の浮橋幻に、花散る里の花の宴、
雪の宿り木、須磨明石《あかし》、
余情をここにみをつくし……。

長唄「源氏雪月花」のレコードを、幾度も幾度も繰返してかけては、寿々は千春に、地味な素踊りを教え込もうとしていた。目に変化のない渋い踊りで、源氏五十四帖の名前を歌の中に読み込んだだけの歌詞だから曲もあまり面白くない。美津子は用にかこつけて居なくなってしまい、秋子は舞台の下で蓄音機の番をしていた。
浅葱色《あさぎいろ》に梶ノ葉の紋をのせた扇子を開いて、寿々が舞う前で、千春は鴇色《ときいろ》の舞扇で応えるように踊る。踊りそのものは振りが地味なようで見栄えなかったが、この中には梶川流独自の基本的な振りが、源氏五十四帖と同じように踊り込められてあるのであった。

学校も小学校、女学校、女子大学とあるように、踊りにも修業に段階があって、「源氏五十四帖」は譬《たと》えて云うならば大学生の基礎訓練であった。梶川流の名を許されてからでも、まだまだ習えない難曲を、寿々は小学校をまだ卒業していない千春に教えているのであった。女学校の最高学年生になっている姉の秋子ですら手ほどきも受けていないのに。

つらき朝顔夕顔までも、思ふ男は空蟬《うつせみ》の、もぬけの衣したふ文、
まだ手習の後《あと》や先、藤の裏葉や藤袴。
殿ぶり隠す箒木《ははきぎ》に、このてかしは木二本かけて、
願ふもよそに上の空、人の心の薄雲や。

梶川流の踊りの中にある高度の技術は、この踊り一番に網羅されている。それだけに扇子の扱いにも鏡獅子の二梃扇子の技術あり、仕舞のように中啓《ちゅうけい》と同じ構え方をする振りもあるという具合で、さすがの千春も全曲を吞み込むまでは小返《こがえ》し小返しの多い稽古でくたくたになっていた。

見守る秋子も、寿々が自分には教えないという不満を持つ余裕が生れず、肚《はら》の中では千春と心を併《あわ》せて、寿々の見せる振りをとってしまおうと思っていた。

「お姉ちゃん、これでどうなるんだったかしら？」

寿々の居ないとき、千春は秋子と二人でよく稽古をしたが、あの覚えのいい千春も、この源氏ばかりは音をあげていて、ときどき手順が狂うと秋子に助けを求めて来た。

「殿ぶり隠すで、左手の扇子で殿さまになって、右の扇子で顔をかくして、トンで高砂の爺の恰好になるのよ」

「こう？」

「トンでよろめくんでしょ、年をとるんだから」

「箒木にって何かしらん」

「箒《ほうき》の木のことよ。だから高砂の庭を掃いてる人形と同じ恰好をするんじゃない？」

「ああそうか」

習ったところまで復習《さら》うと、千春は秋子に訴えるように云う。

「お姉ちゃん、これは難かしいばっかりでつまんない踊りね」

「上手に踊れば見巧者《みごうしゃ》には分るでしょ」

「上手に踊っても普通の人には分らないわ。踊ってる方でも、振りばかりで、それがこなせるときは面白いけど、気持はどこにも入りようがないわ。この踊りには、何か云いたいってものがないのよ」

学校の成績は相も変らずひどいものであったが、踊りに関する限りでは千春にはすでに一家言あって、秋子はときどき目を瞠《みは》るような想いをすることがある。

「お姉ちゃん」

「え？」

「羽衣《はごろも》やらない？」

「うん、いいわ」

レコードを掛け変えていると、千春はもう浮き浮きしていて、

「踊りたいわ」

心の底から踊りたいと云うのだ。

「踊ってるじゃないの」

「ううん、舞台で踊りたいのよ。五人でも十人でもいいわ、人の前で衣裳つけて踊りたい。だって稽古場の踊りとは、違うんですもの」

その気持は秋子にも分らないことはなかった。いや、踊りに限らず、舞台に立つという経験を持つものは誰でも一度でその醍醐味《だいごみ》というものを知ってしまうものであったし、知ればもう舞台の魅力の囚《とりこ》になるのが当然の成行きである。役者は三日すればやめられないというのも、舞台に衣裳つけて立ったことのある人間には、実感として受取ることができる。

去年から自粛という形で梶川会は流れてしまって、年に一度演舞場の大舞台を踏める

という機会がなくなってみると、秋子でも寂しいと思うのに、まして踊りの申し子のような千春が、それを嘆かないはずはなかった。

「羽衣」を踊ろうと姉の秋子に誘いかけてきたのも、羽衣は源氏五十四帖のような独舞ではなくて、天人と漁夫が出て芝居がかった台詞《せりふ》のやりとりもあるところから、舞台に立つような錯覚に仄々《ほのぼの》と身を浸すことができると考えたからに違いなかった。

秋子と千春が羽衣を組んで踊ったことはこれまでになかったのだけれども、同じ師匠に従いているもの同士、曲が流れ出れば振りが違ってぶつかることはなかった。

漁夫の秋子は扇子を畳んで釣竿のように構え、稽古場の小さな舞台の下手《しもて》に立って、

「これは此のあたりに住む、白竜《はくりよう》と申す漁夫にて候」

能がかって台詞を云い、三保の松原で香しい天の羽衣を見つけると、そこへ千春が扇をふりかざして、

「なうなう夫《それ》なるは天人の羽衣なり。元のところへ置き候へ」

上手《かみて》から現われる。

小柄な千春は小学校五年になっても、身長は相変らず伸びなくて、級でも前から三、四番という小柄だった。二年生か、三年生かと顔を覗き込んでからも訊く大人がいたのは、顔だちもぽっちゃりした丸顔で、大きな眼もおちょぼ唇《ぐち》も、まるで幼な子のようであったからである。

　しかし舞の構えに入ると、千春にはピンと体中に一本違ったものが通って、小柄と幼な顔は変らないのに、相手役をしている秋子が毎度固唾《かたず》を飲んだような見事さがあった。扇を前に差出して構えた瞬間から、千春の躰には華やかさが匂い立って、白竜として向いあっている秋子は天人を目の当《ま》りにする思いになる。

　うたてやな、
　その羽衣のなき時は、天に帰らん事も叶《かな》はず。さりとてはまた下界に住まん身にしあらねば。
　かこち嘆けど空吹く風、雲の通路吹きとぢば、力及ばじせんかたも、なみだの露の玉かつら。

　千春から踊りを奪うことは、天人から羽衣を奪うのに似ている、と秋子は思った。秋子自身にしても、あれほど母親に邪慳にされ、妹の千春とのひどい差別待遇を受けながらも、踊りに嫌気がさしてこないのだ。まして、秋子とは比較にならない天稟《てんりん》の才を生れながらに持っている千春の場合、この時代は苦痛以外の何ものでもなかっただろう。

大東亜戦争は、この年が押し詰ってから勃発《ぼっぱつ》した。

「お家元の仰言ってた通りになっちまったんだねえ」

寿々が憮然《ぶぜん》としてそう云うと、美津子も大きく肯《うなず》いて、

「踊りどころじゃなくなるよって云ってらっしゃったから、その通りになるんでしょうねえ」

したり顔で応えたのが、どうしたものかひどく寿々の癇に障って、

「本当にお家元がそう云ったのなら困ったものだね。踊れない時代が来ても踊ってやろうって根性は、家元だけでも持っていてもらいたいのにさ。おおかたお前さんたちが横で感心のしっぱなしできいていたから、若気のいたりで家元もつい口が滑ったんだろうよ。先代なら東条さんにでも掛けあいに行ったに違いないんだ」

大声で怒鳴りつけると、その日は誰にも稽古をつけず、稽古場を閉め切って邦楽のレコードをかけ続けた。秋子が心配になって、そっと障子の隙間《すきま》から中を覗くと、折しもレコードは長唄「鷺娘《さぎむすめ》」がかかっていて、踊りは終盤の娘が業火《ごうか》に灼《や》かれて狂いまわるところに来ていた。

……等活《とうかつ》畜生、衆生地獄、あるひは叫喚大叫喚、修羅の太鼓は隙もなく……。

獄卒四方《よも》に群りて、鉄杖振り上げくろがねの、牙《きば》噛み鳴らしぼっ立てぼっ立て……。

二六時中がその間、くるり、くるり、追ひめぐり追ひめぐり……。

寿々は髪をひっ詰めに結い、彼女にしては粗末なお召《めし》の普段着のまま、稽古場の舞台の中央で憑かれたように踊り狂っていた。

「どうしたの、お姉ちゃん」

千春が寄って来たのに、秋子は人差指を唇に当ててから、手招いて隙見をさせた。

しばらく息を潜めていた千春は、秋子を振り仰ぐと云った。

「母さんも、踊りたいのねえ」

しばらく忘れていた嫉《しっ》妬《と》の感情に、秋子はこのとき突然のように襲われていた。秋子は寿々の踊っているのを目のあたりにして、驚きが言葉にもならずにいたのに、千春には母の踊り狂いでもしなければいられない気持が素直に読みとれている。母さんも、踊りたいのねえ……。母さんも、というのは、千春も踊りたいように、という意味に他ならなかった。この母とこの娘の間には、一本の糸が張り詰められている――秋子は衝《う》たれるようにそう感じていた。

しかし千春自身は、云った言葉の意味など思いもせずに、いつまでも隙見する気はなくて、廊下をすたすたと歩いて行ってしまった。茫然としている秋子を残して、屈託のない後ろ姿を見せて彼方へ行ってしまった。

梶川会ばかりでなく、小さな町師匠が開く温習会《おさらいかい》の類も時節柄遠慮しなければならなくなっていた。弟子も減り、着るものも繊維払底で思うにまかせず、家元の方でも手を宙に浮かせている様子ということになれば、寿々の苛立ちは当然なのであったが、女中に徴用が来たときにはさすがに彼女も肚をきめなければならない場合が来たと知らなければならなかった。

かねて家元から美津子を通じて、梶川流銃後慰問隊の結成について勧誘を受けていた寿々は、それまでは、

「工場の菜っ葉服相手に、なんだって私らが踊って見せなきゃならないんだい」

「将校ならともかくね、兵隊に見せたって分りゃしないよ。私はお断わりだよ」

にべもなく断わり続けていて、寿々への誘いが、実は千春という子役ほしさからだと察しがついてからは、

「冗談じゃないよ。舞台で大事なのは格ってものなんだ。見物の悪いところで踊るのはドサ廻りと同じでね、折角の先代家元の血が濁りますよ。私や秋子が出ることがあったって、千春は出しゃあしませんよ」

家元という権威に対しては弱かったから、さすがに猿寿郎に面と向っては云わなかったが、間に立った美津子には頭から浴びせかけていたのだった。だが、軍部から見て国策に添わない職業に従事している者たちはどんどん徴用という制度で引立てられて、工

場に動員されるのだ。分ってみると、早晩寿々も美津子もそんな羽目に陥ることは明らかで、持ちなれないハンマーを持ったり、弾丸《たま》磨きなどやらされるよりは、相手が茄子《なす》でも南瓜《かぼちゃ》でも、踊っていた方が遥《はる》かにましだ――そういう結論が出たのであった。

梶川流舞踊団・銃後の戦士慰問隊第一部隊という奇妙な名前の舞踊団が出来たのは、ミッドウェー海戦を経て、日本軍がガダルカナル島に苦戦している最中であった。

衣裳屋の老人が、ごそごそと踊りの衣裳を片づけている横で、秋子は寿々の古着を解いてもんぺに仕立て直していた。寿々も美津子も針を持ったことのない女たちで、秋子だけは女学校で裁縫の一通りは習っていたから、いい加減なところで裁って縫っているのだけれども、どうにか形がつくのであった。そして秋子の縫ったもんぺを、寿々も千春も、秋子自身も、踊る時と寝る時以外は必ず着るという生活が続いていた。

梶川流第一部隊は、第一の名称通り、家元梶川猿寿郎を中心に結成されていた。立女形《たておやま》に匹敵する存在が梶川寿々であり、他に家元直属の男一人女二人の弟子と、美津子、秋子、千春の八人の踊り手に、地方《じかた》として三味線と唄がそれぞれ二人ずつ、それに衣裳方と、総勢十三人が隊員である。

先代家元夫人は、もと赤坂の芸者であったところから軍部にも軍需産業の会社幹部にも取入って、どんどん工場や部隊から注文をとってはスケジュールを組んでいた。寿々が案じた通り、東京ばかりでなく、関東近在にとどまらず、東北地方にまで巡業して歩かなければならなくなったりした。

役者と違って舞踊家には自分の顔を自分で化粧《つく》れない女が多いのだが、顔師は連れて歩けなかったから、寿々も千春も銘々、自分で白粉を塗り、眉《まゆ》を描き、紅をひいた。衣裳も簡単なものは自分たちで着せあい、手の空いたものが引き幕をひいた。小人数の一座だったから、衣裳の世話も銘々で出来るだけのことをするし、小道具の始末も当番制で責任を持ち、荷造りも荷を解くのも自分たちでしなければならなかった。地方の校舎を工場に改革したところへ出かければ、家元や地方《じかた》連中が汗を流して講堂に舞台を設営するようなこともあった。

演目は、といえば、梶川流の看板になっている粋なものや、華麗なものよりも、軍歌や最近の流行歌に振りつけた新作ものが、指導者たちの機嫌にかなったので、

一、銃後報国隊の歌　梶川猿寿郎
一、出征兵士を送る歌　梶川寿々美以下
一、僕は少年航空兵　松本千春
一、海征《ゆ》かば　梶川寿々
一、隣組の歌　梶川秋子他

こんな具合のプログラムが大方である。

しかし一番先に文句を云いそうな寿々が、こうした演《だ》しものの続く毎日に、一言も愚痴をこぼさなかった。こうした仕事に入ってみて、さすがの彼女も日本が国運を賭《と》して戦っていることに直面しないわけにはいかなかったのだろう。彼女は素踊りで「海征かば」を一番だけ受けもつと、あとは人気のないまま楽屋で手を束《つか》ねていたが、そういうときには配給の豆粕《まめかす》からゴミをとったり、巡回する工場から、謝礼に添えて渡される煙草《たばこ》や菓子の類を、隊員に分ける仕事などを、黙々としてやっていた。四十過ぎて、踊りだけで苦労なしでいればもっと若くいられたのだろうが、黙っていただけこの時代は寿々の躰に適わなかったらしく、秋子でもときどきはっとするほど彼女は老《ふ》け込《こ》んでいた。

軍歌などのレコードを使って踊ることが多くなると、地方《じかた》も手が空いている時間が多くなり、それを見越したように若い方の三味線ひきと、唄二人に召集令状が来た。残った一人は老人の三味線ひきで、これは旅先の宿へつくと喘息《ぜんそく》を起すような病持ちである。

梶川猿寿郎に赤紙が来たのは、梶川流第一部隊が久しぶりで東京へ帰って来たときであった。戦局は苛烈《かれつ》というよりも悲愴《ひそうみ》味を帯びて来ていて、大本営はアメリカ軍がサイパン島に上陸したというニュースを報道していた。その一年前にはアッツ島玉砕の報が入っていたから、国民の中でも悲観論が頭を擡《もた》げて来ていたが、しかし坂道を転がる石のように、一億玉砕という言葉が生れて、その悲愴な響に酔った人々の声は、悲観論者の口を封じていた。

猿寿郎こと梶川三千郎が出征する日、下谷練塀町の梶川流家元の家には、もんぺ姿に、防空頭巾と救急袋を両肩に下げた門下の人々が群れをなした。彼女たちは手に手に日の丸の小旗を持っていて、その中央に町会長から激励の言葉を受けている梶川三千郎がいた。カーキ色の国民服を着て、戦闘帽を冠り、脚にはカーキ色のゲートルを巻いて、直立不動の姿勢で立っている。和服姿の猿寿郎は、どことなく仇《あだ》っぽい風情《ふぜい》があって、いかにも色男じみた嫌味があったが、こうしてみると男前がひきしまって、これでは女の弟子たちが騒ぎ立てるのも無理はない、と秋子は人垣ごしに家元を見守りながら、そんなことを考えていた。秋子も戦争の慌しさの中で思春期を迎えて、すでに十九歳になっているのであった。

「では、梶川三千郎君の武運を祈って、万歳を三唱いたします」

日の丸の旗の波が、人々の頭上高く三度揺れ動き、女の声の多い万歳は、梶川流の大門をどよめかせた。そのとき秋子の耳のそばで、ぐしょんと鼻をかむ音がきこえた。振りかえると、美津子であった。声を立てないようにしているが、涙が両眼から噴き出るように流れ出ていた。

戦局を思えば、いま出征することは死にに行くようなものだという予想が立つのが自然で、猿寿郎を身近く思う者ならば万歳などという騒ぎではなかった。

寿々を先頭に、千春と秋子、それに美津子と四人連れで、歩いて根岸へ帰る道で、眼を泣きはらしている美津子を振返って寿々が云った。

「しようがないねえ、家元も。先代の血なんだねえ。私もうっかりしていたよ」

今さら美津子を叱っても、という気だったのだろう、自分も迂闊《うかつ》だったと思い、出征した家元を送っての帰り道だとも思うと、それ以上のことは云えないのだった。

秋子は、寿々の言葉を聞くまでもなく、この経緯は寿々よりも早く知っていた。旅先で、宿舎の庭先や、猿寿郎の部屋で、もつれあっていた二人を、秋子は一再ならず見ていた。だから、万歳のあとで泣いていた美津子には少しも驚かなかったかわりに、寿々の云った言葉にはあらためて愕然《がくぜん》とさせられていた。

先代の血なんだねえ。私もうっかりしていたよ。

先代の血なんだねえ——。

先代の血。それは先代猿寿郎の子供であるということではないのか。今日出征した猿寿郎にも、妹の千春にも流れているものではないのか。

これまで、秋子は母親の口から、さも有りがたそうに同じ言葉の出ていたのを、幾度となく聞かされて来た。先代猿寿郎の血が流れているから踊りが天才的なのだと——。

だが、このとき寿々の口から出た先代の血という言葉は、全く意味が違っていた。先代猿寿郎は艶福家である。だからこそ千春のような娘が晩年になって生れもしたのだ。当代の猿寿郎にも、その血が流れている。だから、美津子が我を失って泣いている——。

美津子は猿寿郎の浮気の相手をさせられたのか。秋子はあらためてそう思うと、まだ泣きじゃくっている美津子が、ひどく複雑なものに思えてきた。いつもは、千春と秋子の間に立ちはだかり、母親と秋子の間にも立ちはだかる迷惑な女であるけれども、このときばかりは秋子にとって迷惑は感じられなかった。同情というものも湧いて来なくて、ただ複雑だった。

梶川流第一部隊は、こうして家元を失い、若い男手を総て失ったわけだけれども、慰問という任務が終ったのではなかったから、今度は寿々を中心にして演目も再編成され、前と変らない巡業の日々がやはり訪れていた。家元の演《だ》しものを、寿々が立役に廻って引継いだのだ。背の高い秋子にも、男役が多くなり、千春と組んで踊るものが殖えたのは、秋子にとって喜びであった。美津子は背は低い方ではなかったのだが、躰がいかにもしなしなしていて、男舞の格調は彼女には望めなかったのである。

その年の十一月、東京では初の空襲があり、以来警報のサイレンは鳴り続けて、踊りどころではなくなってきた。秋子たちは、目的の工場に到着するまでに幾度退避したかしれず、無我夢中で日を過していた。かつら箱を抱きしめて防空壕《ぼうくうごう》に飛び込み、B29の爆音を頭上にききながら息を潜めたことも幾度あったろう。

「早く戦争が終らないかねえ」

寿々がようやくそんなことを呟《つぶや》くようになっていた。

「一億玉砕ですよ」

美津子が云う。

「こんなところで死にたかないよ」

寿々が不機嫌になって、

「そうですとも」

と、言葉も強く寿々は自分で自分に相槌《あいづち》を打っていた。

秋子は千春と躰を寄せあって、じっとしていた。

バリバリッ。耳をつんざくような物音が聞えると、姉と妹は思わず抱きあった。B29の爆音が遠のいても、しばらく二人は腕をゆるめなかった。秋子の腕の中で、千春のむっちりと肉づいた躰が、すくんでいる。戦争のさわぎもあって、千春は上級学校には進まなかったが、女学校へ上っていれば、もうじき三年生になっているはずだ、と、秋子は思いついた。その秋子はすでに十九歳になっているのであったが、自分の年齢よりも、秋子には千春の年齢が強く強く感じられて、それは不思議なほどであった。

小柄なせいもあって、子役に使われていた千春も、いつの間にか育っている。いまだに背も低ければ、躰も童女のようにあどけない科《しな》をもっているので、子役のように踊って踊れないことはないのだけれども、子供と意識した振りで踊らなければならなくなっているという変化に、一座の人たちは迂闊にも気がついていないようであった。最年少であることが、日常の千春自身にも子供っぽく振舞う方が万事にトクだという意識を育てていたのかもしれない。千春の声は、子供っぽく、彼女は好んで舌足らずのものの云い方をしていた。媚態《びたい》を、千春は意識して備えていた。

秋子に抱きしめられても、千春は嫌がらなかった。むしろ、抱擁《ほうよう》されていることに快感があるのか、いつか千春はぐったりと秋子の胸の中に四肢を緩めて憩っていた。ときどき、秋子の頬に額を押しつけたり、秋子の胴に手をまわして抱きしめたり、そしてまた恍惚《こうこつ》としたようにぐったりと姉の腕に躰をまかせている。

空襲は怖ろしかったけれども、暗い防空壕に入って、爆音をきくことが、秋子には楽しみにさえなってきていた。警報解除のサイレンが鳴り響くと、名残り惜しさに力を入れて抱きしめたりした。

「お姉ちゃん、苦しいわ」

千春は、その苦しさがまるで快いとでも云うように、囁きながら身悶《みもだ》えしていた。

戦争が終ったとき、秋子にはそれを終ったものとして受取るだけの余裕はなかった。

何もかも無くなってしまっていたから――上根岸の家は空襲で焼けてしまっていたし、梶川寿々の手の中で残ったものというのは、秋子と千春の二人の娘だけであった。

三人は、焼跡に茫然として立ち、三人とも言葉を無くしていた。寿々は稽古所の焼跡の灰を未練らしく拾い上げては土に落し、拾っては撒いて黙りこくっていた。秋子も、これからどうなるのだろうという不安と、黙り込んでいる寿々の姿も怖ろしく、ただ佇んでいた。

最初に口をきいたのは、だから千春であった。

「母さん、もう空襲はないんでしょう。また踊れるわねえ」

寿々は掌を叩いて灰を落しながら、

「さあ、空襲だけは、もう無かろうけれどもさ」

力なく立上ったが、千春は確信ありげに空を仰いで、

「踊れるわよ」

と云った。

夏の空に雲が白く、それは千春の声のように、むくむくと希望を持ってふくらんでいた。それを眺めて、秋子は心の中で、千春の希望は、彼女の才能から生れているのだと考えていた。

焦土さながらの東京で、日本人の誰が希望を持つことができたかといえば、それは力

ある者、才能ある者に限られていたかもしれない。かつてはそれを持っていた梶川寿々も、五十に手の届く年齢では、もはや千春には及ばなかったのだろう。さあ、空襲だけはもう無かろうけれどもさ——、こう呟くだけで、ぼんやり放心したようにつっ立っている寿々を、秋子はまた愕然とする思いで眺めていた。母さんは、なんて老けこんだのだろう、と秋子は思っていた。稽古場で、弟子たちを張り扇でピシピシと叱りつけていた梶川寿々は、すっかり精彩を欠いてしまっていて、昔は好んで日本髪に結っていた頭は艶もなくぼうぼうと乱れていた。もんぺの上衣も衿元がしまっていない。戦争の始まりには、まるで板につかなかったもんぺ姿に、寿々はもうすっかり馴染んでしまっているようだった。それは、踊りというもので育った寿々が、踊りの育ちにくい時代の中で、すっかり疲れてしまったからだといえるかもしれない。

それにひきかえて若い千春は、その若さで踊りの育ちにくい環境をケロリとくぐり抜けたのだ。

「秋子姉ちゃん」

「ええ」

「みんな、きっと戻ってくるわね。家元も。戦争が終れば、兵隊に行った人たちは、みんな帰って来るんでしょう？　家元が帰れば、疎開した人たちも、みんな又元通りに集まって来るわ」

「そうね」

「母さん、大丈夫よ」

十五歳の千春に、二十《はたち》の姉も、母親も、力づけられるような形であった。秋子は涙ぐみながら、私はこの妹に支えられて、これからを生きることになるのだろうかと考えていた。空襲の夜、防空壕の中で秋子の抱擁に身悶えていた千春が、俄かに狂おしいばかりに愛しく思い出された。

「母さん」

秋子は寿々に向うと、

「練塀町へ行ってみませんか。千春ちゃんの云うように、もう人が集まっているかもしれませんよ」

「まあ、そうして見るより仕様がないからねえ。だけど、今が今、家元が帰るわけでもなし、第一、練塀町も焼けてしまったのだからねえ」

寿々はぶつぶつと気乗りのしない様子であったが、いつまでも焼跡にいるわけにもいかず、あてにならなくてもともかく練塀町まで出かけるより仕方がなかった。

同じ下谷でも上根岸から練塀町までは、歩くには気の遠くなるような距離であったが、もう工場廻りもなくなってしまった三人にとっては、乗物の便がなければ歩くより仕方がなかった。三人とも布地の疲れてしまったもんぺ姿で、救急袋と防空頭巾を肩にかけ、救急袋はともかくとしても、もう防空頭巾の必要はないのだということに気がつかなかった。踊りのかつらや衣裳は、この間まで踊っていた軍需工場の倉庫に預けることができたから、手に提げるものがないのだけが、この場合の三人にとって唯一の贅沢なのであった。

練塀町に着く頃には、西の空は夕焼けで、上野の山は赤く染まっていた。しかし一面の焼野原の中でも、さすがに梶川流の総本山は腐っても鯛の譬え通り、同じ焼跡でも辺りとは格段の風格があった。内土蔵《うちぐら》の外廓と外土蔵が、黒々と高く焼け残っていた。それはしかし、あくまでも焼跡の風景でしかなかった。秋子の眼にも、寿々の眼にも、それが現在の梶川流の家元の根城なのだとするのは辛かった。なんとか形のあるものが残っていたにもせよ、それらは黒い土くれと変るところがなかったからである。あの大きな総檜の稽古舞台と、祝いごとの度に門弟多勢が集まる大座敷を持ち、常時二十人前後の弟子たちを寝泊りさせていた梶川猿寿郎の邸が、ここに復活することがあるとは想像することもできなかった。

踊りの先行きがどうなるかというより、明日の食糧の不安が先立つ時代に、梶川流の将来も宵闇の中の土蔵と等しく黒々とおどろおどろしかった。

「帰りましょうか、母さん」

「仕様がないよねえ、これでは」

帰るといっても寿々の稽古場の焼けたあとは、立川の工場の片隅で親娘三人は寝泊りしているのである。機械の止ってしまった工場は、焼け残った土蔵と同じおどろおどろしさがあって、踊るどころか働く方途も持たない寿々たちは居たたまれなかった。しかし暮れて来れば、いつまでも焼跡に佇んでいるわけにもいかなかったし、交通難のとき、下谷から立川へ戻るのは死にもの狂いでなければできない仕事であった。僅かな小麦粉を使った貧しい食事にありつくのは、この時間なら夜も更けてからになるだろう。三人は重い足を引摺りながら駅に向って歩き出した。

寿々も秋子も首を垂れて、黙々と歩いていたのに、千春だけは未練らしく、幾度も幾度も振返っていた。一面の焼野原であったから、梶川流の土蔵はかなりの距離を経ても遠くから望むことができた。

「あら母さん、誰かがいる」

「え？」

「お蔵に人が棲《す》んでるんだわ」

云い終らないうちに、千春は走り出していた。

寿々と秋子は呆然としてそれを見送っていたが、互いに顔を見合わせると、黙って今来た道を引返した。二人の眼には、どう目を凝らしてみても、薄暮の中の黒い土蔵の周辺に人の気配は見えなかったのだけれども、千春のような確信がないまでもせめて人が居るかもしれないという幽かな希望を確かめてみたいと思ったのであった。いや、人が居てほしいという願望から、二人は引返したのかもしれなかった。先に何の希《のぞ》みもないような昏《くら》いときに、どんな小さな頼りないことでもいい、何かの目的があって足が歩むのは少しの間でも救いであった。

千春は、驚くほど早く走って、土蔵の入口に到ると、勢い余ったのか毬《まり》のように二度三度跳ね上った。と、次の瞬間には、二人を振返って、

「母さァん」

「秋子姉ちゃァん」

大声で呼び、両手をあげて招いた。

蔵の中からも転げ出るような人影が現われて、千春を抱くようにして此方を見たが、と同時に寿々が走り出した。

蔵の中から現われ出たのは、梶川月であった。秋子は九年前、千春の稽古始めに、あの宏壮だった家元の家の稽古場で初めて彼女を見たのであった。あのとき七十の美しい老婆であった先代家元の妻が、今もなお生きていて、焼け残りの蔵の中に独りで梶川流の根城を守っている——。信じられないような、しかし最も有り得べきことと考えられる、その事実を、悟ると同時に寿々は、先刻までの精気失せた態度を一変させて駆けている。月と、相抱きあっている千春。月を目指して走っている寿々。秋子は暫《しばら》く足を

止めて、妹と母を眺めていた。

空襲の夜、防空壕の中で、確かにこの腕の中に在った筈の妹が、一瞬の間に母親と共に秋子を取残して行ってしまった。――秋子は、その実感を嚙みしめ、味わいながら、自分でも分るほどトボトボと力無い歩き方をしていた。思えば、空襲警報に怯えながら、かつら箱を抱えて、あちらへ逃げたり、乏しい食物を喞《かこ》ちながら時代を嘆いていたりしていた頃には、秋子はいつも寿々とも千春とも一緒にいることができたものであったのに、梶川月を認めると我を忘れて走る妹と母の後ろに立ってみると、秋子はある寂しさに似た予感で、夏の夜であるのに胸許が寒く身震いをしていた。

月は、もう八十歳になっている筈であるのに、そして顔を寄せてみれば、骨も皮膚も瘦せきしんでいるのに、眼だけは異様なほどキラキラと煌めいて千春と寿々を迎えていた。

「まあまあ、よく訪ねておいでだねえ」

「大きいお師匠さん、まあ、お変りなくお元気で何よりでございました」

寿々は涙ぐみ、声を震わして、月の手をとると伏し拝むようにしていた。それは彼女に千春を産ました先代猿寿郎の本妻に対する態度ではなく、純粋に梶川流の門弟が、流派の神とする存在に出会ったときの喜びを示すものに他ならなかった。

「私たち三日前まで田舎《いなか》を廻ってたもんですから、まあ、ようやくの思いで立川の、前に知ってた工場まで辿《たど》りついて、それから上根岸にも行ってみましたんですよ。春に焼けたときっから二度目なんですけれど、戦争が終ってみると、又見てみないじゃいられなくって」

月は、細いがおそろしく甲高い声をはりあげて、

「私はね、此処が焼けたときいたときにゃあね、疎開なんぞしていられなくなってね」

「ええ、ええ、そうでしょうとも」

「みんなが止めたんだけど、ひとりで出て来たんですよ。それからずっと蔵ン中で暮してるんです」

「まあ、おひとりで」

「来てくれる人が居ないじゃないけどねえ、家元が帰ってくるまでは滅さと矢鱈《やたら》な女は近寄せられないだろう。今親切にされるのは、弱身に触られるようなものだからね。私ゃ一人でともかくやってますのさ」

「大きいお師匠さんらしいことねえ」

寿々は心から感嘆した。

「上根岸さん」

月は寿々を稽古場のある地名で呼び、それから手招きして声をひそめ、

「あんたとこの寿々美がね、ちょくちょく来るんだよ」

「まあ、美津子が？」

「敵は本能寺。家元が帰るのを待ってるんですよ」

「まあ、大きいお師匠さんも御存知だったんですか」

「梶川流の中で、私の知らないことはありゃしませんよ」

「ごもっともです。まあ、私の弟子が申訳のないことを致しました。お詫《わび》が遅くなって相済みません」

もんぺ姿で、焼跡で再会するなり、弟子の不始末を手を突いて詫びる姿は、滑稽を絵にしたようなものであったが、寿々は大真面目であったし、それは千春の予言通り踊れる時代がまた彼女にも戻ってきたことを示す図でもあるのに違いなかった。

滅さと矢鱈な女は近寄せないのだと云った月も、自分の夫の嘗ての女と、その忘れ形見の来訪には昔を忘れて受入れる気になったものらしく、その夜三人は蔵の客になった。寿々たちは持参の炒《い》り豆《まめ》や乾パンの残りを出して夜食に供したが、すると月は八十歳とは思えないほどの勢いでパリパリと音を立てて乾パンを噛んだ。唇を結ぶと巾着のように皺がよったから、月には自分の歯はもう幾本も残っていない筈であったが、おそらく歯茎が堅くなって、歯と同じ働きができるのかもしれなかった。

明日の食糧を想って、豆もパンも僅かしか口にしない習慣を持っていた三人も、この夜は久しぶりに手が出れば口に運んで食べた。この日頃では、目先の明日より遥かな希望に充ちたもっとも豊かな夜なのであった。

「大きいお師匠さん」

寿々は月に云った。

「千春は踊りの申し子ですよ、本当に。終戦と聞いたと同時に、また踊れるわ、と云って、そりゃ元気になってしまって……」

月は満足そうに肯いて、

「千春ばかりじゃない、私もそう思いましたよ。この蔵ン中で住み始めた日は、扇子を持って、島の千歳を踊ったくらいですよ」

「まあ、大きいお師匠さんが、島の千歳を」

八十の媼《おうな》が、焼け残りの蔵の中で、孤り舞を舞うという図は想像しただけで鬼気が感じられ、秋子は身をすくませたが、寿々も千春もただ感動していたようである。

「ああ、千春も踊りたい」

小さな声であったが、千春の魂が叫んだように聞えた。

「お踊りな」

月は事もなげに云い、すると寿々は救急袋の奥から晒木綿《さらしもめん》を巻いたものを取出して、それを解きにかかった。中から出て来たものは先代猿寿郎が千春の誕生に与えた、梶川流の扇である。

「袖がなくっちゃ踊れないねえ」

月が呟きながら立上って、ガタガタと音をさせながら蔵の奥の古箪笥を開けて、

「これを着てごらんな、三千郎のものだけど、千春には寸法が合うかもしれない」

鯨油に浸した燈心《とうしん》から射す灯りでは、柄はさだかに見えなかったが、かなり派手な舞台衣裳が蔵の中に焼け残ってあったらしい。もちろん男物の衣裳であったが、千春が立って袖を通すと裄丈《ゆきたけ》は丁度よかった。三千郎の子供の頃のものであったのだろう。

「もんぺをお脱ぎ」

月が云った。それは戦争という踊れない時代への袂別《べいべつ》を宣するもののように秋子には聞えた。千春は素直にもんぺを脱ぎ、上着も脱いで、殆ど素裸の上に与えられた衣裳をつけた。

「岩《いわ》戸開《とびらき》、踊れるね」

「はい」

月も、寿々も、上半身がすっと伸びた。秋子も緊張した。

夫《それ》宮比《みやび》乃《の》神《かみ》能《の》御前《みまへ》爾《に》、
敬《うやまひ》申《まうし》弓《て》申《まう》佐久《さく》。

荘重な祝詞《のりと》に始まり祝詞に終る「岩戸開」は、天照大神と素戔嗚尊《すさのおのみこと》の諍《いさか》いから岩戸隠れ岩戸開きのドラマを謡いあげたもので、単純だが力強い振りのついた、梶川流では名品と呼ばれている踊りであった。月の声は細く甲高く、寿々の声は深く重く、二人ともかなり音痴で、長唄の地は決して最上のものとはいえなかったが、ああ千春にとっては、幾年ぶりの踊りらしい踊りであったろう。

天の岩屋戸を、さして幽居《こもりゐ》給《たま》ひしかば、天上天下 悉《ことごと》く、
常闇《とこやみ》とこそ成りたりけれ……。
そのとき宮比《みやび》の御神は……
股乳《ももち》よろしと戯れ給ひ、裳紐を垂れて舞ひ給へば……
天地再び開け治まり、国土豊かに成りしかば、
皆万歳を祝しつつ……

岩戸が閉ざされて天地が闇の中に置かれていたのは、戦争中の梶川流をそのまま象徴するものであった。そしていま天宇受売命《あめのうずめのみこと》が、天の香具山の日蔭を手次《たすき》にかけ、天の真拆《まさき》を縵《かづら》として、岩屋戸の前で宇気槽《うけぶね》の底を踏み鳴らしながら踊っているのは、舞台の夜明けを待ち望んでいる千春に他ならなかった。神楽の手をふんだんに取入れた面白い振

りが、月と寿々の下手な歌に合わせて、夢中で踊っている千春の躰の上で、八百万《やおよろず》の神々の平和への願いが踊りまわっているように見えた。

千春に、舞踊の神がのりうつったのだ、と秋子は疑わなかった。いつか、秋子も月や寿々に声をあわして歌い始めていて、そうなれば調子も声量も二人よりは遥かにましな秋子の声ばかりが蔵の中には聞えるようになっていたが、秋子は自分の唄声よりも千春の舞に心を奪われていて、ああ千春には、こうして夜明けが来たのだと、ようやく感動していた。

千春がめでたく舞い納めると、月は寿々を顧みて、

「上根岸さん、あなたも」

と、うながした。

「さようでございますか。では私も久々に」

　　浮世の業や、西の海

　　汐の蛭子の里広く……

やはり長唄の「傀儡師《かいらいし》」であった。

寿々には月が衣裳を与えなかったので、もんぺのままで踊ったのであるけれども、傀

傴師は男舞で、舞台へ出るときはたっつけ袴をはくぐらいだから、そぐわないことはなかった。

「私も踊ろうかねえ」

月がひょろりと立上った。

寿々も千春も秋子も一瞬はっとして、拍手を忘れている中で、月は古びた扇子を構え、
実《げ》に治まれる四方《よも》の国、実に治まれる四方の国……

「老松」であった。寿々と秋子が急いで唱和すると、月は小さな躰を、華やかにぱっと開いて、扇をかざした。千春だけは唇を結んで、そういう月の一挙手一投足を、隈なく自分に写す気か、まるい眼を瞠って見守っていた。

暁け方まで三人は交る交るに立って踊った。それは舞踊の黎明を寿《ことほ》ぐ祀《まつ》りに似ていた。が、誰も秋子に立って舞えとは云わなかった。月は、秋子を全く無視していたし、寿々は取りなさなかったし、千春は踊りに夢中で秋子を気づかう余裕はなかった。

蔵の中で、しかし秋子は自分が誰からも疎外されているという具合には感じなかった。ただ、踊りというもの、それも家元の縁《えにし》に連なる人々の踊りから、またも疎外される生活が自分には終戦が齎しているようだという諦《あきら》めに似た悟りがあった。

月は、寿々たちを蔵の中に入れたのが気の弛《ゆる》みになったものか、翌日から猛烈な下痢

を起して寝込んでしまった。寿々も、千春も茫然としたが、秋子は甲斐甲斐《かいがい》しく、月の下の世話までして、看病にはげんでいた。こういう役廻りばかりが、自分にはついて廻るのだと思いながら。

現実的には、家元の猿寿郎が復員するまで舞踊の復活は難かしかった。戦争が終っても、寿々が云ったように空襲ばかりはもうないというだけの時期が長く続いたからである。食糧難、住宅難、それは依然として変らなかった。闇食品の買出しが大っぴらになると、千春までがリュックサックを背負って出かける始末である。梶川流の蔵の中にいても、踊りに明け暮れるというわけにはいかなかった。

親と娘三人のこれまでの生活に加えて、ここには梶川月を看病するという至難な仕事があった。蔵の中には中二階があって、寿々と千春はそこに寝たが、三人とは並べない狭いところでもあったから、秋子は階下の片隅でごろ寝することになった。中央には蒲団が敷いてあって、そこには月が寝たきりになっている。寝床の分布図からみても、秋子の役割りは下女に近かった。

「秋子、秋子」

月が秋子の名を呼ぶのは、厠《かわや》に立つときだけであった。下痢が続いていて、彼女の躰は枯木のように痩せ細っていたが、躰のふらふらするのを支えるために秋子は呼ばれるのであった。軽い老軀が用を足すのを、秋子は忍耐強く支えていた。立つ度に下痢であり、蔵の外にただ穴を掘っただけの満足な厠ではなかったから、臭気は凄《すさ》まじかったが、寿々も千春も自分から代ろうとは云い出さなかったし、月がその都度名を呼ぶのは秋子であったから仕方がなかった。

「上根岸さん」

寝ている月が寿々に話しかけるときは、

「三千郎は帰って来ますよねえ。それにしても遅いねえ」

「復員省へ行って調べて来ましたら、日本の中だから今日にでも帰ってくる筈だと云うんですけれど」

「どうしちゃったんだろう」

「ほんとに、どうなすったものでしょう」

と、猿寿郎の安否を気づかって堂々めぐりをしていたが、

「千春」

「はい」

この二人の会話だけは、いつも浮世ばなれがしていた。

「先代の家元はねえ、欠点も多いんで随分女泣かせでしたけどねえ、踊りにかけては鬼

でしたよ。一口に舞踊と云っても、舞と踊りと両方をこなせる踊り手は滅さといるものじゃないし、流派でも舞が専門の井上流やら、踊りの方が得手《えて》という流儀がある具合でねえ、舞にも踊りにもいい手を残して梶川流を築き上げたのは、あなたのお父さんの七代目家元なんですよ。だから梶川流じゃあ、あの名取りは舞の方が得手だ、踊りはどうもということは許されないんですよ。舞にも踊りにも、いずれ勝り劣りなく自分のものにしてからでなくては名取りにはしない建前なんです。千春はどちらの筋も悪くないけれど、今の自分の好みで踊りの好き嫌いを作っちゃいけませんよ。先代に申訳ないですからね」

月は、まるで死期の近づいたのを悟った病人のように、云い残しておかねばならないと思うものの悉《ことごと》くを千春に云い残そうとしているようであった。そして千春も、月の言葉の悉くを記憶に残そうとでもするように、大きな眼を瞠ったまま肯きもせずに聞いていた。

「千春」

「はい」

「普通の人は右手より左手の方が使わないものだから、左が右と同じに利《き》かないものだけれど、舞踊家はそれじゃ済まされませんよ。梶川流には二梃扇子の振りが多いのだし、晒を踊るのに右と左と高さや勢いが変るのはみっともない。だから踊りの稽古の時以外にも、たえず左手を使うようになさいよ。先代はその修業で、右で茶碗《ちゃわん》を持って左で箸《はし》を使う稽古をして、半年たたない内に右と同じだけ器用に箸が扱えるようになんなさったものでしたよ」

「私もやってみます」

「そうだね、いいことは直ぐにやってみるものだよ」

「ええ」

だが、箸の先で摘みあげるに足る食事とは、ここしばらく無縁の生活が続いているのであった。月の下痢を口実にして、相変らずすいとんや麦の多い粘り気のない粥《かゆ》が、彼女たちの献立てだったのである。

蔵の中では、もちろん煮炊きができなかったから、食事の支度には厠へ出るのと同じように蔵の外へ出なければならなかった。焼け跡の煉瓦《れんが》やコンクリートの片《かけら》を運んできて、それで土竈《どがま》を蔵の南側に組んである。

薪は出歩けば焼け残りの塀などが随所にあったものだが、それも焼けて半年以上も経ってみると見つけ出すのが困難になり、三人で手分けして探しまわるようにもなっていた。マッチはなく、ずっと前から経木《きょうぎ》の端に燐《りん》をつけたものがマッチがわりに使われていて、擦《す》って点火したあとしばらく硫黄《いおう》臭い匂《にお》いが鼻を衝いた。厠は蔵の北側に掘ってあったが、風の具合ではその臭気が台所まで流れて来ることもあり、秋子は時々眉をひそめていた。食事と排泄《はいせつ》を同時に考えることは、どんな時代であれ秋子には辛い。しかし、煮炊きしているとき厠の臭気がすると、秋子は反射的に月のことを考えるようになっていた。

月は、数日前に一度、昏睡《こんすい》状態に陥ったことがあった。医者の頼りもない折から寿々も動顚《どうてん》したが、一日が過ぎると月は意識を回復し、下痢も治まってきていた。しかし、それは軽い脳溢血《のういっけつ》の症状であったのかもしれない。身動きが、まるで不自由になってしまっていたし、同時に口だけは前以上によく喋るようになっていたのだ。月は千春を終日枕辺に坐らせて、まるで語部《かたりべ》の嫗のように梶川流の沿革から先代家元と月との交情に到るまでべらべらととめどもなく喋り続けていた。

千春が用にでも立つと、

「千春、千春はどこへ行ったんだいッ」

と、金切り声をあげるものだから、それ以来というもの秋子は一層忙しくなってしまった。三人で手別けしていた仕事が、寿々と秋子の二人になってしまったからである。寿々は五十にはまだ一つ二つ手が届きかけても間があるという年齢であるのに、もともと家庭的な能力に欠けていたせいもあって、およそものの用にはたたなかった。秋子も梶川流の水を掬む者として、月の物語りは聞いていたかったが、彼女にはそういう暇がなかった。来る日も来る日も、洗濯と、買出しと、食事の支度で彼女は明け暮れていた。

豆粕も麦も混じっている粥が、油くさい匂いをたてて煮え始めると、秋子はふと自分の年齢を考える。二十歳。戦争がなければ、上根岸の稽古場で、母と妹との間に、それぞれ陰翳《いんえい》があるとはいっても、少なくとも秋子が風の吹きさらす中で粥を煮るなどという辛い生活はなかった筈であった。齢ごろといわれて、袂の長い美しい着物を着て、ただ捻じり足だけを人に見せないように立ち居振舞を気づかっていればいい。千春の才能溢れる舞ぶりを見て、その補佐役としての自分に充分満足していただろうと、秋子には野心も欲もなく、過去を顧みても、夢の世界にいても、秋子は自分の分を常に心得ていた。

焼野原では小径のような通りを、歩く人影も決してないとは云えなかったが、通りから焼け跡へ踏込んで、まっ直ぐこちらを目指している二人連れを最初に見つけたのは、秋子であった。男はカーキ色の戦闘帽を冠り、カーキ色の軍服を着て、カーキ色のゲートルを巻き、背中にも同じ色の背嚢を負い、両手にも同じ色の大きな包みを提げていた。

「あ……」

近づいて来た顔は、陽灼けしていて無精髭《ぶしようひげ》を生やしていたが、その精悍《せいかん》な眼と薄い形のいい唇は紛れもなく梶川猿寿郎であった。月が待ち暮していた三千郎であった。

「やあ、秋ちゃんか、大きくなったなあ」

「お帰りなさい」

「みんな、蔵の中だって？」

「ええ」

「お義母《かあ》さんは元気かい？」

「それが……」

突然帰って来たことで得意そうにしていた猿寿郎の表情が急に変った。俄かに落着きのない態度になって、

「どうしたの？　なんかあったのか？」

「いいえ。でも」

「でも、どうしたんだ」

「寝ておいでになります」

猿寿郎は荒い靴音を立てて蔵に突進した。

連れていた女は秋子に他人行儀な笑顔を残して、足早にその後を追った。美津子であった。

　復員してきた家元が美津子を従えていた不思議をぼんやりと思いながら、秋子は火を消して、古い軍手で鍋の手を摑んでおろした。この分量では猿寿郎と美津子の分が足りないけれども、それは私が一食抜いて我慢すればいいし、猿寿郎の顔を見たら月は一層喋り立てて次の粥が煮えるまで食べることには思い及ばないだろう。

案の定、蔵の中では月が寝たまま瞬きもせずに、猿寿郎の顔を見詰めて物語りを続けていた。

「どんな時代が来たって、あなたには梶川流の家元という立派な身分があるのですから、困るということはありませんよ。蔵は焼け残って、雨露がしのげるのだから、こんな有りがたいことはありませんよ。お隣は焼けたのを機会に田舎へ引込んでしまうというので、私が直ぐに土地を買っておきました。こちらが二百二十坪のところへ、隣と合わせれば四百坪になったのですからね、これからは前以上に大きな稽古場も家屋敷も建てられるのですよ。衣裳と小道具と古いお扇子は田舎の弟子たちのところへ分けて疎開して、殆ど助かっています。この蔵の中のものだって希代《けったい》に無事だったのですよ。鏡獅子の衣裳は、獅子頭まで助かったんですよ。中二階の長持《ながもち》がそれですよ。今日にでも踊れますよ。そうだ三千郎さん、今から踊ってみせてくれませんか、千春が来たとき、あの娘はあんたの子供のときの衣裳を着て『岩戸開』を踊ったのですよ。やっぱり血ですねえ、私にはあなたや先代が踊っているように見えたもの。この子が育てば、あなたにはいい片腕ができるというものですよ。先代はさすがにいい子を残してくれたと思いますよ。やれやれこれで待っていたあなたも帰ってきてくれたし、梶川流は万々歳というものですよ」

猿寿郎はかしこまって聞いていたが、ゲートルを巻いた脚ではさすがに痺れるのか、秋子が粥を配り始めると、もじもじし始め、月の言葉の途切れ目を見つけると、ようやく口をきった。

「お義母さん、こんなものを召上っていたのですか。いいおみやげがあるんですよ、今日は梶川流復活の前祝に一杯、といっても酒はないけれど、まっ白な飯を炊こうじゃありませんか」

背後に控えていた美津子を顧みると、美津子はカーキ色の袋の口を解いて、中から絣《かすり》模様の袋、白い袋、プリント柄の袋と三つ四つ取出し、

「これ、白米です。私の田舎から持って来ました。召上って下さい」

と、寿々の方を向いて云った。

が、寿々はこの貴重な献上物を見ても、応えなかった。家元の猿寿郎は復員するとすぐ美津子の古里へ足をむけて、そこからこの蔵へ戻ってきたのが読めたからでもある。

「秋ちゃん、すぐ炊いてくれ。一人、二人、三人……全部で六人だな。腹一杯食べようや。味噌《みそ》も醬油も担いで来たのだから」

「家元がねえ、米や味噌を担ぐなんてねえ」

月が涙をこぼした。

猿寿郎は笑いながら、

「時世《ときよ》時節と云いながら……か」

義太夫の節をつけて、おどけてみせ、

「さ、君も手伝って一緒に用意しろよ」

と美津子に云った。

「はい」

秋子と美津子が揃って蔵を出ようとしたとき、

「三千郎さん」

月の声に、蔵の中の空気がぴりりと緊張し、秋子たちの足まで止めてしまった。三千郎と本名を呼ばれた猿寿郎は、声もなく坐り直して義母の顔を見た。

「あなたも四十過ぎた年で、大事な時なんですよ。梶川流の再建というのが、これからのあなたの大仕事で、それはなま易しいことじゃありません。戦争のためもありましたが、ここまで独身で来たのだから、女房子を持つのは、ここに前より立派な総檜の邸を建ててからにして下さい。云っておきますよ」

前から考えていた言葉だったのか、月は淀《よど》みなく云ってのけ、そして口を噤《つぐ》んだ。美津子が居たたまれないように蔵から外へ飛び出した。それでも蔵の中の空気は仲々ほぐれなかった。

「お義母さん」

猿寿郎が何か云いかけたが、月はかっと目を瞠いて、

「このどさくさに身を固めるのは私が許しませんよ。私が明日に死ぬようなことがあっても許しませんよ。家元の奥さんというのは、流儀を守る大事な柱で、誰にでも勤まるものじゃありません」

それは、月を見ていれば、何より納得のいく主張であった。戦争に敗れて、何もかも焼け爛《ただ》れてしまった東京の真ン中で、梶川流健在だということが信じられるのは、蔵が焼け残ったからでも、家元猿寿郎が無事だったからでもなく、梶川月が生きているからなのだ。この八十嫗が、病床に身を横たえていたとしても、生きていて、口をきいて、猿寿郎をさえもたしなめていることが、どのくらい寿々を、猿寿郎を、千春を力づけているかもしれない。

秋子の差出した鍋を、美津子は黙って受取ると、水道の鉛管と蛇口が露出している庭の方へ歩き出し、そこへうずくまって米を研《と》ぎ始めた。

美津子は単衣のお召を着ていて、帯もキチンとしめていた。それが素足で下駄をはいて、片膝を軽く立てて米を研いでいる。後ろ姿は、秋子がはっとするほどなまめかしかった。この人は幾つになるのだろうか、と秋子は考えてみた。糸代と大体同じ年だから秋子とは十違いで、するともう三十は越している筈だと思うと、最前の月の宣告が、彼女にはどう響いたか秋子には容易に理解できた。近寄って行くと、

「…………」

美津子は顔を上げたが、何も云わずにまた米を研いでいる。その顔が涙で濡れていたのを秋子は見逃さなかった。

この家の中で、疎外される者がまた一人殖えたのであった。秋子は皆が無意識で疎外しているのであったが、美津子は意識的に疎外されていた。秋子は踊りの世界で疎外されることに慣れていたが、美津子はその都度涙をこぼしていた。

月に釘を刺されると、猿寿郎も抵抗ができないらしく、敢えて美津子をかばおうとしないのが、一層美津子を気の毒なものにした。美津子にとって、寿々は直接の師匠であり、千春も秋子も師匠の娘ということになり、猿寿郎の庇護がなければ全く立場がない身分なのである。それでも寿々は一応は猿寿郎の手前、美津子には他処他処《よそよそ》しい口をきいた。

「美津子さん」

寿々美と呼びつけにしていたのが、こうじわりと云われると、美津子も気味が悪いらしく、

「はい」

と向けた顔はもう不安らしく戦《おのの》いている。

「戦争前の約束は、終戦で御破算になっちまったかしらないけど、あなたに千春の後見を頼んだことは覚えてくれているかしらん」

言葉づかいもおそろしく叮嚀だから、寿々が何を云い出そうとしているのか美津子も見当がつかないのだろう、曖昧《あいまい》な顔をして肯いた。

「でもね、千春も大きくなって、親の口から云ってはなんだけど、相当なしっかり者になっているようだから、この際私の方から前の言葉は取消しておきます。あなたには千春より大事な人が居るかもしれないし、その方があなたの為とも思いますんでね」

暗に猿寿郎との仲を指して、それに専念するように好意めかして云っていても、寿々の真意は千春や寿々と絶縁することの宣告にあるのは明らかであった。それは最も冷たい宣言であり、疎外されている状態から更に孤立へと美津子の立場を悪いものにする結果を招いた。しかし美津子は懇願も哀願もせずに黙っていた。家元の愛人としては、師匠であっても頭を下げるわけにはいかないと思っているのに違いなかった。でなくて、この誰からも憎まれていながら一つ蔵の中で棲み続けることはできない筈であったから。

猿寿郎は蔵の中の女たちに構うことは初めから至難なことと割切ったらしく、翌朝から忙しく梶川流再建事業に奔走し始めた。美津子が炊いて詰めた弁当を抱えて、

「本当はお義母さんが疎開先でゆっくりしていてくれたら、こんなに目先の仕事を考えることもないいんだけど」

さりげなく愚痴《ぐち》をこぼして出かけて行く。

「ゆっくりなんかしていられませんよ。私も長くないのだから、眼の黒いうちに棟上げ

して貰わなくっちゃ先代に合わせる顔がありませんよ、ねえ上根岸さん」

「そりゃもう大きいお師匠さんあっての梶川流なんですから、お家元も口ではああ云ってらしても、一所懸命なんですよ」

「上根岸さん」

月は相変らず仰向いて寝たままであったが、小さな二つの眼を青く光らせながら云った。

「蔵の中から弁当持ちで出かけるのは、家元のすることじゃないと人は云うかもしれない。他流の家元は、きっと疎開先で東京が元通りになるまで地方の地主の娘なんかに手踊りを教えたりして格も落さずにのうのうと暮していますよ。けどね、上根岸さん、戦争に敗けたのは、これは大震災の時とは違うんです。私はそう思うんですよ。世の中は大きく大きく変るんですよ、これからは、踊りの家元といっても、昔の踊りをそのまま振りを移しているだけじゃ済まされない時代がきっと来るんです。それなら、その変り具合を家元が手弁当でも朝から出歩いて見て廻らなきゃいけない。三千郎さんなら、やりますよ。今に私もびっくりするようなことを云い出すんじゃないかと、私は楽しみにしているんですよ」

秋が深まり、疎開先に蒲団を送るように云ってやったが、貨物の都合が悪いらしく、仲々届かなかった。蔵の中で満足に夜のものにくるまって寝ているのは月だけであったが、それも寒さが厳しくなると、上掛けが一枚では足りないので、衣裳簞笥や長持から踊りの舞台衣裳を引摺り出して、上から掛けて重ねた。それは月ばかりではなく、猿寿郎も、寿々も、誰もかれもがやっていることであったが、月の夜具の上にかけてあるのは「紅葉狩り」の鬼女の衣裳であった。俗に赤姫と呼ばれる衣裳で、真紅の大振袖の着物と裲襠《うちかけ》の二枚である。痩せこけて土色をしている肌と、白く逆立った頭髪の月が、赤い裲襠を掛けて寝ているところには鬼気が漂っていた。

猿寿郎は何処へ出かけて行くのか、日が暮れて帰って来る頃には、たいがい両手に何か珍しい食物を抱えていた。

「すごいなあ、上野には市が立っているんだ。この饅頭が一ケ十円ですよ。大きいし餡《あん》もたっぷり入っていて、砂糖で味をつけているから高いんだって云っていましたがね、お義母さん食べてみて下さい。金さえ出せば、ともかく昔通りのものが出て来ているんです」

母親にすすめながら猿寿郎自身、昔は甘いものに見向きもしなかったのに、まるで中学生のように饅頭にかぶりついた。

「うまい、やっぱりうまいなあ。さあ君たちも喰えよ、頭数だけ買って来たのだから」

月の枕辺で、寿々、千春、秋子、美津子と女四人も饅頭の相伴《しょうばん》をしながら、誰もが思うことは男一人いることの力強さであった。

猿寿郎が持帰って来るのは饅頭だけではなかった。彼は帰ってくると、今日一日で見て来た世の中を女たちに話してきかせた。

「お義母さんの云う通りだよ。これからの日本は、昔の日本とまるきり違ってしまいそうだよ。何より東京へ進駐してきた連合軍の兵隊の数が凄いもの。上野も有楽町もアメリカ人ばかりなんだ。それに何処から出て来たかと思うような女が、日本人の女だぜ、べたべたくっついて歩いてるんだ。派手な洋服を着やがってさ、金ピカのでっかいブローチなんかつけやがってさ、見ちゃいられない」

「敗けたんだねえ」

月が云った。女にとって、それこそ敗戦という図ではないか。

「しかし東京の復興は早いんじゃないかって誰でも云っている。進駐軍が、バリバリやってるんだな。アメリカ人は殖える一方で、これからはしばらくアメリカ人の天下が続きますよ。商売でも、仕事でも、アメリカ人相手のものが一番早く立直ってるんだから」

「お女郎屋のように、かい？」

「痛烈だな、お義母さんは相変らず」

猿寿郎は笑ったが、真面目に相談したいことがあったらしく、すぐ顔を引締めて、

「お義母さん。地方に散らばっている梶川流の弟子たちに奉賀帳をまわせば、ここに家

を建てることぐらい簡単にできると思うんだけど、お義母さんは反対でしょう?」

「反対というより、出来ることじゃありませんよ。困ってるのはお互いさまなんですから。食べるものに事欠くときに奉賀帳をまわしては後々のもの笑いです」

「僕も、そう思う。ただ、念の為にお義母さんの意見を訊いておきたかったんだ。というのは、それ以外の方法で僕らが踊って暮すとしたら今のところ相手はアメリカ人しかないからですよ。日本人には踊りを見る余裕なんかありはしないのだから」

「…………」

娼妓《しょうぎ》のようにと云った手前、月はすぐには返事をしなかったが、それは彼女が彼女なりの考えをまとめる時間でもあったようだ。

「三千郎さんは話を纏めて来たのかえ」

「八分通りは、ね」

「地方《じかた》はどうするのさ」

「ギャラの折合いがつかないから、レコードを使うことになると思う。バンドと一緒になることも考えているんだ」

「ギャラってなんだえ」

「ギャランティ——出演料のことですよ」

「何と一緒に踊るって?」

「バンドのことですか？　西洋音楽の集まりのことですよ」

「ああ、楽隊だね」

「それ、それ、楽隊ですよ、お義母さん」

月はクックッと喉を鳴らして笑いながら、もう一度ギャラとバンドという新語を確かめて、

「アメリカの天下なんだねえ」

と云った。しかし機嫌は悪くなかった。

「やっていいですか、お義母さん。ともかく最初に来た踊れるチャンスなんですからね」

「いいでしょうともさ。戦争中は菜っ葉服を相手に踊っていたんだから、今度はアメリカの兵隊になっただけで、変るところはありゃしない。見巧者に踊りを見せる幸せは、まだまだ十年先のことになるだろうねえ。それまでは私はとても生きちゃいまいけれど」

月が息を引取ったのは、それから十日たたぬうちであった。枯木が風もない日に折れて倒れるように、月は苦悶《くもん》もなく、ある朝死んでいた。紅葉狩りの鬼女の衣裳を夜具がわりにしたまま、頭蓋に皮膚も髪もはりついたように尖《とが》った表情を硬直させて逝ったのである。それは、ある意味では美しく、月には相応《ふさわ》しい死であるように思われた。

世が世なら門弟が列をなし、香煙たちこめる中から車で静かに運ばれるべき月の遺体は、小ぶりの長持に納められ、リヤカーに乗せられて焼場まで送られた。月にはもう身内らしい者はなかったし、知人も四散して連絡のとりようはなかったから、蔵の中で暮していた者ばかりで葬送の儀式は済ました。

木枯らし吹き荒ぶ中を猿寿郎が骨壺を抱いて戻りながら、

「偉い人だったよ、お義母さんは。四十三にもなる男の僕が頼りきっていたんだから。これからどうしたらいいかと、本当に考えちまうんだから情けない」

と云った。

「大丈夫ですよ、お家元。大きいお師匠さんの仰言ったことさえお忘れにならなければ」

背後から凛《りん》として云ったのは寿々であった。猿寿郎も、秋子も全く思いがけないほど、押しの強い、たじろぐことのない声音であった。

月の言葉を守れ。そう寿々は云って、振返った猿寿郎の顔を怯《ひる》みもせずに見詰め返していた。これまでの寿々の何処に、これだけの貫禄が隠されていたかと思うほど、寿々の態度は堂々としていた。月の魂が寿々の肉体に飛び込んでしまったのではないかと、秋子も疑ったほどである。

梶川月の言葉。それはどの場合を思いだしても豊かな含蓄のある言葉ばかりであった。

確かに、月の言葉は梶川流の聖書の頁々を諳《そら》んじていたかと思われるほど尊いものに思われた。だが、寿々が云う「大きいお師匠さんの仰言ったこと」は、身近には何を指すのか、猿寿郎にも、秋子にも、そして美津子にも分っていた。それは猿寿郎が「女房子を持つなら昔以上の立派な家屋を建ててからにすること」であり、「このどさくさに身を固めるのは」月が決して許さないということであるのに違いない。具体的に何を指すか、それは誰にも分っていた。寿々もまた美津子を猿寿郎の妻とは認めないと、厳として主張しているのである。

猿寿郎は、月に抗《あらが》わなかったように、寿々にも異をたてなかった。美津子は猿寿郎の着替えを手伝い、身の廻りの世話はしていたけれども、蔵の中で、目敏かった月の気を兼ねてか猿寿郎は夜は決して美津子を近寄せなかったし、月の死後もそういう気配はないようであった。月の言葉に従っているのか、流儀に忠誠を誓ったためか、あるいは男の狡猾《こうかつ》な打算が働いて、彼の心がすでに美津子を離れているのか、それは分らなかったが。

月が死んで、蔵の中央にのべられていた寝床が片付けられると、薄暗く狭い蔵の中に急に大きな空洞がぽっかりと出来たような、落着かなさが生れた。あの痩せ細った月の躰に万金の重みがあって、それが蔵の中の一切を抑えつけていたのかもしれなかった。寿々の貫禄では、やはりまだ足りないのであった。

落着かない理由がもう一つあった。それは月の生前から猿寿郎が計画していた進駐軍相手の日本舞踊団の編成が、ようやく軌道に乗って、打合わせや、準備などのために、月の葬式の後には俄かに人の出入りが激しくなったからである。

そんなある日、猿寿郎はアコーデオンを抱えた若い男を連れて帰って、

「崎山君だ。崎山勤君。今日から曲目をきめるのと稽古に、つき合ってもらうことにしたよ。崎山君、妹の千春、その姉さんの秋子、それから二人のお母さんがこれだ」

「梶川寿々と申します。寿を二つ書いて、すずと読みますんです、よろしく」

寿々が叮嚀に挨拶した。

「それから」

猿寿郎は美津子を紹介しようとすると、

「私の弟子でございます。寿々美と申しますので」

寿々は家元の言葉を奪って、そう云った。

崎山勤は、若い彼は、家元の妹と、妹の姉と、その姉妹の母親といって紹介された三人の顔を呑み込めないままで眺めてから、ぽっと赤くなって黙って頭を下げた。猿寿郎のように造作の大きな美男ではなかったが、眼許の涼しい、いかにも青年らしい青年であった。日本舞踊などという特殊な世界は、これまでに一度も覗き見たことがなかったらしく、挨拶が終るともの珍しそうに蔵の中の、あちこちに散乱している華やかな衣裳

などを眺めまわしていた。

「さてと、曲目は、踊り手の得手を考えるより、衣裳と音楽の都合で決めなくっちゃならないと思うんだけど、崎山君、君は越後獅子、弾ける？」

「譜があれば弾けますけど、そういう曲は僕聞いたこともないです」

「こちらで口三味線するから、それをアコーデオンで取ってもらえないか？」

「メロディを写すんだったら出来ますよ」

「それなら丁度いい。秋ちゃん、君、崎山君に越後獅子唄ってきかせてごらん。あれは歌のないところがチャカチャカしているからアメリカ人にも分りやすいと思うよ。振りは、それにあわせて新しく考えよう。ねえ、上根岸さん、それがいいだろう？」

崎山勤は、アコーデオンを胸にかけて、秋子を見ると云った。

「やってみて下さい。僕にできるかどうか分らないけど」

「私もうまくは唄えないんですよ」

謙遜《けんそん》ではなかった。秋子は崎山を一眼見たときから胸がしめつけられるような奇妙な圧迫感を覚えていた。それが崎山の涼しい眼に見詰められて、口三味線を聞かせなければならないというのである。

口の中から急に唾がひいてしまって、口を開けても声が出ない。

「チ、ツン、シャン。はい、しっかり」

寿々が痺れを切らして、催促をした。秋子は無我夢中で唄い出した。声がかすれたが、耳の後ろからかっと熱くなっていて、

「あ、ちょっと止めて下さい」

崎山が云うまで止らなかった。

「割合、単調なんだなあ、三味線音楽は」

崎山は落着いて云いながら、

「最初のところ、もう一回やってみてくれない？」

と秋子に云い、一区切のところでまた止めさせてから、

「こういう調子ですね」

右の指先が器用に動き始めると、アコーデオンから越後獅子のメロディが流れ出した。

「その調子、その調子」

猿寿郎が喜んで声をあげた。

崎山も自信が出来たのかにっこり微笑して、秋子を振返ると、云った。

「続けて下さい、秋子さん」

秋子は躰の中から熱い息吹きが湧き起ってくるのを感じていた。これまでに全く自分には訪れることのなかった幸福が、突然やって来たような、そういう気がした。

進駐軍のキャンプ巡り。巡業という意味では戦時中の梶川舞踊団と、やっていることは少しも変らなかったけれども、踊っている家元の意識も寿々や秋子たちの気構えまで、前とは根本から変っていた。第一に、ここには挙国一致や米英打倒の精神がなかった。戦争中には踊りの差す手引く手も、国民の一人として戦争に参加しているような意識があったものだのに、GI相手に踊るときは、目的がもっと身近く、明日の食糧に繋がっている感があった。

しかし、なんという反応の大きい観客だろう。軍需工場を廻っていた頃にも、熱狂的な拍手を受けることはあったが、アメリカ兵たちは、一つ一つの踊りに対して一つ一つ違った表情の拍手を送ってきた。踊りの良し悪しに関する限り彼らの判断は大層単純なものであったにしても、その反響は実に正直なものであった。

寿々の円熟した舞は、シンと水を打ったようにして見ているのに、崎山のアコーデオンで秋子や美津子が民謡舞踊を踊ると、拍子を合わせて手を叩き、口笛を吹く、そして花形は、ここでも常に千春であった。

柄の大きいアメリカ人たちの目には、満十五歳の千春が、ほんの七つ八つの子供のようにうつるらしく、舞台に現われたときから拍手の来方が違っていて、それが人形ぶりでも踊ろうものなら、もう観客席は熱狂したのだ。振りの面白さもさることながら、千春の舞台には人を惹きつけずにはおかない何かが確かにあって、それがアメリカ兵たちにも伝わるのに違いなかった。何を踊っても、千春は常に華やかであった。

「千春ちゃんで助かるよ。裸踊りなんかに淩《さら》われちゃ、死んだお義母さんが泣くだろうからさ」

猿寿郎がこう云うと、寿々も辛そうな顔をしながら、せめてもそれが喜びだという具合に、

「ええ、まあ私もねえ、大きいお師匠さんにはそれが申訳だと思ってますよ」

と、あまりいさぎよくない相槌を打っていた。

裸踊りに人気を淩われたのでは、死んだ梶川月が泣くとは、猿寿郎や寿々でなくても考えることであった。戦争中の梶川舞踊団と、このカジカワ・ダンシング・チームの一番大きな違いというのは、戦争中は梶川門下で一団を結成していたのが今は一つの大きなグループの一部分に過ぎないということである。プログラムは全部で十場面にわたるのに、梶川流はその中で三場しか受持たされない。他の場面というのは、英語で歌うポピュラーとダンス、それにストリップ・ティージング・ショーである。音楽と唄にあわせ、女が一枚ずつ衣裳を脱ぐストリップは、言葉もまだ馴染《なじ》まないので、猿寿郎も寿々も裸踊りと云っていた。

ＧＩたちは、ストリップになると眼を輝かせ身を乗り出して、舞台に魅入られてしま

う。日本舞踊とは受け方が違っていた。幕の降りた後には、ストリッパーのところへ贈物が、わっと届けられた。GIたちも次第に日本人の食糧事情が分って来たとみえて、花束やキャンディなどでは踊り子の歓心が買えないのを見抜き、罐詰《かんづめ》や砂糖やパンやジャムの瓶詰などが、ストリッパーの楽屋には山のように積上げられることがあった。

それを横目で睨んで通りながら、

「おかあさん」

猿寿郎は月の死後、寿々をこう呼ぶようになっていた。

「僕らだけで一団を組まないことには、つまらないね」

「そうですねえ、あんなものにお職を張られたんじゃ我慢がなりませんよ」

「マネジャーからは注文のつけられっぱなしで、契約金までピン撥《は》ねされるんだから、馬鹿馬鹿しくって僕も我慢できなくなって来たよ。おかあさんの踊りは下ろせって云うんだ」

「…………」

「かといって、僕らだけではアメ公たちに受けないしな、嫌な世の中だね」

「嫌な世の中ですねえ」

寿々の舞は引込めて、代りに千春をもう一番出せとマネジャーは云って来たのであった。寿々ばかりでなく、猿寿郎自身も、男の自分が出たのでは客受けの悪いのが分っていて、だからこそ家元は振付けの方に廻って寿々が一番、秋子と美津子で一番、千春で一番というプログラムを組んだのであった。

「しかしねえ、おかあさん、僕はこの間、アメリカの将校に連れられてナイトクラブってものを見たんだが、白人女のストリップというのは凄いよ」

「裸踊りですか」

「日本人がやると裸踊りだけど、向うの女のはやはり芸術だね。肌の色はともかく、足が違うんだ。日本人のは短くって曲ってるから、絵にならないんだな。足首を束《そく》にして、腿から隙間なくくっつく足っていうのは、日本人にはないだろう？　尻が、プリンと上についているってのは、日本の女にはいないからなあ」

「鳩胸《はとむね》でっちりというのなら、ありますよ」

「それ、それ。それが裸になると素晴らしいのさ。着物を着ると見られたものじゃないけどね」

「踊りには、とんでもない躰つきですよ。秋子がそれでサマにならないんです」

「そう云えば秋ちゃんは、尻が突き出ていたっけね」

「いつまでたっても、しっとり踊れないんですよ、それで」

「おかあさん、心配しなくたって、いつかしっとりしてきますよ、女なんだからさ」

「そりゃまあ、あら」

寿々と猿寿郎が笑いながら楽屋に入るのを、秋子は物蔭で身をすくめて聞いていた。頭に血がのぼるほど恥ずかしかった。戦争が終ると、いきなりのように裸踊りと一座している秋子には、こうした踊りに馴れるにはあまりにも刺戟《しげき》が強すぎて、いまだに楽屋でストリッパーの顔をまともに見ることもできない。それが母親と家元とで白人女と日本人の女との躰つきの差異を話しているかと思うと思いがけず秋子の躰つきへ話が飛んでしまったのだ。「鳩胸でっちり」という妙に調子のいい言葉が、古い飯粒のように秋子の心にいつまでもこびりついていそうである。思わずしらず秋子は目を落して、自分の足を見ていた。躰つきというなら胸や尻の形よりも秋子には昔から気懸りな捻じり足があった。この頃では、民謡おどりまがいのものばかりで、足は出来れば外輪にと猿寿郎が注文を出すような踊りが多く、その為に秋子の足には楽な振りが多いので滅多にこの足を引け目に思うことはなかったのだけれども、それにしても人は、母親でさえも、蔭ではまだ自分の躰つきを話の種にしているのかと思うと、秋子は情けなかった。

日本舞踊の知識のないGIたちでも、千春の踊りには惜しみなく拍手を送ってくるのに、姉の自分は、まだ踊りには向かない躰だと蔭では云われている。才ある者を嫉《ねた》む気力も湧かずに、秋子はいつまでも立ちつくして悄然《しょうぜん》としていた。

「秋子さん」

顔を上げると、すぐ傍に崎山勤が立っていた。

「あ……」

「何をしていたの？」

「なんにも」

「心配ごとでもあるのかい？　僕じゃ相談にものれないだろうけど」

「いいえ、そんなこと」

「どうしたのさ。元気がないね。越後獅子を唄ったときの元気はどうしたの？」

「いやだわ、崎山さん」

秋子は含羞《はにか》みながら、ようやく笑い出した。それで気がほぐれて、

「悲観をしていたのよ。私」

と、秋子は訴えかけるように喋り出した。

「なんで？」

「だってね、ストリップって云うの？　ああいうのと一座するのは、情けなくって。それと私はいつまでたっても踊りがうまくなれないでしょう？　楽隊でスチャラカスチャラカ踊っていても。早く三味線や鼓で、所作台の上で踊りたいわ。でないと、いつまでたっても、手が上らないんですもの」

「そういう悲しみは分るな、僕にも」

「あ、バンドのこと、楽隊だなんて云って、ご免なさい」

「いいよ、進駐軍のバンドを見たら、僕らのは楽隊さ。本職じゃないし、ね」

「崎山さんは、何が本職なの？」

「学生だよ、僕は」

崎山は、秋子を見ててれたように笑いながら、先に立って歩き出した。出番が終ると、夜はすっかり更《ふ》けて、二人の上で大空の星が眩い。しかし星を眺めるような季節ではなかった。秋子は寒さにかこつけて、いつか崎山と寄りそって歩いていた。立川のあたりは、アメリカ兵に吊下って歩いている女を見かけることが多く、秋子たちも知らず識らずの間にその影響を受けていたのかもしれない。

「崎山さん、学生ですって、学校にはいつ行くの？」

「もうちょっと落着いてね、学費も貯まったら。今のところは休学状態なのさ」

「学校は」

「W大」

「そうなんですか」

「何が役に立つか分らないなあ。僕のアコーデオンが金になるとは思わなかったよ」

苦笑している崎山勤の横顔を、秋子は憑《つ》かれたように見守っていた。

W大の大学生。秋子の覗いたこともない世界が、崎山勤の向うに見えるような気がする。そう云えば、この人はバンドの中にいても根っからのバンドマンには見えなかった、と秋子は思った。仕事が終っても滅多に他のバンドマンと一緒に遊びに出かける様子もなくて、出番でないときには幕だまりで小型の本を静かに読んでいる。

「秋子さん」

「え？」

「何がチャンスになるか分らないものだね、世の中は」

「…………」

「僕がアコーデオンをひかなかったら、秋子さんに会うチャンスも無かったし、さ」

「本当……、よかったわ」

秋子の呟きを耳に止めたからかどうか、崎山は話題を変えた。

「僕がこんなことをやりながら、待っているチャンスがあるの、秋子さんに分る？」

「……何かしら」

「アメリカへ行きたいんだ、僕は」

「まあ」

「ともかく日本にいたくない。外国へ出て、苦学しながらアメリカの大学を出たいんだ、僕の夢なんだけど」

「……素晴らしいわ」

「こんなことをしていても、アメリカ人に会う機会が多ければ会話の勉強にもなると思ってね、それでいて他で働くより金も貯まるのだから、ストリップの音楽をやっていても、僕は秋子さんのようには悲観しないんだ」

「私もチャンスを待てばいいのね」

「そうだよ、希望があれば現実を悲しまなくてもすむからね」

崎山勤は、秋子を振返って、少年のような微笑を投げかけ、晩いから帰ろうと云った。肯いて道を戻りながら、秋子は私が待っているチャンスというのは何だろうと考えていた。崎山勤の求愛だろうか。だが彼は、秋子に対して好意以上のものを持つときがあるだろうか——彼の心はもうアメリカに飛んでいて、秋子に話をしている間に、読みさしの本の方に気懸りができているらしい。目的のある人間、学問をしようとしている学生、それが崎山勤の魅力に違いなかった。

「グッド・ナイト」

別れ際に崎山は手を出して秋子に握手を求めた。

「おやすみなさい」

「秋子さんも少し英語を覚えないか?」

「ええ」

「グッド・ナイト」

「グッド・ナイト」

「そう、そう」

崎山は、また少年のように笑って、行ってしまった。

楽屋に戻るには確かに晩い時間で、寿々から何処へ行っていたかと叱られるのを気づかいながら部屋に入ろうとすると、楽屋には賑やかな笑い声が立っていて、誰も秋子の姿を探した様子はなかった。

いつものように、ロバート飯田という二世将校が、小肥《こぶと》りの躰を窮屈そうに折り曲げて楽屋の中央に坐り、猿寿郎たちと談笑していた。

「悲観することないよ、猿寿郎君。分る人には、分っています」

「そうでしょうかね」

「私、よく分っています。どうですか。ストリップ・ティーズ好きな人もあれば、嫌いな人もいます。日本の踊り、ワンダフルと云う人には、ストリップ・ティーズ面白くない。これ、仕方がないでしょう」

「だから、日本舞踊だけが分るアメリカ人に見せたいと思うのですよ。ストリップなんていうものは、日本でいえば寄席芸以下のものなんですからね、どうもそれと一座するのが一時の身すぎと思っても情けないですよ。何もこれをやらなくても食べて行けるのだから、もうやめてしまおうかと真剣に考えているのですよ」

「やめる、それは、いけない」

ロバート飯田はアメリカ人と同じように身振りが大きい。猿寿郎の言葉に、いかにも驚いたように、両手と一緒に、肥った丸い顔を激しく左右に振った。

「アメリカの人たちは、日本舞踊は好きですよ。その人たちの為に、やめるべきではないと私は思います」

「だけどストリップの……」

「分りました。アーニー・パイルに出られるように私が計らいます、約束します。でも、猿寿郎君、これ今すぐには、むずかしい」

「今すぐにお願いしたいのは、梶川流だけで独立することですよ。そろそろ門弟たちも東京に集まって来ていますのでね、再編成すれば二十人ぐらいのものはすぐ出来ますよ。地方《じかた》も、きちんと集めたいし、ともかく今のこの程度で日本舞踊がワンダフルと思われたんじゃ、我々の先祖が泣きますからね」

「分りました。パーフェクトリー・アンダスタンド。猿寿郎君、大丈夫です」

ロバート飯田は、肥った躰をよいこらしょと立上ると、にこにこしながら、手を振り、片目をつぶってみせた。

「千春」

「いやァ」

ロバート飯田は千春を抱き上げると、きゃァきゃァと騒ぐのをかまわず楽屋を出て行ってしまった。

「あんな小僧に、猿寿郎君とやられるのだから、たまらないよ」

猿寿郎は憮然として云った。

「私も、あの人がそう云う度にヒヤヒヤしていましたよ」

「戦争中は日本の軍人に猿寿郎と云われたしな、出るところへ出れば梶川流の家元なんだけれどな、情けないよ」

このところ猿寿郎は、愚痴が多くなっていたけれども、四十四歳ともなれば無理のないことかもしれなかった。愚痴の聞き役は専ら寿々で、この二人の仲は、近頃まるで実の母と子の様だ。

「母さん、バブがくれたのよ」

千春が大きなダンボールの箱を抱えて戻ってきた。中には罐詰やビスケット、砂糖などがぎっしり詰っていた。

「バブッて誰だい」

と、寿々が訊く。

「飯田さんのことよ。ロバートは親しくなるとバブって呼ばれるんですって。私にはバブって呼べって云うのよ、バブが」

小柄な千春が、子供のような甘ったれ声でこう云うと、どこかユーモアがあって、

「チェッ」

と猿寿郎は舌打ちしてみせたが、気分は悪くないらしかった。

夜は白々と明けかけていたが、この頃の習慣では千春も一緒に朝まで喋っているのが珍しくなかった。

「大丈夫です、分りましたと云っていたが、あいつどのくらい力があるのかなあ」

ポプコーンを摘みながら、猿寿郎が云った。ロバート飯田は日本人二世だけれども、顔も躰もころころと肥りすぎていて、それがにこにこして肯いたのでは、頼っていいのか悪いのか見当がつかないのであった。

「お兄ちゃま、バブは大丈夫よ、本当に、約束したら固いのよ」

スポンジケーキを食べていた千春が、丸い眼をして云う。そのいかにも仇気《あどけ》ない顔に、猿寿郎は笑いながら、

「バブは千春がお気に召してるらしいねえ」

と云うと千春はケロリとして、

「うん。アイラブユーって云うのよ」

「へへえ、すると千春はなんと返事するんだい？」

「返事なんか、してやるもんですか、あんなオジサンに」

「いったい幾つなんだ、バブは？」

「二十七ですって」

「ええ？　本当かい？」

これには、猿寿郎ばかりでなく、寿々も秋子も驚いてしまった。

「そんなに若いのかねえ」

「頼りない筈だよ。ああ、二十七の若僧に、猿寿郎君、猿寿郎君と云われていたのか」

「それはいけないわねえ、お兄ちゃま。バブに云っとくわ。なんて呼ばせたらいいかしら？」

「せめて梶川さん、ぐらいだな」

「うん。云っとく」

千春が、いかにも自信ありげに肯いたので、皆が笑い出した。

「おい美津子、肩を叩いてくれ。あの舌足らずの日本語の相手をしていると、肩が凝る」

猿寿郎が云うと、美津子は黙って後ろに廻った。寿々の眼が、キラリと光る。美津子は充分その眼を意識しながら、肩を叩き始めた。

「揉んでから叩いた方がいいな」

「はい」

「おかあさん」

寿々と美津子の対立した空気を気づかない筈はないのだが、猿寿郎は素知らぬ顔で、美津子に肩を揉ましながら寿々に話しかけた。

「さっきバブに云ったの聞いてましたか」

「聞いてましたよ」

「僕は本気なんですよ。なんとかして梶川舞踊団を再編成したいんだ。アーニー・パイルはいきなり無理だから、今のままのキャンプ巡りにしても、もっとましなものにしておきたいんだ」

「私もそれは賛成ですとも」

「ただし、死んだお義母さんなら怒るだろうというようなことを僕は計画しているんだがね」

「なんですか、それは」

「それは云わない」

「困りますよ。家元がそんな危なげなことを云いなすっちゃ。心配するじゃありませんか」

「心配かい」

「そりゃそうですよ」

「大丈夫だよ」

猿寿郎は笑いながら、肩の上の美津子の手首を握り、寿々の表情と、背後の美津子の反応を確かめると、また一際高く笑って手を離した。

立上りながら、

「もう一年とはやらない仕事なのだから、思いきって大胆なこともやってみたいのさ。そのかわり再来年の正月が来たら、ぴっしゃり止めてみせる。何をやろうと、その限りのことだから、おかあさんも心配しなさんな」

そう云うと、女の中の男一人の気易さだろうか、いかにも外へ出るとさばさばするというような素振りで、腕を振りながら出て行ってしまった。

寿々、美津子、秋子、千春の四人は、それから黙々と衣裳を畳み、楽屋の中を片づけてから、もうすっかり明けてしまった外へ出て、白い道を歩きながらカマボコ型の宿舎へ戻った。一つの部屋に木製の四つのベッドが置いてあるだけの殺風景な寝室が、このキャンプにいる間の彼女たち四人の棲居なのであった。

「大きいお師匠さんは、前の邸より大きいのを建てるまでとは云いなすったけれど、バラックでいいから早いところ稽古場を建ててほしくなったねえ」

猿寿郎の愚痴の相手をした夜は、帰ってから寿々は誰にとなくぶつぶつ呟く癖があった。千春はもう、道々足がふらつくほど眠くなっていたから、ここに戻るとベッドにもぐって直ぐ眠ってしまっている。秋子も睡魔にひき込まれながら、頭のどこかの片隅で寿々の愚痴をきいていた。

「建てるって仰言ってましたよ」

寿々が美津子の顔を見て云ったのかどうだろうか、美津子がこう返事をしているのが聞えた。

「誰が」

寿々の声は険しかった。

「…………」

「家元がかい」

「ええ」

「美津子さん」

「はい」

「あんた昨夜は晩かったけれど、何処へ行っていたの？」

「買物に行ったんです」

「へええ、暁け方の五時頃に買物をすまして帰って来たというのかい？　あんまり舐《な》めた真似をおしでないよッ」

そういえば昨夜はこのカマボコへ戻ったとき美津子の姿がなかった。暁け方の五時頃に帰って来たのなら、それまで美津子は何処で何をしていたのだろう……秋子は不審に思いながらも、いつか眠ってしまっていた。

　夢の中で、秋子は毎夜のように崎山勤に会うようになっている。彼のアコーデオンに乗って、すいすいと、まるで千春と同じように華やかに舞う自分の姿を、秋子は夢の中で見ることが好きであった。これは夢だ、これは夢なのだと思いながら、夢を見続けているのである。夢の中では鳩胸もでっちりもなくて、足も優美に内輪になって、音楽に躰が溶けたように自由に手足が動く。夢から醒《さ》めても秋子は崎山のアコーデオンを聞く度に夢のことを思い出した。

　小さな急造りのステージでは、実際はバンドの演奏で踊るのであったが、西洋音楽に不馴れな秋子の耳は、耳馴れない音を掻分けてアコーデオンを探して踊る方が楽なのでもあった。

　自分でああ今日はよく踊れたと思うときは実際には滅多にないことだけれども、夢の中ではいつも会心の出来栄えで、誰が褒めてくれなくても秋子は自分でたまらなく嬉しい。これが私の待っているチャンスなのではないだろうか、これだけうまく踊れたときならば、云いたい言葉を口に出してもいいのではないか。秋子は踊り終ると、崎山に向って叫ぶ。

「私、あなたが好きなんです」

　だが、いつも言葉は声にならなかった。崎山勤は不思議そうな顔をして、じっと秋子を見詰めているばかりである。

だがある夜、秋子は見事に越後獅子を踊りこなして崎山勤の前に立ってみせた。叫ぶ余裕がなくて、息をきらしながら笑いかけると、崎山の手が開いて秋子を抱え込んだ。当然二人の間にあって邪魔になる筈のアコーデオンが消えてしまって、秋子の躰はぴったりと崎山勤に吸いついたようにあわさり、崎山の手が背中から腰へ動いて、熱っぽく秋子を抱きしめようとした。

「いけません、あ、ああッ」

その声に驚いて、秋子は目を醒ました。

「どうしたんだい、大きな声だったよ」

向うのベッドで、寿々が眉をひそめてこちらを見ている。部屋には窓から午《ひる》近い陽光が流れ込んでいた。

秋子は黙って寝返りをうった。躰がびっしょり汗をかいている。夢の中のこととは思えないほど、崎山の熱っぽい瞳が思い返され、背と腰に強く感じた彼の掌の感触が残っていた。

日課に従って正午に床から離れてからも、秋子は夢の中の抱擁を思い出して、顔を赤らめていた。現実には愛の言葉の囁きさえ交わしたことのない淡い交わりであるのに、夢の中で二人はぴったりと躰を合わしたのだ。

寝室の隣は水洗便所と同じく浴室になっていて、ステージの始まるまでの時間に、交互に入ることになっていたが、秋子は例によって一番最後に白い浴槽へ湯を注ぎ入れながら、この日まるで生れて初めてのように自分の躰を眺めていた。桃色の乳首のまわりの、こんもりしたふくらみ。なだらかな曲線が急にくびれた腰。小さな臍《へそ》――秋子は一人で頰を赤らめながら、湯舟に身を沈めた。この躰を、夢の中でのように、現実で抱きしめる男がいるかどうか、その男というのが崎山勤であるのかどうか――どの思いも惑いに似て実感がなく、秋子はただ恥ずかしかった。

その日のステージは、滅多にうまく踊れたと思うことのない秋子にとっても珍しいほど重苦しく、踊り難かった。背後にアコーデオンを弾く崎山の存在を痛いほど感じ、音楽は乱れ乱れて秋子の耳に届き、七分ばかりの短い踊りの中で、彼女は幾度も間を外した。

「秋子ちゃん、今日はどうしたの？」

終ると組んで踊った寿々美の美津子が、呆れたような顔をして聞いたが、秋子はもう踊り終っただけで精一杯で、碌な返事ができなかった。うなされて目が醒めたときと同じように、体中から汗が吹き出ている。

楽屋に戻ると、みんな幕だまりに集まっているのか部屋の中には誰もいなかった。それを幸いにして秋子は勢いよく衣裳を脱ぎ始めた。早く肌をぬらしている汗を拭いたかった。急ぎながらそれをしていることで、踊っている間のあの恥ずかしい記憶の反芻から逃れ出ることが出来るように思っていた。

寿々は踊りの躾には厳しくて、洋服を着るとき以外には西洋式の下着を肌につけることを許さなかったから、衣裳を脱いで楽屋着に袖を通す瞬間には秋子は素裸になっていた。楽屋着に手を通す前に、秋子はふと、今日の浴室で自分を眺めたように、無防備な形で自分の躰を眺めようとして、すぐ鏡のあることに気づいた。

だが楽屋の鏡台に写った自分の裸体に気づく前に、秋子の眼は鏡の奥でこちらを見ている男の顔を発見していた。

「ひィッ」

喉の奥が驚きと恥辱の声を洩らし、秋子は急いで楽屋着を着て首肯《うなだ》れた。鏡の中の男は梶川猿寿郎であった。

「秋ちゃん」

彼は、ひどく感動していた。ずいと、中に入ってくると、彼は秋子にもう一度声をかけた。

「秋ちゃん、君はいい躰をしているねえ」

たった今、裸体を男に見られたという死にたい程の羞恥心《しゆうちしん》に、パッと火が点じられた。

秋子は心臓が止ったかと思い、四肢の力が急に脱け、その場に崩れた。

美津子が入ってきて、この様子に茫然とし、千春と寿々は戻ってくると異様に緊迫した空気が張りこめているのに驚いて、倒れている秋子に駆けよった。

「お姉ちゃん」

「秋子、どうしたんですよ」

秋子は我に返ると、涙が眼から噴きこぼれるのを抑えることができなかった。こらえきれずに声が唇から洩れると、堰《せき》を切ったように秋子は泣き始めた。

寿々が、はっとしたように顔をあげて、立ち尽している猿寿郎を見た。

猿寿郎は危ぶんでいたが、ロバート飯田は進駐軍内の娯楽奉仕に関しては、かなりの力があったらしく、梶川舞踊団のアーニー・パイル進出は、それから間もなく確定してしまった。
梶川舞踊団——正式にはジャパニーズ・クラシカル・ダンシング・ティーム「カジカワ」と呼ばれるものであったが、内容はかねて猿寿郎が望んでいたように、ストリッパーやポピュラー歌手たちとは袂別《べいべつ》して、純粋に梶川流の名取りばかり十八名に、三味線長唄などの地方《じかた》十二名というかなり大がかりな編成になった。五梃の三味線では、アーニー・パイルの大劇場ではヴォリュームのある演奏が出来ない危惧《きぐ》があったところから、崎山勤のいるバンドもそのまま合流することになった。踊りは日舞だけだが、伴奏は和洋合奏ということになったのである。

「元禄花見踊り」「越後獅子」「吉原雀」「勧進帳」「お七」「春雨」などを、適当にアレンジして、一時間にわたって絶え間なく演奏するようにと、先ず猿寿郎は演奏者たちにそういう注文を出した。

「一時間続けてですか」

と、邦楽家は驚いたが、それというのも日本舞踊の地を弾くのに、そんな長丁場《ながちようば》なものは例にないからであった。

「一時間の間に話の筋を通しながら、人形振りまで盛りこむんですからね。でなくっちゃ外国のお客は倦きるんだ。向うのショーを見ると目まぐるしいほど場面転換が多いんだな。そのイキで行こうと思ってるんだ」

アーニー・パイルの大道具方にも、猿寿郎は細部にわたって注文を出していた。彼は何事か新しい意欲に燃えているらしくて、仕込みの費用についてもロバート飯田を相談相手にして、かなりの無理をさせているようである。

「千春のお兄ちゃま強いです。僕は大変、大変」

と両手を揚げて見せながら、それでも彼も喜んで働いていた。

しかし梶川流の門弟たちが何より驚いたのは、猿寿郎の新振付の意図と配役が発表されたときである。

　メンバーは、これまでの寿々、千春、美津子、秋子の他に、追々家元を慕って集まってきた戦前の名取りたち十名を加えての編成であったのだが、

「筋は一口に云うとね、禿《かむろ》が花魁《おいらん》になって客をとるまでのライフ・ストーリーなんだ。その間に、吉原の客の踊りや、禿の踊り、幇間《ほうかん》が黒衣《くろこ》になって人形ぶりを見せたりして、客の機嫌をとり結んだり、目先をどんどん変えて盛沢山にするつもりだ。主役の花魁をはりあって、山三《さんざ》と不破《ふわ》の鞘当《さやあて》もある。当の花魁には助六まがいの間夫《まぶ》がいる。それで最後はしっぽりときて、最後が元禄調の総踊りで幕と、こういうわけだ。いわば歌舞伎の名場面集を、一つの筋立てで揃えるわけだな」

　この猿寿郎のアイディアは、なるほどと門弟たちを納得させたのだが、

「さて配役だが――」

　猿寿郎がノートを開いて順次に読み始めた。

「母さん（寿々）は、鞘当に出る留女《とめおんな》と、あとは揚屋の女将を続けてもらう。踊るところは少ないが、貫禄のいる役だからね。美津子は助六で云えば白玉に当る役だ。不破伴左衛門《ばんざえもん》をひきとるんだな。千春は禿だが、座敷の場面では男になって幇間もやるんだ、二役だな」

　しびれを切らして、一人が訊いた。

「主役の花魁は誰がやるんです？」

猿寿郎は言下に、

「秋子だよ」

と云ってから皆の反応を見た。

猿寿郎が予期したように、みんな唖然《あぜん》として、しばらく声がなかった。意外だとも、驚いたとも、誰も云いようがないほど、それは意表を衝いた配役だったのだ。

誰よりも秋子自身が、息が止るほど驚いていた。しばらく耳を疑い、そしてなお信じられなかった。

ただ一人、寿々だけが、最初にはっとした後、何か思い当るのか、ひとり首肯《うなず》いていた。

「秋ちゃん」

配役発表のあとで家元が云った。

「はい」

「芯の重要な役だからね、君だけが今からでも八文字《はちもんじ》を踏む稽古をした方がいいね。裲《うち》襠《かけ》と高歯の下駄を揃えるから、かあさんに習って毎日練習しといてくれ。花魁道中から見せるんだから。そこで山三と、不破と、助六の三人に見染められるんだから凄いぜ」

秋子には、どうして自分がそういうことになってしまったのか理解がつかなかった。

取立てて美しくもなければ、踊りもうまくない秋子に、揚巻《あげまき》と葛城《かつらぎ》を一緒にしたような大役が、何故与えられたのだろう。

戸惑っている秋子の前を、役不足の人々が故意に足音を荒立てて通る。秋子ごときに主役をとられたという忌々《いまいま》しさが、誰の胸にもあるようであった。さすがに寿々の娘としては一目おかねばならないから、口に出しては何も云わないけれども、秋子の胸にはそういう人々の口には出さないが素振りに見える一々がこたえるのであった。中でも美津子の落胆ぶりと、秋子への怨嗟《えんさ》をこめたまなざしとは凄まじかった。猿寿郎がこのところ美津子を遠ざける気配があるのと、すでに家元夫人となる約束は踏みにじられて久しく、美津子はかなり憔悴《しょうすい》してきていたから、一層その表情は険しいものであった。

寿々はそれを心地よげに見やりながら、

「秋子、お家元が認めて下すったんだから、見事にやりこなして皆をあっと云わせておやり。私がついているんだから、ちっとも心配することはないよ。明日から稽古を始めよう。花魁はかつらも衣裳も重いから、先《ま》ずそれに馴れるのが第一だよ。家元の仰言ったように、根岸から古い裲襠をとり寄せて、一日中でも着ているんだね」

と、かつてない親切な注意を与えた。

「お姉ちゃん、よかったわねえ」

千春は、素直に思ったままの方法で、秋子に大役がついたのを喜んでいる。禿と幇間という脇役でも、千春の技倆なら客を湧かせることは充分に出来るのであったし、何より千春にとっては、姉の出世（？）が掛値なしに嬉しいのであるらしかった。

　寿々も秋子に大役が付いたことを、秋子も目を瞠るほど喜んではいたが、千春のような純粋な喜び方とはどこかが違っていた。

　根岸衣裳へすぐさま電話をして裲襠を取寄せたのも寿々だし、猿若町の藤浪小道具へ出かけて行って花魁の下駄を借りて来たのも寿々自身であった。そして、秋子に下駄をはかせ、裲襠を着せかけ、

「さ、母さんが若い衆になるからね、この肩にこう手拭《てぬぐい》を置いて、右手でこう、そうですよ。かまわないから力を入れて、頭が重いんだからね、あのかつらは二貫目はあるんだからね、胸をはって、頤《あご》をひいて、いいかい、チツン、シャン、チャリンチャリン、この調子で歩いてごらん。歩くだけでいいんだよ、最初は」

　懸命になって教え込むのだが、秋子は汗を掻くばかりで、どうしても調子がきまらないのだ、寿々が自分に望んでいるものが何なのか、はっきりしないのが心のわだかまりになって、秋子は思うように躰が動かないのであった。

　家元の猿寿郎も、〃カジカワ〃の成功は秋子にかけているかのように、この稽古をのぞきに来ては、

「稽古にはかつらもかぶった方がいいんじゃないのかい？　あれは頭と足と重さのバラ

ンスで歩くものなんだから」

などと助言して、費用を厭《いと》わずかつら屋から揚巻のかつらを取寄せてかぶせたりした。

秋子は、そういう猿寿郎に対しては、まだいつかの日の裸体を見られた羞恥の記憶が消え去っていなくて、まともに顔を見ることもできないのであったが、素顔の上に花魁のかつらを冠り、銘仙の着物の上から古ぼけた厚手な裲襠をかけ、前に大きな俎板帯《まないたおび》を下げて、八文字用の高い下駄をはいて立つと、

「見事だねえ」

誰より先に猿寿郎が感嘆の声をあげた。

「秋子はがかいがありますからねえ」

と、寿々も相槌をうち、

「さ、お家元もああ仰言って下さってるのだから自信をもって、胸をはって歩いてごらんな」

と、優しく秋子に云うのであった。

胸をはっても頤を引くのを忘れると、そのままがくんと首が後ろに折れてしまいそうになる。それほど花魁のかつらは重いものなのであった。髪飾りの櫛、笄《こうがい》が十数本も差し込まれてある上に、結い上げた髷も大きくて、台は銅《かね》板づくりという固さだから、ただ立っているだけでも首がめり込むような気がする。それが若い衆の肩に右手をかけ、

左手は袖の中に入れて肩をはり、調子をとって歩きながら八文字を踏むというのは、重労働でもあったし、その間は頭の中にまで赤熊《しゃぐま》を詰込まれたように、何を考えることもできなかった。

そういうとき、ただ一つだけ嬉しかったのは、崎山勤から、

「秋子さん、主役だって?」

と、ニコニコしながら訊かれたことであった。

「…………」

黙って笑いながら、首肯くと、

「凄いなあ、アーニー・パイルに主役で舞台を踏むって、どんな気持だろう」

と、崎山はまるで自分にも同じ幸運が訪れたように、夢見るような目をして云うのである。

そう云われてみてようやく秋子は、そうだ、私は大劇場で主役を演じるのだと、愕然とその事実に気がついた。

「でもねえ崎山さん、私、全然自信がないのよ、困ってしまうわ」

「そりゃ、今から自信があったら大変だよ。それに、自信がないという気持は大切にすべきだと思うな」

「だって、崎山さんも知ってるでしょう? 千春は何を踊っても人気者だけど、私は本

当に才能がないし……」

「そんなことあるものか。そんな考え方をするのおかしいと思うな、僕。秋子さんと千春ちゃんは姉妹だろ？　同じ家元の血をひいてるんだから、卑下するのは変だよ」

「崎山さん、私は家元の子じゃないのよ。千春とはお父さんが違うの」

「……悪いことを云ったね、ご免よ。僕も薄々変だとは思っていたんだけど」

崎山勤の手が秋子の肩にかかり、

「君は苦労をしてるんだねえ」

と云った。

「ううん」

と首を振りながら顔を上げた途端に、抱きしめられた。崎山勤の唇が秋子の口をふさぎ、そして強く吸うと、

「ご免。でも君が好きなんだ」

そう云ってまた唇を重ねて来た。

身悶えながら秋子は、何故か猿寿郎に裸体を見られたときのことを思い出していた。何故いまそれを思い出さねばならないのか、それが情けなかった。待っていた相手の抱擁を受けているのに、秋子の肉体は秋子の心とは反対に夢中で崎山の腕から逃れようとしていた。

「怒ったの？」

横に首を振って見せたのが精一杯で、秋子の両眼からは涙が溢れ落ちた。どういう気持でいるのか、混乱してしまっていて、秋子にも分らなかった。

配役が発表されたあと、踊りの稽古は、音楽がかたまってからでなくては仲々始まらなかった。

その音楽が、長唄にある曲を、あちこち接合《はぎあ》わせて、それだけでも時間がかかるところへ、それをバンドマンたちに譜にとってもらった上で、やっと音合わせに辿りつくのだから容易ではなかった。

邦楽と洋楽とでは、間のとり方が根本的に違う上に、演奏も棒《タクト》を振ってまとめるバンドと、立三味線の奏者が「ハッ」とか「ヨッ」とか掛け声をかけてキッカケをつくる邦楽とでは、合奏にも並々ならない苦労がいった。三味線の連中には、どうやっても何拍子とかいうものが分らなかったし、バンドの連中には幾度きいても、三味線の間のとり方が理解できない。結局立三味線がタクトを見て掛け声をかけるというところで折合をつけたが、そうすると、どうしても半拍ずれて音が出るのだ。

「しかしまあ、なんとかなるでしょう」

「なんとかさせましょう」

というところで、完全なものにならぬうちに、振付けと合わせることになったが、そのために一番手軽なアコーデオンの崎山がかり出された。

稽古場は、建ったばかりの練塀町の家元邸である。本建築などとは遥かに遠いバラックで、稽古場も急造りな板敷であった。夜はそこにも蒲団を敷きのべて寝るという有様なのだが、それでも戦争中の工場の寮や、焼け残った蔵の中や、進駐軍のカマボコ小屋での起き伏しに較べれば、どのくらい有りがたいか分らなかった。

バンドマスターと崎山と、他にトロンボーンの奏者がバンドから出かけて来て、一緒に寝泊りするようになった。

毎日の生活は、まるで学生たちの合宿練習に似ていた。煮炊きから掃除まで、全員がわいわい騒ぎながらするのである。ロバート飯田はパンや罐詰やコーンスープの素《もと》などを大量に運んできては、気勢を添えた。

秋子は主役の他に御飯炊きの主任も兼ねて、キリキリ舞をしていた。しかし忙しくても、こんなに楽しい日々は、かつて秋子の味わったことのないものであった。人々は秋子の差出たところのない謙遜さと、率先して下働きしている気立てのよさに、彼女が分不相応な配役についたことを寛容するようになっていたし、何よりも崎山勤と同じ家に起き伏ししている生活が、秋子を浮立たせていた。

狭い家に多勢一緒に明け暮れしているのだから、二人だけでいつかのように話し合うことはなかったけれども、秋子が米をといでいても、洗濯物を干していても、気がつくといつも崎山勤が横にいるのだ。秋子が黙って微笑すると、崎山は傍へ寄って来て、黙って秋子の仕事を手伝う。

稽古の方も順調に進んでいた。

舞台は浅葱幕《あさぎまく》の前でいきなり大薩摩を聞かせ、すぐ唄が引込むと柝《き》が鳴って幕が落ちる。それで花盛りの仲の町が現出するという奇抜な演出であった。吉原の風俗を示す踊り半ばで、花道から行列も賑々しく秋子の花魁が現われる。

アーニー・パイル劇場には歌舞伎座のような花道がないから、横のステージから現われて、オーケストラの手前にある銀橋（エプロンステージ）を渡るのだ。その途中で不破伴左衛門、名古屋山三、助六と、三人の男に出会って、出会う度にニッコリと笑って見せるように——と猿寿郎は幾度も駄目を出した。

「秋ちゃん、もっと意味ありげに笑うんだよ。男の気をひくのが花魁の腕なんだからね。松の位の太夫なんだ。見上げる男は、みんな見惚れている。そこへ、にんまり笑ってみろ。男の魂をそれで抜きとるつもりでさ」

と口で云うようには猿寿郎も出来ないのを知っている。だから口を酸くして同じことを何度も繰返すのだ。

この笑い方については、寿々も大車輪になって、

「秋子、いいかい。チャンとこう来て、足をトンとついて、最初は頤をひいて相手を見

る。それからそっぽを向いて笑って、もう一度見る、こうやってごらんな」と、自分もやってみせるのだが、これは一層気分が出なかった。

何しろ、そのあとで三人の男性に三様の運命が、この笑い一つで生れるという筋立てだから、秋子の花魁の大きな仕どころで、それからしばらく秋子は、それこそ寝ても醒めても笑い方で頭が一杯になっていた。

「どうやったらいいのかしら。私は、本当に才能がないのね。もともと魅力がないのだから、駄目だと思うわ、私」

「そんなことない。秋子さんは、まだ自分の魅力に気がつかないだけなんだ」

崎山勤は真面目な顔をして云った。

「何が魅力なの？　笑い顔一つ満足に出来ないのに」

「僕が傍へ寄ると、ニコッと笑うじゃないか。しばらく息が出来ないほど魅惑的だよ、あれは」

崎山は、いかにも学生らしく、生真面目な詠嘆調で云って、それに酔ったように黙りこんだが、秋子の方では崎山の言葉に愕然とするような啓示を受けていた。

翌日、

「うまいッ」

「その調子だよ、秋子」

家元も寿々も思わず声をあげて秋子の笑顔を褒めた。

「やるじゃないか秋ちゃん。今のは一目千両だったたな。さあ、もう大丈夫だ」

「私も安心しましたよ。秋子、今のイキを忘れないようにおしよ」

秋子は面目をほどこして、チラリと崎山の方を見ると、彼は掌を音の立たないように合わせて、そっと拍手を送ってきた。あなたに送った笑顔だったのよ、と秋子は云いたい気持を抑えて、含羞《はにか》んで舞台から降りた。

他の稽古も順調に進んでいた。

やはり千春の禿のかわいい振りと、幇間の剽軽《ひょうきん》な振りとの巧みな踊り分けは、稽古のときから人々の目を奪うほど見事なものであった。

「ここのところは千春にさらわれるな、やっぱり」

猿寿郎が云えば、

「千春はスターです。世界中、どこに出しても恥ずかしくないスターになれます」

と、ロバート飯田はまるで自分の妹を自慢するように応える。踊りの稽古が始まってからは、この公演に関しては責任があるからと云って、毎日のようにジープで乗りつけては、何くれとなく千春の世話をやくのだ。稽古が終ると千春は、ロバートがオーダーブックで取寄せたドレスとハイヒールに早替りして、颯爽《さっそう》と腕を組んで出かけて行ってしまう。

「バブの奴、千春に首ったけだな」

「二世っていうのは、やっぱり日本人じゃないんですね。やることはアメリカ人そっくりですもの」

「それにしても、千春のような子供より、齢ごろの娘たちが他にいくらもいるってのに、変った人だよ、あの人は」

千春の子供じみた振りが客受けするので、配役の禿にしても幇間にしても、それを計算したものであったように、人々は小柄な千春が、すでに十七歳になっていることは迂闊にも忘れているのであった。

しかし、ロバート飯田は、千春だけが目当てでしげしげと梶川家に出入りしているのではなかった。彼の言葉通り、彼はこの公演の成否には誰よりも大きい関心を持っていて、猿寿郎の演出に対してもかなり頻繁に口を入れた。

「本当に大丈夫ですか、梶川サン」

「大丈夫だよ。自信があるんだ、僕は」

「でも、秋子さん背は高いけれど、ヴォリューム……が、それに日本人の足、心配です」

「大丈夫だってば」

「でも梶川サン。アーニー・パイルの観客は、必ずしも全部日本舞踊のマニアでないです。いつかもいいましたね、ストリップ・ティーズ、あれ必要な人たちも、かなりいます。そしてそれは芸術でなければ」

「分ってる。稽古はまだ最後のところまで行ってないのだから、もう三日すればバブも安心するよ。黙って見ていてくれよ」

「でも大変心配です」

「勝手に心配しているがいいさ」

猿寿郎は馬鹿に強気で、

「おおい、千春ゥ」

千春を呼ぶと、

「バブが君と話したいんだってさ」

巧みに場を外してしまった。

このときの猿寿郎とロバート飯田の話は、秋子は偶然聞いてしまったのだけれども、何の話であるのかよく分らなかった。自分のようなものが主役になっているので、それでロバートが心配しているのだろう。それにしても日本人の足……と確かに聞えたが、あれは秋子の捻じれ足を見ぬいて云ったのだろうか、どうだろうか。大丈夫だ、と幾度も云っていた猿寿郎の言葉があればこそ、ようやく秋子は平静でいられたが、しかしバブの言葉はいつまでも秋子の耳から消えさらなかった。

もう三日すれば、バブも安心するよ。

こう云った猿寿郎の言葉は、三日目になって確かにロバート飯田を安心させたかもしれなかったが、そのかわり彼以外の総ての人々を驚倒させるような事件になった。

猿寿郎自身もそれは予期していたらしく、だから他のシーンは繰返し練習しながら、最後のクライマックスは初日の三日前に迫るまで取っておいたのに違いない。

不破と山三の鞘当があり、不破は全力で秋子の花魁を我がものにしようとすれば、山三は策略で秋子を物にしようとする。しかし秋子はどちらも柳に風と受流して、怒った不破に裲襠をはぎとられたまま、花魁部屋で待っている丹次郎とも助六ともつかない色男のところへ戻って、そこでしっぽりと色模様になるのであった。

いよいよ、その濃厚な場面の稽古に入ったのが、初日三日前なのだ。

男が寄る。女がすねる。男がすねる。女が寄る。そんな痴話喧嘩《ちわげんか》のような振りごとを重ねながら、伊達締《だてじめ》が解ける。チラリと肌を見せて、女は別の裲襠を几帳のように飾ってある影にかくれる。と、その瞬間、男が裲襠の裾を引いて落し、秋子の全裸の姿が現われて暗転——。

猿寿郎の振付通りに動いていた秋子は、途中で顔色を変えた。

相手役の男は前以て猿寿郎にいい含められていたらしく、緊張した顔つきで秋子に挑みかかった。

初日が迫っているからと云って、秋子は素肌に鴇色地《ときいろじ》の小袖を着せられ、それに一際色濃い鴇色の伊達締をしめていた。猿寿郎が腰巻は使うなと云ったのを、素直にきいて、秋子が着ているものはただそれだけだったのだ。

相手役が伊達締の端をつかんで、清元の「夕立」での七之助と滝川の濡れ場のように、くるくると秋子を廻して解くところでは、秋子は必死で裾のはだけるのとたたかいながら振付にしたがっていたが、襦袢の後ろに逃げこんで、

「そこでさっと脱いで右手を上にあげて、左手を腰にあてて襦袢が落ちたとたんにニッコリと笑うんだよ。音楽はそこでフィナーレへ移って下さい。いいですね」

と、家元が云うのをきいたときには、そのまま崩れるように倒れてしまった。

「家元」

さすがに寿々が非難の色をかくさずに詰寄ったが、

「かあさん、大丈夫だよ。今日に間に合わなかったけれど、バタフライは明日届く、肝心のところは見せないから安心していていいんだ」

「いいえ、何処をかくしたって裸は裸です。秋子にそんな真似はやらせません」

「そういうだろうと思ったよ。だけど、裸を恥ずかしがるのは日本人だけだぜ。貧弱な躰なら見せるのは恥だが秋ちゃんみたいに日本人離れした裸は滅多にないんだからね。秋ちゃんだって誇りを持てばいいんだ。日本人の女で、ヌードが芸術になるなんて、何

人もいるもんじゃない。秋ちゃんの胸だって、足だって、そりゃ見事なものなんだから。着物を着てこそ目立たないが、裸になって秋ちゃんに敵《かな》うものは、この中じゃあ一人だっていやしないぜ」

「それでも秋子を見て下さい。私はあの子がやれるとは思いません」

「どうしてだい」

「ただ内気な子なんです。主役だといって喜ばしておいて、最後に素裸にするなんて、いくら家元でも酷《ひど》いとは思いませんか」

「困ったなあ、僕は秋ちゃんの躰は芸術だと云ってるんだよ。あんないい形のお尻や、胸や足は、絶対と云っていいくらい他にはないんだよ」

「何の形がよくたって裸は裸です」

寿々は強硬だった。秋子はこのとき、生れて初めて寿々を肉親の母と感じた。千春ばかりに愛をかけて、継子のように、ときには女中のように秋子を扱っていた寿々も、こういう土壇場にくれば、やはり母の愛をもって私をかばってくれるのだ。秋子は、驚愕と羞恥と困惑の濤《なみ》の中に踞《うずくま》りながら、ただ寿々の言葉を嬉しく有りがたく聞いていた。やっぱり母さんだけが私を救うことのできる人だったんだ――。

「家元の僕が、やれと云ってもやらないのかい？」

「お家元でも、事の理非はおつけになって頂かなくては困ります。先代も、亡くなった大きいお師匠さんも、こういうことをお許しになったとは思いません」

「そうかい、四十過ぎても先代を引き合いに出されて、先代の妾風情《ふぜい》に大きな口を叩かれなくちゃならないのか」

「私は妾でございますが、あなたも本妻のお子ではありません。そんなことより、私たちに一番大切なのは梶川流なんです」

気の強い寿々の持前の気性は、出たら引込むものではなかった。

当然、この日の稽古は滅茶滅茶になった。初日を三日後に控えての騒ぎだから、誰も彼も事の意外に蒼《あお》ざめていたが、中でも崎山勤は唇を噛んで、成行きを見詰めていた。

猿寿郎が皆を振返って叫んだ。

「今日は、稽古はとり止めだ。明日の朝は九時から始めます。上根岸の母さんの都合では、取りやめにするかもしれないがね」

「それ困ります。大変です」

ロバート飯田が飛び出して来て、云った。

「お母さん、裸になることは、躰がいいなら立派なことです。ハリウッドの女優たちは躰がよければ、いつでも裸の写真とらせます。決して恥ずかしいことではありません」

「お黙りッ」

寿々は頭から浴びせかけた。

「舌たらずの日本語はもう沢山だよッ。何がハリウッドだ。ここは日本ですよ、日本なんだ。梶川流の家元は、戦争に負けたってお前さんたちの云うままにゃならないのさ」

歯切れのいい啖呵《たんか》に、ロバートはすごすごと引退った。千春は、その後ろ姿と母の顔を交互に幾度も見たが、寿々にとりつく島がないと見たのか、ロバートを追いかけて出て行ってしまった。

地方《じかた》も、他の門弟も、場を外すべきだと心得て、瞬くうちに稽古場には人影がなくなってしまっていた。

秋子も、居たたまれなかった。が、外に出て、誰と顔を合わせるのも耐えられなかった。わけても今、崎山勤に顔を見られたくなかった。秋子は、焼跡がまだそのままになっている庭に、素足で降りた。すぐ目の前に月が最後の棲家とした蔵があった。鍵がかかっている筈であったが、今日の騒ぎで運び出した小道具をそのまま、閂《かんぬき》は外れていた。秋子は、薄暗く、奇妙な空気の凍えた蔵の中に、まるで吸い込まれるように入って行った。

月の蒲団の敷いてあったあたりに崩折《くずお》れると、ようやく秋子は呼吸を取戻した。たった今あったことが、ようやく実感を伴って反芻《はんぱつ》できた。悲しいことであったが、驚きのために虚脱したのか、起った出来事に対する反撥よりも、何か躰を風が吹き抜けて行くような絶望感があった。蔵の中は、そういう秋子には相応《ふさわ》しい環境に違いなかった。

その頃、稽古場では猿寿郎と寿々が対峙《たいじ》したまま睨み合っていた。

「母さん、どうやっても駄目かい」

やがて猿寿郎が、最後の譲歩を望むように口をきいた。

「秋子は娘なんですよ、家元」

寿々は念を押すように云った。娘という言葉に殊更力を入れたのは、処女だという意味を持たせたのであって、寿々自身の娘だという意味ではない。

「それは分ってるよ」

「娘を裸にすることはできませんが、この公演会が梶川流の為になくてならないものとしたら私も秋子に云い含めなくっちゃなりません」

「頼むよ、母さん。これは大成功疑いなしなんだ。そうすれば、僕も自信を持って本腰入れて梶川流再建にかかることができるんだよ」

「そのかわり私から家元にお願いがございますが、聞き入れて頂けますか」

寿々が、急に今までの牢固《ろうこ》な砦《とりで》を解いたように、姿勢を低く、手を突いて猿寿郎の顔を見た。

「なんだい？　僕の出来ることなら、なんだってやるぜ」

「秋子を女にしてやって頂きます」

「…………」

「躰は褒めて頂きました。気立てはあの通り、それに辛抱強くって下積みの苦労の出来る子です。踊りの才こそありませんが、大きいお師匠さんのお世話も滞りなく致しました。若くても、その気でお仕込み頂けば、流儀の元締めはできる筈でございます。お聞き入れ頂ければ、秋子は私が必ず申し含めます。立派にアーニー・パイルは勤めさせてお目にかけます」

寿々は猿寿郎の目を見詰めて、磐石《ばんじやく》の構えであった。

裲襠が落ちると、目くるめく華やかなライトが、頭上のボーダーから、観客席の彼方から、フットライトも含めて、秋子に向って集中する。乳首を飾るスパンコールが、そして股間を掩《おお》うバタフライからも色様々な燦《きら》めきが、客席一杯に輝きを放つ。

口笛が鳴る。興奮の盛上ってくるのが秋子の肉体に響いてくるようだ。秋子は、たった今まで一人の間夫《まぶ》との口説《くぜつ》に専心していたことを忘れたように、いや、自分の帯を解き、姿を隠した裲襠を引落した相手を今では完全に無視して、衣桁《いこう》に片手をかけ、裲襠の端を摑んだもう片方の手を腰にあてて、大輪の花が開いたように艶《あで》やかに観客席に向って笑ってみせた。拍手。それは秋子の演技にでなく、秋子の日本人離れのした姿態と、立派なヴォリューム、もっとはっきりいうなら、秋子の見事な乳房と、美しい足の線に向って送られてくる拍手に違いなかった。

急いではいたハイヒールのサンダルで、秋子は腰を振りながら、裲襠をひきずって舞台の中央からオーケストラバンドの入っている端まで、大胆な歩みを続ける。その中には、既に十日も前から崎山勤の姿は見えなかった。

しかし秋子は、もはや悲しんでいない。初日に、この眩《まぶ》しい照明を浴びてから、秋子の内奥では奇蹟が起っていた。いや、千春が生れた十七年の昔から、常に戦わなくても敗者の座に控え続けてきた秋子が、今は誰にも憚《はばか》らず勝者の位置にあるのであった。

梶川舞踊団のアーニー・パイル公演は大成功であった。殆ど数分おきに変化するシーンと斬新《ざんしん》な振付、それぞれのパートにおける熱演は、日本舞踊に不馴《ふな》れな観客を飽かせることはなかった。が、しかし、見終った観客の印象に鮮烈に残ったものは秋子の裸体に他ならなかったのである。

初日のラストシーンから、秋子はそれを知った。前夜は涙で明け、悲痛な視線を投げたまま姿を消してしまった崎山勤に代って、猿寿郎に躰を与えたことに拘泥《こうでい》したまま、華やかな花魁道中の八文字を踏んでいたのである。この日の幕が降りたら、死んでしまおう——と秋子は考えきめていた。死ねばいい。恋人は離れ、母の弟子である美津子の男に有無を云わさず抱かれ、それが実母の固い云い付けだったのだ。そして、処女を失ったばかりの躰が、衆人の眼にさらされるというのだ。死なずにこの悲しみと苦しみと恥辱から逃れ出る方法はない、と秋子は思い詰めていた。

化粧して、稽古用とは大違いな、根岸特製の新しい華麗な衣裳に装《よそお》いながら、これを最後に死ぬのだ。これまでは脇役ばかりで衣裳もこれほど美しいものはかつて一度だって着せられたことはなかったのだと思えば、死ぬ日に思い残すことはないように思った。それが思いきりで、秋子は勇ましく涙を払って舞台に上ったのだ。そして、猿寿郎の振りの通りに、踊り狂い、動きまわった。

そして――。

目の前の裲襠が、衣桁から落ちたとき、秋子の裸体は衆人の前にあった。だが、秋子は恥ずかしくなかった。恋人がありながら猿寿郎の腕に抱かれなければならなかったあの夜の記憶に較べれば、これが何の恥辱であろう。華やかな照明が、頭上のボーダーから、三階の観客席の向うから、そしてフットライトが、秋子の裸体を目がけて浴びせかけたが、秋子は胸を張って立っていたのだ。秋子が、生れて初めて挑戦したもの――それはこの日の照明の総てであった。乳房や股間を掩うものにつけたスパンコールが照明を鮮やかに跳ね返すように、秋子は全裸の姿態を恥じることを忘れて観客の視線を跳ね返した。

口笛が鳴り、観客席に興奮が盛上ってくるのが、秋子の肉体に快い刺戟になった。秋子は、勝者の笑みを投げた。応えて拍手が湧き起った。

オーケストラボックスに入っていたコンダクターは茫然として、しばらく指揮棒を振るのを忘れていた。秋子が予定にない行動を取り始めたからである。秋子は裲襠を片手に引摺りながら、悠々《ゆうゆう》と舞台の中央から、オーケストラボックスに近付いて来ると、大胆にも観客席に向って、また一度笑って見せた。

その瞬間、照明が消えた。まるで事前に打合わせをしてあったように、そして音楽は一際高鳴り、全員登場のフィナーレになった。秋子は、裸体の上に最も派手な裲襠を着ていた。最後に彼女が現われたときの、観客の反応は著しかった。それは秋子ばかりか、猿寿郎も、ロバート飯田も、誰も思い及ばないような熱狂的な拍手だった。千春の芸も、猿寿郎の振付も、秋子の人気に較べれば物の数でないことを、誰もが思い知らなければならないほど、秋子の人気は素晴らしかったのだ。

楽屋へ戻った秋子を、出迎えた人々の表情は秋子を舞台へ送り出したときとは違っていた。その楽屋は、寿々の主張によって家元の猿寿郎と相部屋になっていた。家元と弟子が、男の家元の楽屋に女弟子一人だけが相部屋を許される。――それがどういうことか、この世界では簡単に理解されていた。秋子が猿寿郎の女になったことを、楽屋割りの決ったとき皆が知ったのである。

裸になるのと引き替えに猿寿郎の女になることを寿々が条件に出したのだと、実情に気づいた者もいることはいた。しかしまた、猿寿郎が口説いてから秋子を裸にしたのだと、穿《うが》ったような見方をする者もいた。いずれにしても、それまではいたましげに秋子を見ていた者が、俄かに蔑《さげす》んで彼女の横を通り過ぎた。美津子が猿寿郎の楽屋へ出入りすることは許されなくなった。そして、皆の同情は一斉に美津子に集まっていた。寿々が一番の憎まれ者になったのは当然である。

だが、公演第一夜が終ると、また皆の秋子を見る眼は違ったのだ。今まで目に立つことも差出ることもなかった秋子のどこに、あれだけの度胸があったのだろうかと人々は先ず驚嘆していた。裸体芸術を見馴れない日本人の眼にも、アメリカ人たちを感嘆させた秋子の肉体の美しさは理解できた。彼らは、圧倒されていた。

だが一番大きな変化を持ったのは秋子自身に他ならなかった。楽屋を出るときと、楽屋へ戻ったときと、秋子は大きく変化していた。いや、人が違ったように、生れ変ったように、秋子はもはやこれまでの秋子ではなかったようである。

舞台を降りると、楽屋の入口に鬘屋が待ち構えていた。秋子はハイヒールのままで、背の低いかつら屋の前に頭を突き出した。

「お疲れさま」

この世界の挨拶に答えもせず、秋子は昂然《こうぜん》と楽屋へのエレベーターに乗った。重いかつらを取ったあとはまるで首が全部なくなってしまったように軽く、汗で濡れた髪が頭の殻にはりついているのだけが感じられた。重い裲襠を羽織って、ハイヒールをはいている秋子は、その箱に詰った誰よりも背が高く、裸体になる必要から純日本式ではないドーラン化粧をしていたのも秋子一人であったから、まるで異質な人間が梶川流の中から突如現われ出たような観があった。

一杯に詰ったエレベーターの中で誰も秋子に話しかけなかった。フィナーレの激しい踊りのあとで、誰もが汗臭く、狭い箱の中は息詰るほど饐《す》えた臭気が充満していた。人々は、最前の秋子の度胸のよさと、今またエレベーターの中で、眼を伏せるどころか怒ったように宙を睨んで、昂然と頭を上げている様子を、チラリと見ては、眼ひき袖ひきして黙り込んでいた。

中二階で皆が一度に降りた。秋子と千春だけが残った。幹部の楽屋は三階だからである。

「お姉ちゃん……」

千春が話しかけた。

「なあに」

秋子の眼は、他人を見ているように冷たい。

「あたし驚いちゃったわ。お姉ちゃんって舞台度胸が凄いのね。それに、本当に綺麗だったわよ」

本当に綺麗だった——それは秋子の肉体を称讃している言葉に違いなかった。

だが秋子は応えなかった。女の裸体を、その妹が称讃しているのだ。誰が、どう云ってそれに応えることができるだろうか。

エレベーターが止ると、裸体の上に華麗な裲襠を着た秋子は、千春より先に外へ出た。千春を振返ることもせず、カッカッとハイヒールの音を立てて、秋子は自分の楽屋に入って行った。この部屋を出るとき、この日を最後に死のうと思い詰めていたことなど、彼女は思い出さなかった。

楽屋には鏡が二つ並んでいた。仰々しく大きな梶ノ葉に流水の紋を螺鈿細工《らでんざいく》で散りばめてある黒塗りの鏡台は猿寿郎のものであり、その横にある秋子の粗末な鏡台とはいい対照であった。黒塗りの鏡台の前には、猿寿郎が名古屋山三の衣裳を脱ぎ、楽屋浴衣に着替えて坐ったところであった。まだ顔の化粧は落していない。白塗りに、色男らしく仄かに紅を刷いた顔は、がっしりとした躰つきと太い手首を較べると、まるで猿寿郎とは別物のようであった。彼にとって、こういう類いの化粧は、面をつけるのに似ていた。

楽屋には猿寿郎の他に、もう一人の人間が秋子を待ち受けていた。寿々であった。留女の扮装のままで、彼女の出場は少ないのだけれどもフィナーレには枯木も山の賑わいで、そのままの装《なり》で出るものだから、終ってかつらをとったあと、すぐ猿寿郎たちの部屋へ来たのであった。

顔や衣裳も舞台の扮装のままで、しかしかつらだけ取り去った舞踊家の姿には常ならない迫力がある。その上、白塗りの白粉が、そろそろ五十という寿々の肌の上で亀裂している。眼のふちと唇の紅が不気味であった。

だが秋子は懼《おそ》れなかった。入口でハイヒールを、自分の足首を動かすだけで脱ぎ捨て、ずいと入った。

「お疲れさまッ」

衣裳方が秋子の裲襠を受取りに来た。秋子は突っ立ったまま、彼に背中を向けて振り落した。

裸体の秋子に、寿々が慌て気味で楽屋着を着せに来た。寿々が楽屋での秋子の世話をしたのは、おそらくこのときが初めてであっただろう。

秋子は無愛想に寿々が羽織らせた楽屋着を肩で受止めると、袖も通さずに鏡の前に坐った。しばらく鏡の中の、自分の異様な姿を眺めていた。かつら下の紫の布を巻いた頭。アイシャドウとドーランで、色濃く化粧した顔。肩に羽織った楽屋浴衣。その胸は合わせていなかったから、こんもり盛上った二つの乳房も、乳首の飾りもバタフライも、全部鏡には映っていた。さすがに衣裳方も、これを受取りには来なかったのである。

乳首の飾りは、特殊な糊《のり》で貼りつける仕掛になっていた。無意識にそれを外そうとして、急に昨夜の記憶を想い出した。猿寿郎が最初に唇を当てたのは、秋子の唇にではなくて、この乳首にであった。強く吸われて思わず抵抗を失ったときのことを、思い出そうとして、ビリッと音たてて秋子は飾りを剝がした。続けて右の乳首からも、力を入れて乳首をかくしている飾りを剝がした。ヒリヒリとした痛みが乳首に残ったが、それは秋子には快い痛みであった。乳飾りを、鏡台の前に投げるように置くと、秋子は立上って浴衣の腕を通し、猿寿郎にも寿々にも背をむけてバタフライを外した。小さく当てておいた脱脂綿に、汗と薄い血が混って色がついていたが秋子は平然としてこれを右掌の内に丸めて入れた。寿々が甲斐甲斐しく蹴出《けだ》しを渡した。それが秋子の普段に用いる肌着であった。秋子は黙って渡された腰巻を巻き、寿々の手渡す順に腰紐で浴衣を端折り上げ、伊達締を締めた。その間、猿寿郎も寿々も、秋子の猛々しさに圧倒された形で、一言もものを云わなかった。

あらためて鏡の前に向った秋子は、化粧落しの油を掌にひろげていきなり顔につけた。黛《まゆずみ》も、アイシャドウも、ドーランも紅も、油に溶け、掌に揉まれて泥々になった。その醜い顔を、秋子は鏡に映して、しばらく眺めていた。めくるめくライトも、観客の口笛も拍手も、昨夜の猿寿郎も、自分も、油にこねられた化粧と同じように、泥々になっているような気がした。だがそれは絶望ではない。

やがて秋子は手をのばして鏡台の抽出しからガーゼを二重に縫い合わせた手拭を取出すと、平然として顔を拭い出した。

「ウウワンダフル、イッツ、ウウワンダフル」

興奮して駆け込んできたのはロバート飯田であった。その後から化粧を落し、ロバートの贈り物である洋服を着て千春が入ってきた。

寿々は目顔で千春に秋子の世話を頼むと、隣の楽屋へ着替えに立った。

「成功よ、梶川サン。大成功。コングラチュレイションズ。素晴らしいでした。お客は全部、オオ、みんな満足しました。エクサイテド。興奮ね、大変でした。アンコールもっとすべきでした。明日は、アンコールの為の演出考えて下さい。オオ、素晴らしいでした」

「照明は、どうだったい？　バブ」

「オールＯＫ。そして秋子さん、本当に、本当に素晴らしいでした」

「秋ちゃんはしっかりしてたんだけど、相手役があがっていてね、裲襠を落すキッカケが、ちょっと間を外して、まずかったんだがな。それから、あすこんとこどうだったかな？」

「どこ、どこ」

「花魁道中の後のブランクだけどさ、間がぬけて見えやしなかったかい？」

猿寿郎とバブが会話をしている間、千春はそっと秋子の背後に来て坐っていた。

十七歳の千春には、女が裸体を人目にさらすことがどれほどの苦痛か、どれほどの恥辱か、充分に理解することができた。まして実の姉であり、才能に恵まれている自分に較べて、常に報われることの少なかった姉である。千春には云うべき言葉がなかった。彼女はエレベーターの中で、姉の気持をほぐそうとして気軽く話しかけたことを心の底から悔んでいた。公演後の秋子が、日頃の秋子のようでなく、千春の言葉まで全身で跳ね返してきたのが、千春には初めて怖ろしいものに見え、言葉もなく姉の後ろに坐っていた。

やがて、舞台化粧を落して着替えた門弟たちが、

「今日はおめでとうございました」

「有りがとうございました」

「お疲れさまです」

口々に入口で手を突いて挨拶をしながら入ってきた。公演後の家元に対する慣習であると同時に、今日の舞台の出来栄えについて、講評を聴くためである。

猿寿郎は、端から、一人ずつの踊りや演技について批評と注意を与えた。労《ねぎら》う意味もかねて、時折軽い冗談を混ぜているのは、彼が上機嫌だからに違いなかった。

「上根岸の母さんは、貫禄充分だけれど愛嬌《あいきよう》がないな。お客は外国人なんだから、気取らないで、どこかでニッコリ笑ってほしい。ホラ、僕のオヤジがそれで参ったときのようにさ」

「千春ちゃんは今日の踊り方かなり内輪だったな。もっとオーヴァーにやっていいよ。

その方が客も喜ぶし、千春ちゃんだって向いてるんじゃないのか。前の日にバブと喧嘩でもしたのかい？」

ごく小さな冗談にも、女の多い門弟たちは声をあげて笑った。家元が上機嫌なら、彼女たちも浮立っていい道理で、それにアメリカ人の観客の前で踊るという経験を持ったことのない者たちは、この日の熱狂的な拍手とアンコールに全く感動していたから、その興奮の醒めない間は、夜が更けて劇場の守衛から注意されるまで、夢中でその日の舞台と観客について語り合っていた。

秋子一人が、それに加わらなかった。家元と楽屋を同じくしている秋子は、門弟の群れの中に入らずに、一隅で黙って坐っていた。家元の講評は、主役の秋子に関する限り何も云わなかった。そして秋子は、家元のどんな冗談にも、ニコリともせずに、石のように坐っていた。

練塀町へ戻っても、秋子の様子は変らなかった。

この日から寿々は家元の部屋に二つの床を敷きのべるようにし、秋子の僅かな着替えや本棚などを猿寿郎の部屋に運びこんでしまったが、猿寿郎も何も云わず、秋子も無感動な顔をしていた。

家の者たちが寝静まった頃、猿寿郎は隣の床から秋子を呼んだが、秋子は応えなかった。眠ったと思ったらしく、やがて猿寿郎から躰を寄せてきて、

「秋ちゃん、寝たのかい？」

寝息も立てず、しかし昨夜のようには身を固くしていない秋子を、猿寿郎は既に自分のものになったと誤解したらしかった。乳房に手を当てながら、

「今日は凄かった。秋ちゃんが、あんなにやれるとは思わなかった。見直したよ。そして急に……」

唇を吸った。反射的に崎山勤を思い出した秋子は、このときになってようやく抵抗し始めたが、それが却って猿寿郎を挑発する結果になってしまった。

「急に、誰にも、やりたくなくなった。秋子。秋子。秋子」

無防備な体勢にいた秋子が、猿寿郎の腕から逃れでる術はなかった。猿寿郎の逞《たくま》しい肉体に荒々しく揉まれながら、秋子は昨夜とは違う自分を又しても発見していた。私のこの躰が、今もまた一人の男を感動させている——この想いは、これまで常に劣等感から離れることなく生きてきた秋子にとって、精神の革命に違いなかった。

それから、ステージの照明と口笛と拍手を浴びる度に、秋子は自分が音をたてて開花して行くのを感じるようになった。

楽屋での彼女は傲然《ごうぜん》として、誰の顔でもまともに射すくめるような眼で見ることができるようになった。

「裸になって何が偉いってんだろう」

「家元とくっついて、それで人が変ってしまったのさ」

「碌に踊れない芸なしが、裸で盛返すんだから確かに大変な御時世さ」

「家元も家元じゃないか。美津子って者がありながら、秋子と同じ部屋だよ、毎晩」

「上根岸の差し金さ、全部」

「あの親娘には困ったもんだねえ、千春は段々パンパンじみてくる」

「あらそわれないよ。千春の芸の落ちたことを見ろってんだ。天才少女のなれの果てが見えるようだ」

藤口は前より一層叩かれるようになったが、誰も秋子の前で明らさまには云うことができなかった。家元を憚《はばか》ると同じように、みんなが秋子を憚るようになった。いや、猿寿郎に対しては家元への尊敬を忘れなかったが、秋子の前では人々は口を噤《つぐ》み、顔を見ぬようにして早々に通り過ぎる。そのあと、秋子の耳には彼らの呟きが手にとるように聞えてくるのであった。ハダカ、ハダカ、ハダカ、ハダカ、ハダカ、ハダカ……。

だが秋子は、目を伏せなかった。ステージでも、秋子は日増しに大胆に振舞うようになった。大胆に振舞えば振舞うほど、拍手も口笛も声援も大きくなる正直な観客なのであった。秋子は、幼い頃から恥じていたねじり足が、外国人の眼には理想的なX型の脚線美であるということもいつか知らされていた。進駐軍のキャンプ巡りをしていた頃、同座していたストリッパーたちがやっていたのを見覚えていて、裲襠が落ちて全身を現わすと直ぐに、その裲襠を胸のあたりまで持ちあげ、ステージの前までかけ出してから、足を見せたり、持ちあげたり、裲襠を闘牛士がケープを振るように展《ひろ》げて廻しながら、巧みに自分の躰を出したりかくしたりして見せた。バンドマンも照明係も近頃では心得ていて、秋子が自分の振付でたっぷり踊るまで、音楽もライトも間断なく彼女に浴びせかけるのであった。

楽屋には、トップスターに相応しい贈り物が毎日届いていた。カトレアの花。薔薇《ばら》の花束。チョコレート。香水。ネグリジェ。彼女のファンとなったＧＩも押しかけてくるようになった。

しかしステージでは笑顔を惜しまない秋子も、楽屋に来る男たちには傲然として、口ひとつきかず、ＧＩたちは鼻白んで帰って行った。猿寿郎を始め一座の男たちの間では、それはひどく評判がよかった。

四週間の契約で始めたショーであったが、劇場側から日延べの申し入れがあった。次の八週間で、ギャランティは従来の三十パーセント上げるという好条件であった。

「どうしようか」

猿寿郎が相談したとき、秋子は言下に、

「もう嫌です」

と答えた。

「僕も飽きた。それに梶川流の為に、家元の僕がこういうものを続けているのはよくないからね。僕と君とがおりるとして、あとは多少動かしても、ギャラは前の条件で八週間うつのはOKしようか。どうだい？」

「家元と私がおりるんですか」

「そうだよ」

猿寿郎の言外の意味は分っていた。秋子の肉体に溺れている彼は、もはや自分の女の裸体を人目にさらしたくないのであった。

「私の代りがいるかしら」

秋子は呟いた。裸体を見せる舞台から降りることは嬉しかったが、自分に代って、あの称讃を受ける者があるとしたら不快であった。幼い頃から嫉妬を忘れて育ってきた秋子に、ようやく人並の感情が動き始めていたのだ。

「バブに相談したんだ」

「…………」

「日本舞踊は出来ないが、ヌードダンサーで滅法いいのがいるんだそうだ。それに君の代りをやらせる。パール・谷というんだそうだ。色が白いので真珠の肌という名がついてる女だそうだ」

「…………」

「千春は受けてるから、そのまま残して、君と母さんと僕と三人だけ抜けよう。バブには内々で話しておいた。問題はあるかもしれないが、なんとかしてみると云っていた。たいてい大丈夫らしい」

「…………」

「どこの流派より早く、稽古場を本建築に直して、昔通りの稽古を始めたいんだ。こういう時代は、人におくれをとるのが一番いけない」

「…………」

「稽古場が整う頃に、アーニー・パイルのショーが終るだろう。そうすればステージで鍛えた腕がものを云って、代稽古の連中には不自由しないよ。君には、全くの元締めだけやってもらえばいい。僕の世話とさ」

「…………」

「上根岸の母さんにも来てもらう。家元の家には年寄がなくっちゃ抑えがきかないからね。僕は稽古場を殖やすのに飛び廻らなくちゃならないから、君が母さんと二人で切り廻していてくれ。稽古の元締めは母さんに頼むことにする」

「…………」

何を云われても秋子は黙って、首肯《うなず》くこともしないでいる。そういう秋子に、猿寿郎の方では内心たじろいでいて、だから一層彼女の意を迎えるように喋り立てるのであった。彼の意を迎えようとする若い女に、彼は物心づく頃から囲まれて育ってきた。美津子にしても、その一人であった。彼の歓心を迎え、あわよくば家元夫人の地位につこうとする女たち、それでなくても寿々のように、家元の女となるだけでも満足できるような女たち、信仰に近い家元崇拝、いや信仰よりもっと現世的な家元崇拝の気風は、梶川流に限らず流派のあるものの中には例外なく濃厚にあるものなのである。

だが秋子だけは違っていた。

寿々から押しつけて来られたとき、猿寿郎はうんざりしたのだが、秋子自身には寿々に似た意志があるどころか、猿寿郎に対する愛も崇敬の念もないのが分ると、猿寿郎は年甲斐もなく躍起になった。

寿々からそれとなく、秋子を家元夫人にと示唆されたとき、猿寿郎は嘘も方便という気で、ともかく初日の幕を開けたい一心で引受けたのである。女などは、どう手馴づけることも、遠ざけることも出来るものだと、彼には自信があった。げんに遠ざけている美津子でさえ、一座から離れようともせずに、猿寿郎の風向の変るのを待っているだけだ。だから、秋子を寿々の言葉通り女にした後でも、いずれ遠ざければいいのだ、ともかく秋子を裸にする為の方便なのだと割切っていた。

それが、猿寿郎自身も思いがけない変化を来たしていたのである。

アーニー・パイルから、自分と秋子と寿々と三人だけ降りて、本腰を入れて梶川流の再建にかかるというのは、秋子を家元夫人に迎え入れるということに他ならなかった。寿々が申入れた条件を、猿寿郎の方から積極的に約束を果す気になったのである。

梶川流八世猿寿郎の妻。

家元夫人――思いがけなく開かれた扉の前で、しかし秋子は感動をしていなかった。ただ凝然として思い出すことがあった。

それは練塀町の焼跡に焼残った蔵の中で、紅葉狩りの鬼女の振袖を掛蒲団がわりにして、息を引取った梶川月のことである。大きいお師匠さん――そう呼びならしていた梶川月と、秋子との間柄は、病人と下女とのそれに過ぎなかった。食事の世話。下の世話。蔵の外の吹きさらしに穴を掘って造った野天の厠での記憶を、秋子は忘れきってはいなかった。死ぬまで、月の頭は狂いも耄碌《もうろく》もしていなかった。しかし、月の肉体は全く萎え衰えていた。秋子はその衰えた肉体を看取っただけである。

月から、梶川流の流儀について、代々の家元の偉業について、梶川の流れを汲むものの心得について、そして奥許しの舞や踊りについて――語りきかされていた者は、秋子ではなく、妹の千春であった。

家元夫人――それは梶川月の生涯に倣うことなのではないか。遊び好きの夫の、女の後始末と、他の女に生ませた子供を引取って、教育し、最後には夫の愛人と、その娘たちに看取られて死ぬ――自分にもまたそうした運命が開かれるというのだろうか。

寿々がきけば、狂喜するであろう猿寿郎の言葉は、秋子にただこうした暗い気構えをさせただけであった。

崎山勤。若く、秋子を愛しているといい、口づけを交わしただけの淡い間柄であった彼を、秋子は思い出した。が、もはや秋子は崎山をも思慕してはいなかった。

弱虫。秋子の心は吐き捨てるように呟く。

裸体になった秋子を見て、逃げるように姿をかくしてしまった彼。裸体にされる運命の前で、驚き、恥じ、戦《おのの》いていた秋子を、獲ることも奪うことも出来なかった彼を、秋子はもはや処女であった頃のように仄々と思い浮かべることはできなかった。

弱虫。秋子は心の中で吐き捨てるように呟くばかりだった。

昭和二十三年三月、焼き払われた東京の芸能界に、新橋演舞場が復興し、新橋芸者の「東おどり」で華々しい「こけら落し」が行われた。続いて四月には、六代目菊五郎、宗十郎、幸四郎が顔を揃えて「太閤記十段目」「勧進帳」「助六」等の演目を並べた大歌舞伎を上場し、芸に携わる者以外の目にも敗戦から立直ろうとしている日本が見えるようであった。

「梶川流大会」は、その歌舞伎が打上げた翌々日の二十七日、二十八日の二日にわたって、同じ新橋演舞場で行われた。他流に魁《さきが》け、地方の門弟数十名を集めての大会であったから、これは新橋ばかりでなく東京中の話題になった。

家元の猿寿郎は四十六歳、脂の乗りきった盛りであり、梶川流独特の振りや奥許しのものの他に、家元新振付あり、新作ありと、そこはキャンプ巡りやアーニー・パイルでの経験を活かして、目も綾なプログラムを組んでいたから、戦前の踊りの温習会を知っていた人々は、あらためて猿寿郎の才能と、梶川流の沿革に着目した。新橋の芸者組合は、「こけら落し」の東おどりに梶川猿寿郎を無視したことを後悔し、新しく彼に新橋芸者の為の稽古場を開くことを申入れに来たほどである。

だが、内部の、つまり梶川流一門の人々を最も驚かせたのは、家元の成長や新しい才能ではなかった。この梶川流大会は、戦後の梶川流の新しい出発を示すと同時に、梶川月の襲名披露も兼ねていたからである。

演目は、長唄「松竹梅」

露払いと云われる、その日最初の舞は、主催者が舞うのが習慣で、従って、梶川流大会とあれば家元猿寿郎が舞うのは常識であったが、刷りもののプログラムをよく見ると、

一、長唄　松　竹　梅　　梶川猿寿郎
　　　　　　　　　　　　梶川　　月
　　　　　　　　　　　　（秋子改め）

と、二人の名前が並んでいる。

「ちょっと、誰よ、この秋子ってのは」

「上根岸の娘ですとさ」

「上根岸？」

「寿々さんよ」

「ああ」

梶川寿々の娘と分った中に早呑み込みがいて、

「それじゃ、あなた兄妹で……」

「違う、違うったら。あなたが考えているのは千春ちゃんでしょ。秋子っていうのは千春ちゃんの姉さんですよ。先代とは血の繋がりがないのよ」

「へええ、ねえ」

ようやく分ったものも、分らせたものも、全くわけの分らないように、みんな曖昧な顔をして舞台を見ていた。

梶川流の松竹梅は、まず男が竹を踊って、次に梅を女が踊るという順序に振りがついた。

緞帳幕が上ると、上手から黒紋付に熨斗目《のしめ》の袴をはいた梶川猿寿郎が素顔のまま、下村観山の筆になる竹を描いた扇子を半開して現われ出た。風格は堂々とし、戦前の若く、優男《やさおとこ》であった頃の三千郎を知る人たちは、嘆声をあげて、そのいかにも頼もしげな家元ぶりに目を瞠っていた。

竹を舞い終った猿寿郎が客席に背を向け舞台中央に白い足袋の裏を見せながら行儀よく坐ると、続いて菱田春草描く梅の扇を翳《かざ》して、秋子が、半衣裳姿で静々と、下手から登場した。高島田の髱に派手な髪飾りはなく、梶ノ葉の地紋を散らした藤紫色の綸子の裾を曳いて、帯は銀綴れに薄紫の流水の模様であった。

南より笑ひ初《そ》む、薫りゆかしき梅ケ香を、待ちつけ顔の鶯や……、富貴自在、初音を祝ふ琴の音に、通ふ調べの細やかに……。

芳村伊十郎の天才的な美声が新しい演舞場の観客席一杯に響き渡っていたが、客席のあちこちにざわめきが起っていた。

「なんて背が高いんだろ」

「ちっともいい女じゃないじゃないのさ」

「若いの？　幾つぐらいかしら」

楽屋できいたばかりの知識を、いかにも勿体《もったい》ぶって、耳打ちするように、

「二十三」

と云った者があった。

「やれやれ家元の半分とはねえ」

「だけどまあ、踊りは空っ下手と来ちゃ、死んだ大きいお師匠さんが泣きゃしないかしら。梶川月といったら、代々立派な名前だっていうのに、これはどういうことになっちゃってんのさ」

「どうもこうもないわよ、あれが私たちのお家元の奥方さまなんだから」

秋はなほ、月の景色も風情ある、梢々にさす影の、臥床に写る夕まぐれ、幾世の秋に限りなく、虫の声々さまざまに……。

長唄の松竹梅は室咲《むろざ》きの松竹梅とか、三曲松竹梅とか、歌詞も曲も数種ある中で、猿寿郎が、この「新松竹梅」を選んだのは歌詞の中に秋子の秋と梶川月の月が結びつくのはこの曲だけであったからである。これをみても猿寿郎が秋子を妻としてなお並々ならない関心を持ち続けていたことは分るが、観客席もまたこの歌詞の通り「虫の声々さまざまに……」であった。

「ちょっと、秋子って人は、裸踊りやってたんだって云うわよ」

「まさか。いくらなんだって」

「本当よ。私は寿々美さんから聴いたんだから」

「寿々美さんなら云いかねないわね。男を寝とられた腹癒せでしょ」

「それが本当に本当なんだったら。寿々美さんだけじゃなくって、アーニー・パイルに出てた人はみんな云ってるわ。あの人、家元にくっつく為に素裸になったって云うわよ」

「躰を張るってのは、そこから来たのかしらん」

「ああ、いやだ、いやだ。踊りの世界にまでアプレってものが這入りこむなんて。しかも梶川流に」

竹と梅が終ると、猿寿郎が橋本雅邦描く松の扇子を開いて舞い、途中から先刻の竹と、二梃扇子振りになって、最後には控えていた秋子も立って連舞になる。


長き栄えも類《たぐひ》なき、松と竹との末かけて、契りも深き相生《あひおひ》の、栄えいやさか梶川の流れは永久《とは》に濺むまじ。

加へて梅の花盛り声も揃うていさぎよく松竹梅とぞ祝しける。


この新松竹梅は明治元年、中村座と守田座の合併狂言の中に使われたものであるために、歌詞の終りは両座にからませた文句になっていて「契りも深き相生の」の以降は

「栄えいてふや鶴と亀、守田津中むら繁栄は、両座の梅の花櫓、声も揃うて……」というのが原作である。それを梶川に直すためには、特に長唄杵屋の家元六左衛門まで断わりを云わなければならなかった。「栄えいやさか梶川の流れは永久に澱むまじ。加へて梅の花盛り……」

猿寿郎と月を襲名した秋子は、三梃の扇子を華やかに閃かせながら、離れ、寄り添い、また離れて、やがて松と竹を持って立った猿寿郎の足許に、秋子は梅を翳して膝をついた。伊十郎の「松竹梅とぞ祝しける」と唄う声は一際高く、観客席からは拍手が湧き起った。

緞帳の幕足が所作台に着くまで拍手は熄《や》まなかった。猿寿郎も秋子も、それまで寄りそった姿勢を崩さなかった。梅の扇を翳しながら、秋子には分っていた。その拍手が自分を迎えているのではないことを。アーニー・パイルの観客の拍手とは全く異質なものであることを。観客席の大半は梶川流に連なる人々である。その人々が拍手をしている相手は、松と竹の扇を翳している家元猿寿郎ただ一人である。秋子には分っていた。梶川月を襲名した自分を、人々の多くは黙殺し、疎外しようとしているのを。

幕が降りきると、パチパチと音たてて二本の扇を畳み、猿寿郎は無造作に秋子に渡すと、急いで幕溜りへ走って行ってしまった。彼は今日の会で、最も忙しい人間であった。会主であり、流儀の家元であり、振付師であり、一座の立役者でもある。昼の部大喜利《おおぎり》の一番手前で、猿寿郎は古曲を踊り、夜の部の喜利では新作舞踊劇の主役を演じることになっていた。

三本の扇子を持って、秋子は静かに楽屋へ戻った。橋本雅邦、下村観山、菱田春草、と今は亡き日本画家たちそれぞれの描いた松竹梅の扇子は、梶川流の家元の家でまっ先に草深い田舎に棲む門弟に託して疎開してあったものであった。この三本の扇子が共に開かれたのは、先代猿寿郎が先代月を披露したときが最初であると聞かされていた。梶川流にとって、由緒深い品を、家元が無造作に秋子に渡して行ってしまったのは、秋子が今は家元の妻の座にあるからである。

楽屋に戻ると、

「お疲れさまッ」

鬘屋が鬘を外しに来た。

「お疲れさまですッ」

衣裳方が、秋子の衣裳を脱ぐのを手伝いに来た。

梶川の紋をつけた黒地の裾模様を着た寿々が、秋子が白粉《おしろい》を落しているところへ飛込んでくると、黙ってしばらく鏡の中を見ていたが、やがて鏡台前の椿油を手にとると、秋子の背中までのびている衿白粉を落しにかかった。椿油を塗った母の掌が、秋子の衿足、肩、背中をぴたと叩き、やがて力を入れて白粉で油を練りとるように擦り始めた。

こんなことを母親にしてもらったのも初めてで、秋子は「有りがとう」とも「済みません」とも云いそびれて黙ったまま自分の顔の白粉を落すことに専心していた。舞台化粧をおとして、髪の形を整えれば、秋子にも家元の妻として、会主の妻としてしなければならないことが山のように待ち構えている。

寿々が着ているのと同じ梶川流の紋服を着ると帯も寿々が形よく締めてくれた。鏡の中の自分を見て、衿元を正していると、寿々が秋子の足許にぴたりと坐り直して手をつかえて云った。

「今日は梶川流の大きなお名前を無事御襲名なさいましてお芽出とう存じます。行末とも、今日のお心構えをお忘れなく、お役目大事にお勤めなさいまし」

秋子も、はっとして畳に手を突いていた。思いがけないと云えば、全く思いがけない母親の態度であったが、

「有りがとう存じます。皆様のお蔭をもちまして襲名させて頂きましたが、未熟者でございます。今後とも御鞭撻《ごべんたつ》お忘れなく願い上げます」

秋子が返す言葉に澱みはなかった。

かねて寿々から襲名祝いの挨拶に応える作法を教わっていたからである。ただ、その祝いを一番に当の母親が云うとは予期していなかった。

他人行儀な挨拶が終って顔を上げると、もう寿々は秋子の母親に戻っていて、

「さ、お行きな。三番目がじきに開くから」

と秋子を追立てるように云い、自分もそそくさと部屋を出て行ってしまった。

秋子は松竹梅の扇子を、それぞれの扇子袋に間違いなく蔵《しま》い込んでから、猿寿郎の鏡台の一番下の抽出しに納めていると、

「お芽出とうございます」

勢いよく入ってきて、

「あら」

秋子一人がいるだけなのに気がつくと拍子抜けのしたような顔をして入口に突っ立っている女客があった。

「家元に御用でいらっしゃいますか」

「ええ。何処にいらっしゃるのかしら」

「さあ何処ですか。舞台裏をあちこち致しておりますから。でもちょくちょく楽屋には戻ることになっておりますけれども。どちら様でいらっしゃいましょう」

女客は秋子を屹《きっ》と見据えて訊いた。

「あんた、内弟子さん？」

内弟子ならば家元のことを語るのに言葉に敬語が少ないのでたしなめるつもりだったのだろう。

「いいえ」

秋子は無表情に答えた。

「家内でございます」

相手は動顚したらしい。そそくさと部屋に上ると膝をついてから、

「失礼しました。私は名古屋の綾太郎でございます。お家元に御機嫌伺いに参りました。後ほどまた伺いますが、お家元によろしく。おしるしまで」

名古屋では姐さん株の芸者なのか、あるいは置屋の主人かもしれない。かなりの年増であったが、菓子包みに祝儀袋を添えて楽屋見舞を秋子に手渡すと、早々に出て行ってしまった。

「恐れ入ります」

叮嚀に見送ってから、菓子箱を部屋の隅に置き直していると、

「ご免下さいましよ。あら」

別の女たちが今度は四人ばかり連立って入って来て、これも先刻の綾太郎のように、秋子一人と見ると拍子抜けした顔をした。

前と似たやりとりがあって、秋子が梶川月と認めると、やや慌てたような、しかし鼻白んだ風情で、

「これを、お家元に」

楽屋見舞を置いて帰って行ってしまう。

家元に預っている内弟子がいない訳ではないのだが、楽屋番と定めてあった娘はふらふらと出て行ったまま楽屋裏で別の用を云いつけられてしまったのか、いつまでたっても帰って来ない。

それから後、猿寿郎を訪ねて来る門弟やその縁者たちはひきもきらず、秋子は隙を見て楽屋を出ようとしても無人にしてもおけずで、身を切られるような想いを続けながらも、客の応対に控えていなければならなかった。

身を切られる想いというのは、秋子を梶川月と認めてからの人々の態度であった。ある者は慌てて手を突いて頭を下げ、わざとらしい笑顔を浮かべた。ある者は、忌々しさを隠そうともせず、自分は家元に会いに来たのであって秋子に挨拶に来たのではないと露骨に態度に現わしていた。梶川月を無視しようとする者も、仰々しく頭を下げる者も、どちらもわざとらしく、秋子はただ面伏せな姿勢で楽屋見舞の礼を云うだけであった。

梶川流にとって大きな名前である月を襲名した秋子に、その祝いの言葉を口にする者は一人もなかった。しかも秋子に耐え難い想いをさせたのは、知っていて故意に云うまいとする者はごく僅かで、他は襲名祝いの挨拶など思いも寄らないでいるらしいことであった。

寿々に注意されて、祝いに応える挨拶の言葉を稽古していた自分が云いようもなく口惜しくて、秋子は自分の表情が次第に硬直してくるのを感じていた。梶川月の襲名祝いを喜んでいるのは、それを策謀した母さんだけではないのか、と秋子は考えた。梶川月——長女をその位置につけ、次女は先代家元の子だという喜びが、今の母さんの総てではないだろうか。

楽屋見舞に来る人の群れが、少し途絶えたとき、秋子はこういう想いに囚われて没念としていた。

そのときであった。

「ご免下さいませ」

おそるおそる楽屋の入口から声をかけた女があった。

「…………」

秋子は答えなかった。やがて彼女は部屋の中に家元が居ないのに失望するだろう。そして部屋番が梶川月だと気がつくと、不快な顔をして出て行ってしまうだろう。

「ご免下さいませ」

女は遠慮深げに入って来たようであったが、秋子は山となった楽屋見舞の品々を積み直す振りをして振返らなかった。

「お嬢ちゃま」

その呼びかけは秋子を驚かせた。振返ると、四十近い女が、懐かしそうに秋子を見て、もう涙ぐんでいる。その顔にも、声にも、呼びかけにも、秋子は覚えがあった。

「糸代さん……⁉」

「はい、お嬢ちゃま、お久しゅうございます」

「糸代さん、本当に糸代さんだわ」

「糸代でございますとも、お嬢ちゃま」

二人は手をとり合い、糸代は滂沱《ぼうだ》と涙を流していた。何年ぶりの邂逅《かいこう》であったろう。

秋子が生れて間もなく十三歳で寿々に弟子入りしてから十年間、秋子係の内弟子として踊っていた糸代。寿々糸と名を取ってから、千春が生れるまで、影の形に添うように秋子に仕えていた糸代。そしてある日突然、嫁に行くと云って、上根岸の家から姿を消してしまった糸代。

「何年ぶりかしら、糸代さん」

「あれは戦争の始まる前の年でございましたから、私は二十三で結婚しましたから」

「幾つになるの、糸代さん」

「嫌でございますよ、お嬢ちゃま。もう三十五にもなりますですよ。嫌になっちゃいますわ。つまらない男のために、無駄に年をとってしまって、考えれば考えるほど莫迦《ばか》らしいったらありません」

糸代が愚痴めいたことを喋り出そうとしたとき、また立て続けに七人ばかり来客があった。

「お家元はん、どちらどす？　お留守らしいわ、ほんなら、これ、お渡しして下さい。お頼《たの》んしまっせ」

秋子が誰か訊こうともせずに帰りかけた客に、糸代が屹として注意した。

「お家元の奥さまでですよ」

注意された者は例外なく驚いたが、急いでそれを押し隠して、

「これはまあ御無礼いたしました。私は先斗町《ぽんとちょう》のきの子どす。よろしゅうお家元にお伝えしておくれやす」

関西の人間ほど糞叮嚀に頭を下げたが、誰も決して襲名祝いはしない。それは、しばらく坐っている内に糸代の義憤を駆り立ててしまったようであった。

「お嬢ちゃま」

「いやだわ糸代さん。私もう二十三になるのよ、満でいえば二だけど。それに結婚したんだし」

「この度は」

糸代は大真面目な顔をしながら手を突いて頭を下げた。

「御襲名まことにお芽出とうございます。大きな立派なお名前をお継ぎになって、お家元の奥さまにおなりになったのでございますもの、これからは私も奥さまとお呼び致し

ますとも」

「嫌よ、糸代さん、そんな云い方をしちゃあ」

「寿々糸とお呼び捨て下さいまし。私はお家元から孫弟子に当る身分でございます。遅まきながら出直して、またお稽古をさせて頂きたいと存じておりますので、何とぞよろしくお願い申上げます」

　糸代に対しては、寿々に教え込まれていたような形式的な挨拶返しはできなくて、秋子はてれたように困惑していた。

「糸代さん」

「はい」

「私がこうなるとは誰も思ってなかったでしょうね。今だって私が梶川月だとは誰も思いたくないくらいなんだから」

「…………」

「私だって、こんなことになるとは思ってもいなかったわ……」

「お嬢ちゃま、いえ奥さま。私を、また昔のようにお傍へ置いて頂けませんか。どんなことでもいたします」

「糸代さん……！」

　新しい演舞場は楽屋にスピーカーが備えつけてあった。舞台の音響が聞えてくる仕掛である。丁度、柝《き》が入って「吉野天人」の唄声が流れ出していた。そして、ようやく内弟子の一人が部屋に戻ってきた。

「母さんたち、もう支度が出来てるんでしょう？」

「はい」

「じゃ、あなた私に代って楽屋番をしていて」

「でも、お家元から金の二梃扇子をとって来るように云いつかったんです」

不服そうに云う内弟子に、秋子は険しく表情を変えて、

「家元には私が持って行きます。あなたは此処に坐っていなさい」

ぴしゃりと叱りつけるように云うと、糸代を促して楽屋を出た。

吉野天人の次の番は、千春の「鏡獅子《かがみじし》」である。支度はとうに出来ている筈で、だから今頃は撮影室だろうと、秋子の見当は外れていなかった。

女小姓弥生《やよい》に扮した千春が、手獅子を持ってカメラの前で躰をくねらせている。黒地に御所解き模様を細かく散らした振袖姿は、千春のこれまでのどの踊りよりも彼女に大人びた気品を与えていた。小柄な躰が黒の大振袖に負けるどころか、手獅子についた鬱《う》金《こん》の布が帯より強いアクセントになって、千春の芯にある気の強さがそこに見えるようであった。踊るまで、まだ十分はある。しかし千春には、もう闘志が充ち満ちているようであった。

白髪を切上げた髪をつけ、赤無垢《あかむく》を着て目を細めているのは寿々であった。寿々は、鏡獅子の始まりに小姓弥生を舞台に連れて来る中老役を勤める。

マグネシュームが焚かれ、千春の姿勢が崩れると、

「母さん」

千春が呼んだ。

「はいよ」

老女の扮装をしている寿々は、待っていたように応えて、気軽く、千春と並び、千春の片手をとって姿をきめた。それは鏡獅子の最初で嫌がる弥生を中老が連れ出してくる振りの中の一つの形であったが、中老も弥生も寄りそって、それは江戸期の、ある親子の記念撮影だと見えないこともなかった。

弥生を舞台に連れ出してくるのは、中老一人だけでなく、もう一人の女と、二人に両手をとられて出るのが踊りの始まりであるのに、寿々の弟子の中から一人選ばれてその役に扮して撮影室には控えていても、千春も寿々しか呼ばなかったし、寿々も弟子も加えて三人で撮ろうとはしなかった。だから、それは鏡獅子の写真ではなくて、あくまでも母子像に違いなかった。

ライトを浴び、カメラを見詰めてポーズをとっている母と妹を、秋子は黙って見ていた。秋子は今日、松竹梅を舞う前にも一度この撮影室に入った。写真は、踊る前にとら

なければ、着付けも化粧も崩れるからである。猿寿郎と二人で三枚の扇子を開いたところを一枚、それから一人で坐り、扇子を一文字に置いて、襲名挨拶の形で手を突いているところを一枚。その撮影の間、やはり寿々はこの部屋にいたが、秋子も気がつかなかったし、寿々も二人で写真を撮ろうとは云い出さなかった。そのことで寿々の愛情を計るのは秋子の思い過しかもしれず、事実そのときは秋子は髪と衣裳をつけていたが、寿々は素顔に紋服で、三人並んだところでさまになるものではなかったのだ。だがしかし、と秋子は思う。この目の前にいる二人は、私と母さんよりも、もっと血の濃い親子のようだ。

撮影が終ったとき、

「母さん」

秋子は声をかけた。

「糸代さんが来てくれたのよ」

「おやまあ」

さすがに寿々も驚いたらしく目を瞠った。

「お師匠さん、お久しゅうございます。この度はお嬢ちゃまが、大きなお名を御襲名で、本当にお芽出とうございます」

糸代が叮嚀に挨拶しかけるのを、途中で、

は、

「はい、有りがとう」

寿々は軽くうけ流し、千春を急がせて撮影室を出て行ってしまった。

秋子も、糸代も、しばらく言葉もなくそれを見送ったが、やがて気をとり直した秋子は、

「見に行かない？」

糸代を誘った。

「まあ、お師匠さんや千春お嬢ちゃまの舞台を拝見するのは何年ぶりでしょう」

「千春はうまくなったわよ」

「そうでしょうねえ」

秋子が妹を自慢すれば、糸代も相槌を打つのは当り前のことなのに、その相槌がまた秋子の心には引懸った。糸代は、秋子の舞台は見たのだろうか、どうだろうか。襲名の祝いは確かに云ったけれども、松竹梅を見たとも、良かったとも云わないのは何故だろうか。義理にも褒められた出来ではなかったということなのだろうか。

暗い奈落《ならく》を通り抜ける間、秋子は黙って歩いていた。後から糸代が小走りでついてくる。昔は糸代を小さな女と思ったことはなかったけれども、あれは自分が子供の頃だったからなのだなあと、ようやく他のことに考えを移して、奈落を脱け出ると、いきなり正面のロビーに出た。吉野天人が終ったらしく、拍手が聞えてきた。

踊りの会の切符はプレイガイドなどに出して市販するようなタチのものではなく、出演者や門弟たちに何十枚ずつか割当てるのが常識で、だから経理の方は満員の勘定だが観客席のあちこちに空席がパラパラとある。

「糸代さん、坐ってなさいよ」

「お嬢ちゃまは？」

「私は裏へも行かなきゃならないから、此処で見るわ。遠慮しないで行きなさい」

糸代を前にやって秋子は一人で観客席の一番後ろに立ったまま、鏡獅子の幕開きを待った。

将軍家大奥の広間、上手に獅子頭を祀《まつ》った舞台が現われ出ると、長唄の三味線は柏《かしわ》扇左エ門《せんざえもん》で、鮮やかな撥さばきと共に、唄声が初めは謡曲に似た重厚な節廻しで流れ出した。

樵歌牧笛《せうかぼくてき》の声、人間万事さまざまに、世を渡り行くその中に、世の恋草を余所《よそ》に見て、我は下もえくむ春風に、花の東の宮仕へ……

寿々たちに手をとられて現われた千春に、拍手が送られていた。恥ずかしさに逃げようとしても両の襖《ふすま》を外からぴっしゃり閉められてしまった小姓弥生は、覚悟をきわめて客席に恭《うやうや》しく頭を下げる。また拍手。ショーマンシップがあるというのであろうか、千春の動作には観客の視線を捕えたらもう離さないような粘っこい魅力があった。

祝い事の舞を舞ううちに弥生の舞に感応して獅子の精が獅子頭に乗り憑《うつ》り、あっと驚く弥生を花道から揚幕まで引摺って行くところは、振付も昔ながらに見事であったが、千春の舞いぶりは圧巻で、花道の傍にいる者は思わず腰を浮かして見送るほどであった。

後シテに着替える間の時間つなぎに、胡蝶が二人出て踊り始めても、千春へ贈られた拍手は仲々鳴りやまなかった。

秋子は呼吸も忘れて、今も花道の七三で手獅子から逃れようと抗《あらが》いながら引摺られていく千春の姿が見えるように、立ちつくしていた。それはもう、熟練と天賦の才などという言葉では現わせないほどの踊りだった。秋子は自分と千春との距離を感じ直す余裕も、今の弥生が妹の千春だということを考える余裕も、失っていた。それはおそらく感動というものであったに違いない。

肩に置かれた手に、秋子は魂消《たまげ》るほど驚いて我に返った。ロバート飯田が、もう片方の手をズボンのポケットにかけて、肥満した顔から笑いが溢れ落ちるような表情で立っていた。

「千春は素晴らしいでしたね？　どう？」

姉に向って、まるで自分のことのように自慢らしく云い、首をしゃくって秋子の返事を待っている。

「ええ」

微笑を返し、無邪気な人なのだと思おうとして、ふと、この人には千春の真価が分っていないのではないかという不安が生れた。今この私が受けた程の感動を、ロバート飯田が持っているかどうか。

指先まで栄養たっぷりに肉づいている掌を派手に叩いて、ロバート飯田は白い獅子頭を振立てながら舞台に戻ってきた千春に声援を送っている。

秋子は、そっと彼の傍を離れた。千春の踊りを見守るためには、彼の躰が横にあっては邪魔なのであった。


台東区練塀町の梶川流家元の家が、バラック建てを四百坪の一隅に移して本建築にかかったのは、その年の秋であった。この界隈は丸の内のようなオフィス街や新宿のような商店街とは違って復興が遅れていたから、大きな材木が積上げられ、棟梁《とうりょう》の指図で幾人もの大工が鑿《のみ》をとり、鉋《かんな》をかけ、音高く釘を打つところは目ざましいほど景気のいいものに見えた。木口を選び、戦前の梶川流家元の家以上の規模で本建築にかかったのだから、これは辺り近所ばかりではなく、他流の人々にも相当なデモンストレーションになった。「これからは梶川流だ」「家元がしっかりしているし、だから景気もいい道理で」と、噂《うわさ》が伝わって入門者が殖え、流れを汲む者たちも弟子が多くなると云っては来る度に喜んでいた。家元の家は、梶川流のメッカであり、家元直弟子たちにしても、梶川流の殿堂が立派であればあるほど弟子にも他流の者にも鼻が高いから、暇さえあれば家元の御機嫌伺いと称して、家の建つ様子を見に来る者が多い。

家屋の中心をなす踊り舞台は、間口六間に奥行き三間という大きさで、総檜は勿論、舞台の下に掘った穴は三間余の深さであった。舞台を踏み鳴らすときの音響効果を考えてのことであろうが、踊り舞台の床下は、深く掘った中央に壺《つぼ》を納めるのが常識であった。

一抱えもある大きな信楽焼《しがらきやき》の古壺は、これは焼跡から注意深く掘り出したもので、口に傷は出来ていたが亀裂も入っていなかったのが幸運であった。

穴を掘るまで、その壺はバラック建ての方の座敷の床に飾っておいた。寿々の指図であった。

「長生きはするもんですねえ、家元」

寿々は近頃は装いも地味につくって、折があればこういう年寄めいた口をきいた。

「どうしてさ」

寿々より四歳しか年若くない猿寿郎は、しかし自分を若者の部類に入れて動じないらしく、寿々の芝居がかった言葉に頓着せず、ごく気軽く反問している。

「私がこの壺を見るのは二度目なんです」

「へぇえ」

「前に、先代が家の造作変えをなさったとき、あれはもちろん千春の生れるずっと前で、私がお酌から一本になったばかりだと思いますけどねえ、お披露目の御挨拶に来たとき、やっぱりお床に飾ってあったんです」

「そのときが、そもそもの馴れそめってわけかい」

「嫌ですよ、真面目《まじめ》な話をしているのに」

「僕は不真面目だとは思わないけどねえ」

冷やかされても、しかし寿々はすぐまた若い日を憶い出しているらしく古壺を眺めて恍惚《こうこつ》とした。それはまた、満ち足りた幸福感に浸っているとも見えないことはなかった。

先代の梶川月が梶川流の元を締めていたような位置に、今いるのは、秋子が襲名した梶川月ではなくて、寿々であった。寿々は、家元の妻の生みの親として、また先代家元の娘の親として、今この家の中で猿寿郎に次ぐ最高の地位にあった。それはそのまま梶川流における彼女の地位でもあった。

秋子の襲名を快く思わない門弟たちは、蔭で寿々親子の横暴を様々に云い叩いていたが、面と向っては誰も、猿寿郎にも云えなかったし、事実、家元の家は寿々の稽古上手と年功がものを云っていることは否めなかった。家元の猿寿郎は、野心家の例に洩れずあまり家の中には落着いていなかった。東京だけでも新橋と下谷の花柳界二か所に出稽古場があったし、地方にも梶川流の道場が開かれれば出向かなければならない。あちこちの温習会の出演と振付。そして他流の家元との会合や交際。彼は自分の家にのんびりと腰を温めている暇など滅多にないと云ってよかった。したがって、家元の直弟子という誇を持つために稽古に来る娘たちに稽古をつけるのは、家元の猿寿郎ではなく、代稽古の寿々である。上根岸時代でさえ、稽古の荒さと激しさで鳴り響いていた寿々が稽古をつけるのだから、それはなまじ忙しい猿寿郎にいい加減な調子でやられるよりは、よほど本人の為にもなる。家元の家にいなくたって、戦前でさえ弟子の多かった寿々なのだから、寿々の踊りや稽古の腕前には誰も歯が立たないのであった。

大工が入ったまま年を越して、家が完成したのは翌年昭和二十四年の春であった。焼け残りの蔵は、寿々も猿寿郎も昔々の伝わりとして残しておきたがったし、とりわけ秋子もそれに熱心で、建築家は新しいブロック建築の蔵を建てることを提案したが、これは簡単に一蹴《いっしゅう》されてしまった。しかし道具蔵が一つでは足りないのは誰にも分っていたから、費用の点もあって近代的な防湿装置のついた道具庫が古びた蔵に並んで建つという不恰好なことになった。

しかしそれ以外には、戦後でもこれだけの家が金さえあれば建てることもできるものなのかと、人々が眼を瞠るほど、非の打ちどころのない立派な建物が出来上った。繁華街には安手な近代建築が立並んでいたが、それと対照するまでもなくこれはさすがに伝統を誇る梶川流の本拠だと、人々は唸るように声をあげながら首肯《うなず》き合った。

舞台開きは、主だった門弟たちを集めて盛大に行われた。

六間間口一杯に長唄連中がずらりと居並び、荘重な「翁三番叟《おきなさんばそう》」の曲が流れ始めた。

とうどうたらりたらりら、たらりあがり、ららりどう……。

ちりやたらり、たらりら、たらりあがり、ららりどう……。

歌詞は謡曲「翁」から取った為に、鼓の音や笛の譜を真似て口ずさみ歌う囃子詞《はやしことば》で始まるのである。翁の猿寿郎は黒尉《くろじよう》の面をつけ、千歳の秋子と、三番叟の千春を従えて上手から悠々と現われ出た。先代からの古い弟子の中には、貴人を迎えるときのように両手をついている者もあった。

所千代までおはしませ……。

われ等も千秋さうらはう……。

鶴と亀との齢《よはひ》にて、さいはひ心にまかせたり。

鳴るは滝の水、滝の水。鳴るは滝の水、日は照るとも、絶えずとうたり、ありうどう……。

謡曲「翁」からとった祝言を脈絡もなく綴り合わせた歌詞であった。梶川流の振りは、歌詞よりも曲の調子にのせて、神を象徴する翁を崇《あが》め尊ぶもので、千歳は美しい女方で優雅に舞い、三番叟は勢いを示して勇ましく足拍子をとる。猿寿郎は紋付に大名縞の袴をはいて、素踊りに面をつけているだけであったが、秋子は高丸髷の鬘に藤色地の紋付、それは観世水の帯を胸高に締めた半衣裳で、千春も中割れの鬘に黄が勝った着物を裾短かに着ていた。本衣裳は誰も身につけていないが、鬘を使うから女の方の化粧は濃く、着物も華麗なものになったのである。

翁は貫禄を示し、千歳は美を、三番叟は技を見せる振り分けは、家元と、その妻と、家元の異母妹であり妻の異父妹である千春と、この三人の為にあったものかと思われるほど、対照がよく出来ていた。千歳の鬘を島田にせずに丸髷にしたのは寿々の指し金で、当の寿々は黒地の紋つきを着て後見に廻り、やはり同じ舞台の上にいる。それは梶川流の繁栄を示すよりも、寿々の栄えぶりを示す舞台開きと見えたかもしれない。

これのんなんな、池の汀《みぎは》に宝御船が着くとんの。

艫舳にはんな、恵比須大黒、中は毘沙門吉祥天女。
四海波風静けき君が、御代はかしこき天照神の、影も曇らず怨敵退散、五穀成就民豊か、
八百万《やほよろづ》代の国や栄えん。

「ふん、莫迦にしているよ。裸踊りが丸髷をつけて千歳を踊るんだからねえ」

「あの親子に荒されちまうとは、先代も思わなかったろうねえ」

「家元が気の毒ですよ。美しい女でもなきゃ踊りも空っ下手な娘を押しつけられてさ。それで結構参っているってんだからねえ、世も末だわよ」

帰りがけの玄関先で、こんな話が聞えたと、糸代がぷりぷりして云いつけに来た。

「糸代ッ」

秋子に呼び捨てられて、眼を瞠くと、

「蔭口の取次ぎをするために私の傍にいるんだったら、田舎へ帰すよッ」

秋子の剣幕は物凄かった。

「申訳ございません。お許し下さい」

「私が裸になったのも、母さんがのさばっているのも、みんな本当のことなのだから、人がそれを種に何を云っても仕方がない。一々云いに来る方が莫迦《ばか》に見えるだけ。誰が

取次がなくたって私の耳には聞えてくるんだから、ほっといて頂だい」

「申訳ございません。それでも私は、お嬢ちゃまがお気の毒で……」

「何も気の毒なことはないわよ。世間は気の毒な人間の蔭口は叩かない。私が家元の奥さんになるまで、誰も私の悪口は云わなかったわ、母さん以外はね」

糸代の知らない間に、秋子は糸代の知っていた頃の秋子とは、すっかり変ってしまっているのだったが、糸代はそれを感じる前に他に屈託している事があるらしく、叱られて凋《しお》れていたのも束の間に、また失言してしまっていた。

「……お嬢ちゃま、いえ、奥さま」

「なによ」

「美津子さんが来ていませんでしたけれど」

「来るわけがないでしょう？」

秋子は、また眉をしかめた。糸代がこれほど愚かだとは思わなかったのだ。

「家元と美津子さんのことを私が知らないと思ってるの？　私が家元の奥さんになっているのに、どうして来られるわけがあって？　もともとあの人は母さんの弟子なのだし」

「ええ、それはそうですけれど」

糸代は口籠《くちごも》って、まだ何か云い足りないような様子だったが、

「そんなことより、私には余計な人間の来ていたことの方が気になったわ」

と秋子は着替えながら宙を見ていた。

「誰のことですか、奥さま」

「飯田さん」

「はあ？」

「糸代さんは知らない人よ。二世の、ロバート飯田って人」

「あら知ってますよ。あの途方もなく肥っちゃった人でしょう？　今日は舞台開きを一人だけ足を投げ出して坐ってるのがいましたから訊いたら、千春お嬢ちゃまの何か……」

「困ったことにならなきゃいいけどねえ」

「はあ？」

「千春がこの頃痩せて来てるのよ。なんでも思ったことは云っちゃう性質なのに、黙り込んで、私の顔もまともに見ないようになってるわ」

「どうしたんでしょう」

「さあ、どうしたんでしょうねッ」

幼いとき面倒を見てもらったという気安さからか、秋子は苛々《いらいら》しているときには理由もなく糸代に当り散らす傾向があったが、糸代の方ではそれを親しみの故だと喜んでいて、平気な顔で秋子の脱ぎ散らしたものの後片付けをしている。

家元の妻という女の座は、人の想像を越えるほど忙しい。束修《そくしゅう》、月謝、名取料、稽古許しに対する謝礼、地方の弟子の名取式のあと孫弟子から送られてくる名取料、家元様御出演御礼、御振付御礼、あちこちで温習会を開けば、その度に「お蔭を持ちまして……」と礼金が届く。収入も各種雑多なら、支出も実に雑多なのだ。地方の何流何派の誰々に対する挨拶、他流の家元が会を開いて招待券を送ってくれば祝儀を包んで届けるのも秋子の役目だ。家元の留守に挨拶に来る弟子たちには、寿々は出る筋はないので、秋子が出て応対しなければならない。呉服屋が来れば、春には夏の揃いの浴衣を柄から値段から相談しなければならない。それを弟子をとってる連中たちに通達して、何十反ずつの注文を受け、二割かけて送り出すのも事務的には秋子の仕事であった。扇子屋には始終、春と秋の梶川流の稽古扇子の注文を出さなければならないし、名取りに与える別誂えの扇子も道具庫の桐箱の減り方を見計らって注文しておかなければならない。この春は家を建てて大きく出来た借金を、秋の梶川流大会で埋める為には、それなりに大きな弟子たちの機嫌とりもしなければならないのだ。裸踊りと蔭で蔑《さげす》まれている秋子にとっては、この仕事が一番辛かったが、しかし秋子はその愚痴は糸代にもこぼさなかった。

そんな多忙な気遣いの激しい日常で、秋子の脳裡をチラチラとかすめる不安というのはロバート飯田と千春のことであった。

進駐軍相手の仕事から猿寿郎と秋子たちが脱けたあと、半年たつともうダンシング・ティーム〝カジカワ〟は解散して、ロバート飯田と梶川流との事務的な関係は殆どなくなってしまっていた。戦後の食糧難の時期も、梶川流は他を圧するほど早く切抜けてしまっていて、弟子たちが手土産《てみやげ》に持ってくるものも昔は和菓子と定っていたのが近頃は舶来の罐詰だったりする時代なのだ。第一、現金収入の多い家元の家で、もはや不自由なものは何もなかった。ロバート飯田がポプコーンなどを抱え込んでくるのに、喚声をあげて迎えた時代は去ったのである。

にも拘らずロバートは、実に屢々《しばしば》練塀町へ遊びに来るようになった。

寿々は稽古で忙しいから彼が現われてもニコリともしないし、猿寿郎などは昔の恩義があるから露骨に嫌な顔もできなければ、今は盛運の梶川流家元として、ロバートごときに、

「梶川サン、こんにちは」

などとやられるのに、昔ほど愛想よく応えるわけにもいかないのだ。

「やあ、来たかい」

鷹揚《おうよう》に声をかけて、さっと居場所を変えてしまう。それでなくても充分彼は忙しいのであった。新作歌舞伎の振付・演出まで頼まれるほど、彼の盛名は上る一方なのであっ

た。

「秋子さん、いつも忙しいね」

現金なもので、ロバートは前には洟《はな》もひっかけなかった秋子を見つけると、ニコニコしながら話しかけてくるようなことになった。

「ええ、忙しいのよ」

あまり強い調子にはならないように気をつけながら、秋子も曖昧に相手になるのは避ける方針でいた。

そんな具合だったから、ロバート飯田にしても足が遠のくのも無理はない。が、それと同じ頃から千春の様子が目に見えておかしくなってきた。生れたときから周囲が待ち迎えて、それからはずっと囃したてられ続けてきて、千春の性格は明るく、思ったことを何でもケロリと云ってのけ、何を云っても憎まれない徳を備えていたのに、何か出かけるにも帰ってくるにも人目を憚《はばか》るような素振りがある。

「千春ちゃん」

声をかけると、ビクッとして振返り、

「ああ、お姉ちゃん」

秋子と認めるとほっとしている。

「何処へ行ってたの」

「お稽古よ」

「こんなに晩くまで?」

「お稽古のあと、つい話し込んじゃったのよ」

千春にも弟子があるのに不思議はなかったし、猿寿郎の代稽古として出稽古に出る先もかなりあるのだから、一々行先を訊くこともないのだし、晩くなっても不思議はないのだったが、秋子はどうも気懸りでたまらなかった。舞台開きの日の千春の三番叟は意外に冴えなかったし、深く掘った床下にある信楽焼の古壺が、どんな見事な反響を伝えてくるかと楽しみにしていたのに、千春の踏む足拍子は一向に振わなかったのが、その後もずっと秋子の心の引懸りになっていた。

何かがある。それが何なのか秋子には形をつけて考え出すことはできなかったけれども、この予感は間もなく的中する日が来た。

初夏であった。植込みがまだ庭に馴染《なじ》みきらず、丈の高い植木には支棒《ささえぼう》が目障りだったが、陽光は眩いばかりで、緑はそれに応えて香り立っていたが、家の中では寿々が、緑の反射を受けて蒼ざめた顔をひきつらせて千春を見据えていた。

「何を云い出したんだよ、急に。気でも狂ったのかい、千春」

「母さんは怒ると思った。だけど云わずにいることはできないし、それに日も迫ってしまって、どうすることも出来なかったの。苦しんでたのよ、私だって」

「何が私だってだい。親にも知らせずに結婚して、ハイ私はこの国を出て行きますって云うのが、二十年間育ててきた親への挨拶か。それがアメリカ流だというのかい」

「バブのことを悪く思わないでよ」

「どうやってよく思えってのさ。こそ泥のように娘をちょろまかして行こうって男を、悪く思わずにいられるというならお笑いだよ。しかも、そんじょそこらの娘とはわけの違う千春を断わりもなく連れて行こうっていうのは、泥棒根性ってもんだ。そうじゃないか」

「バブは何度も云い出そうとして、母さんもお姉ちゃんも忙しそうで口が切れなかったのよ。だから私が先に断わりを云うことになったのだわ。よかったら、すぐにも呼びます」

「よくはないね。誰が行かせるものか。いいかい、千春、あんたの躰にはね、先代家元の血が流れてるんですよ。名人の血が流れているんですよ。唯の娘とはわけが違うんだということが、どうして自分で分らないんだい」

「私だって踊りを捨てるということについては随分考えたけど」

「踊りを捨てる?!」

寿々の眼は一層吊上り、反問する声は金属的に甲高かった。

「でもバブが、私の踊りなら、アメリカ人は充分理解するし、ショービジネスに入ることも出来るし、ロスには日本舞踊を習いたい二世たちが一杯いるから、お稽古場も開けるって……」

「いけませんッ。私が許しません」

「母さん。だって私はバブと結婚しているのよ」

「浮気と結婚と間違えるほどの莫迦だとは思わなかったよ。あんな舌足らずな二世相手に、本気でいるとは思わなかった。よく考えてごらんな千春、あんたには先代家元の血が……」

「母さん」

それまで哀願していた千春の態度が、急に変って、坐り直すようにして毅然《きぜん》と寿々を見上げていた。

「母さんはずっと、そう云い続けて私を育ててきたわ。私には先代家元の血が流れているから、だから私は踊れるんだって。つまり、私が踊ってるんじゃなくて、家元の血ってものが踊っているだけなのよ。でも、バブの前では、家元の血とは何の関係もない私が踊っていられるのよ。バブは、家元の有りがたさなんか知らない人だから、だからバブの前では、私は自由なの。私に若《も》し家元の血が流れていなかったら、母さんも梶川流の人たちも私をチヤホヤしなかったでしょう、だけど、バブは私に家元の血がなくたって愛してくれるんだわ」

「世迷言《よまいごと》も大概におし。私はどんなことがあっても許しませんからね。出て行くというのなら、親子の縁は切れるとお思いよ。アメリカなんぞで梶川流の看板なんぞ上げたら承知しないからねッ」

「母さん」

「産んでから二十年育てられた恩も忘れて、バブだかアブだか知らないがね、いわばゴマノハエと一緒になるというのなら、それもいいだろうさ。そのかわり、家元の血がその躰の中でじっとしちゃいないからね、そのとき泣いても母さんは知らないよ」

「……いいわ」

千春は唇を嚙んだ。最後の決意をしたのであるらしかった。

「ともかく、もう家からは一歩も出さないからね」

寿々は矛盾した宣告をして、黙って坐っている秋子を振返った。

「秋子もいいね、千春が家を出ないように見張っとくれ。出稽古先には病気だと云って、断わるなり代稽古を出すなりするんだよ」

立上りざまに千春の利き腕をとって、

「秋子、お蔵の鍵を持って来とくれ」

「何をするのよ、母さん」

「虻《あぶ》がたからないようにするまでさ」

蔵へ閉じこめられると分ると、千春は寿々の手を振り払おうとしたが、よろめいても寿々の摑んだ手は離れなかった。

「誰か来ておくれ、誰か。男がこの家に居ないってのかいッ」

寿々の叫び声に、猿寿郎の弟子たちがバタバタと駆けつけて、寿々の指令に従い、千春を古い蔵の中に担ぎ入れた。

「母さん、出して。ともかくバブに電話をかけさせて。パスポートも、もうとれているし、バブは私の電話を待っているんだから、ともかく出して」

「お黙りよッ。大きいお師匠さんの亡くなった蔵の中で、静かに考えてみるんだね。梶川流の血というのは、どういうものなんだか」

「母さん、出して。お姉ちゃん、助けて」

ピーンと錠前をかけてしまうと、千春の悲鳴も同時に上るように聞えた。

「御苦労さん。血の気の多い娘を持つと苦労をしますのさ」

寿々は、興奮のさめやらない顔をしていたが、声だけはもう平静に戻っていた。鍵を懐剣のように帯の間におさめて、スタスタと自分の部屋に戻って行ってしまった。秋子は寿々に話しかけたい衝動にかられたが、寿々に隙がなかったのと、秋子の想いも言葉にならなかった。

その夜、晩く帰った猿寿郎に、秋子が事の次第を告げると、

「千春もやるじゃないか、なかなか。あのお袋に楯《たて》をつくのは並や大抵のことじゃない」

　と愉快そうに笑っている。

「千春は本気らしいんです」

「出してやろうじゃないか」

「え？」

「日本からさ。梶川流の海外進出だ。派手に送り出してやろうよ。僕もいずれ外遊するつもりだし」

「…………」

「バブじゃないけどさ、グッドアイディアだよ、これは」

「飯田さんには千春の価値が分っていません」

「かまやしないよ。アメリカ行きの方便だ。千春も向うへ行って眼が覚めるよ。そうなりゃ一層お誂え向きじゃないか」

「…………」

　いかにも野心家の家元が考えつきそうなことであったが、秋子には同調できなかった。この人に流れている先代家元の血。千春に流れている同じ血。腹違いの兄が、妹を流派の海外発展の道具にするつもりなのか――。

翌日の午近《ひる》く秋子は寿々の許しを得て蔵の鍵を借りた。千春は昨日の夜から何一つ食べていないのである。

大きな音を立てて扉が開くと、

「お姉ちゃん……」

千春は秋子を認めて吐息のような声をあげた。

「お腹、空いたでしょう」

秋子の運んで来た盆の上には大きな握り飯が五つと、卵焼きや肉の佃煮などが載っていた。他に番茶の用意もある。

「ううん」

千春は殆ど眠らなかったのか、青くむくんだ顔を横に振って、食欲もない様子であった。

「眠らなかったの？」

「うん」

「困ったわね。家元は取りなしもしてくれないで出かけてしまったし、母さんは昨日より頑張ってるわ」

「お姉ちゃん」

千春が、飛びかかるようにして秋子の膝に倒れかかった。

「好きなのね？」

「好きなの。私はもうバブと離れては暮せない」

「踊りはどうするの？」

「踊り？」

千春は顔を上げて、

「私もそれが一番辛かったんだけど、私、あちらへ行ったらショーダンサーになる」

一瞬、秋子は自分がバラエティ・ショーのフィナーレを飾ったときのことを思い出した。

「千春が、またショーに」

「ううん、お姉ちゃんの考えているのとは違うわよ。私はね、東洋的《オリエンタル》ショーダンサーになるつもりなの。つまり日本舞踊をあちらのステージで踊るわ。アメリカはオリエンタル・ブームだから、大丈夫だってバブが云うの。私もやれると思うわ」

「お稽古はどうするの？」

「お稽古？」

「自分のお稽古よ」

千春は黙り込んだ。踊れても見渡す限り外人ばかりの舞台で、それが自分の踊りを磨く場所かどうか考えても疑問だった。家元の血も、先代梶川月の口伝も、寿々の薫陶も、ロスアンゼルスというところで育つものなのかどうか、千春でなくても答えることはできなかっただろう。

秋子も黙って茶を淹《い》れていた。蔵の中に対峙している姉と妹は、幼い頃の二人といつか立場が逆転していた。秋子は泰然として茶碗に番茶を注ぎ、千春は追い詰められた者のような目をしてじっとそれを見ている。

「お姉ちゃん」

静かに秋子は千春を顧みた。

「私たち、明後日出発するの」

「…………」

「バブ、心配してると思うの。バブに連絡しなくちゃならないし」

「飯田さんなら、昨夜幾度も電話がかかってきたの。私が話をしたから、様子はよく分っているのよ。でも、無茶なことをしたものね。内緒で結婚して、急に明後日たつなんて」

「バブの帰国が急だったから。それよりお姉ちゃん、バブにはなんて云ってくれたの？」

「今夜の内に帰れますって」

「え？」

「夜、出してあげるわ。持って行くものは、何と何を用意したらいいの？」

「お姉ちゃん」

千春は感動のあまり口もきけないようであったが、秋子は冷然として懐ろから手帳を取り出すと、ごく事務的に千春がこの家から持って出ようとしているものを書上げた。

千春はしかし、旅立ちの用意は殆どバブの借りたアパートの一室で整えてしまってあった。数枚の着物と、梶川流の扇子と、組立式の三味線と、まとめて木綿の風呂敷にきっちり包むと、嵩《かさ》は思ったほどではなかった。

夜になると、秋子は糸代にそれを持たせて家からずっと遠いところへタクシーを止めるように云い含め、そっと蔵の戸を開けにたった。寿々は寝部屋に入り、猿寿郎は例によって晩い。一応寝静まった家の中で、蔵の中の千春を蔵から裏庭を伝って門のくぐり戸まで導くのは容易なことだった。

「お姉ちゃん、感謝するわァ」

千春は秋子の置いて行った握り飯を食べたのだろう、すっかり元気になっていて、この冒険にまるで子供のように胸をワクワクさせている。秋子はむっつりと黙っていた。

「何時、お姉ちゃん」

「一時過ぎよ」

「明日発つんだわ」

千春は発見したように云った。明日、日本を離れる。しかし千春の口調には、ロバート飯田とのハネムーンをこそ楽しむ響があり、故郷を後にするという感慨は忘れられているようであった。

糸代の止めておいたタクシーの前で、千春は外国流に握手を求めてきたが、秋子は応えなかった。

「お姉ちゃん」

「…………」

「迷惑かけてご免なさい。むこうへ着いたら直ぐ手紙を書くわね」

云い終ったとき、ぱしッと音たてて千春の頰が鳴った。

「あッ」

千春は驚いて目を瞠ったまま、しばらく茫然としていたが、秋子は千春に背を見せてスタスタと今来た道を戻っていた。

母をも、夫をも、秋子は裏切ったのだ。千春だけを愛する理由は何もなかった。千春が生れてからこれまで二十年の間の、口にも出せない想いが、いま秋子の右掌に凝集したのだと秋子は思っていた。寿々は、寝る前に確かめた通り千春が蔵の中にいると信じて眠っている。猿寿郎は、早くも自分の外遊の夢をひろげている。だがもう千春は、誰のものでもない。私の妹でもない。あのつまらないロバート飯田のものなのだ。

千春の失踪を知ったときの寿々の狂態は、想像以上のものであった。家中の者たちに千春を探して連れて来いと喚き立てるかと思えば、

「帰って来てみろ。玄関先で追払ってやるんだ。あの罰当り」

と、矛盾したことを云った。

秋子は頑なに千春の行方を云わなかったから、誰が外に飛び出してもどうする方便もなくて、それで千春の出立の日が来てしまうと、寿々は稽古場と云わず座敷と云わず、猿寿郎でも弟子の前でも構わず海老のように躰を折り曲げ、床に這いつくばって泣き喚いた。

「千春が私を捨てた。千春は私の生甲斐だったのに。千春一途《いちず》に私は生きてきて、それだけが楽しみだったのに。私の全部を千春に教え込んだんだ。私が千春だったんだから、千春が居なくなれば私はもぬけの殻なんだ。殺せ、殺して、誰か私を殺しとくれ。千春の親不孝、不孝者が私を殺したんだ」

猿寿郎にしても、このあまりの狂い方には苦笑して、芯から慰める気は起らなかったようであった。秋子も冷然として母親の狂態を見下していた。寿々が口走る言葉の数々は、秋子が物心づいてから怯《おび》え続けてきたことどもである。寿々の嘆きをきけば、彼女

の生甲斐は千春ただ一人であって、何処にも秋子は居ないのであった。二人の娘の内で、ただ一人を愛《いと》しんできた母親が、呪い、恨み、悲しみ、苦しみ、嘆き狂っているのを、秋子はただ冷たく見ていた。言葉はおろか態度にも優しく寿々を労《いたわ》るつもりがなかった。

あの日、別れのとき、千春の頬を思いっきりの力で打ったあと、秋子はもう誰とも連れて舞う心を失っていたのであった。いや、秋子は自分の中にある千春への愛や未練をあのとき音立てて断ったのである。千春を打つとき、秋子は自らにも厳しく鞭を当てて秋子自身に孤独を課したのであったかもしれない。

それまで心の何処かに千春のように自分も母親の愛を得たいという願いがあり、それが寿々の云うままに猿寿郎の愛も享《う》け、身に余る梶川月の名も襲名し、槍《やり》ぶすまに囲まれた中で家元の妻という身分に納まっていたのである。そういうことに秋子は朧《おぼ》ろげながら気付いてきたのかもしれない。

アメリカに着いた千春からは間もなく赤と青の手綱模様で封筒の縁をとった航空便が秋子宛に届いた。

秋子姉さん、お変りありませんか。出立のときお世話になったことを、飛行機に乗るとすぐから思い出して涙がずっとハワイに着くまで止りませんでした。

母さんは怒っているでしょうね。私にはお姉ちゃんも心の底では怒っているのだということも分っています。苦労続きのお姉ちゃんを援けることもしない妹だったのですから、お別れ際に叱られたのも当然だったと思っています。

時間をかけて許して頂くより仕方がないと思っています。

ロスアンゼルスは全体的には大きな都会ですけれど、私たちが落着いた日本人街はアメリカとは思えないようなゴミゴミした汚ないところで、本音を吐くと千春はちょっと悲観しているの。でも、蛇口を捻ればお湯が出るし、肉も砂糖も買い放題だし、日本よりもアメリカはやっぱり豊かです。

踊りのことは、日系人の成功者の娘さんたちが師匠を欲しがっているそうで、いずれ落着き次第稽古所を開くことになると思っています。

バブは優しいけれど今のところ仕事探しで忙しく、ときどき涙のこぼれるようなことがありますけど、その度に左の頬っぺたを押えて我慢しています。

母さんは元気ですか。怒った揚句に躰を悪くしてやしないかと心配です。長い間厳しく仕込んで貰ったことがみんな昨日のことのように思い出されて、今更のように親不孝をしたのだと申訳なく思っています。お姉ちゃんが折をみて取りなして下さるようにお願いしてやみません。あるときふと、バカなことをしたのではないかと思うときがあります。

でも私はバブを愛していて、彼がいなくては生きていられないのです。分って下さい。

家元の兄ちゃまと母さんに山々よろしく。バブもそう云っています。

ロスにて　千春

読み終えた秋子は二度読み返すこともせずに、すぐ指先でビリビリと便箋《びんせん》を裂いた。二つや三つに裂くだけでは足りずに、手紙が封筒もろとも粉々になってしまうまで、指先に力を入れて細裂きに裂いた。封筒の裏書きにも、便箋の中にも、千春は一字一字叮嚀に現住所を書いていたのに、それさえ記憶に止めまいとして秋子は一つの文字も満足に残らないように裂き捨ててしまったのである。千春に返事を出すつもりはなかった。それどころか、千春の手紙の中に寿々や秋子に対する思慕が溢れていたのさえ腹立たしかった。

その後も千春からは頻繁に手紙が続いて、しきりに淋しさを訴えてきたり、ロバート飯田の就職が思うようにいかなくて、東京での彼の景気のよさは夢だったようだとか、早くも愚痴めいただらしのない内容が多くなったが、秋子は表情をいよいよ硬くして、同じように裂いて捨てた。

「手紙一つ寄越そうとしないのだから、薄情といって、こんな薄情な娘だとは思いもしなかったよ」

寿々は相変らず恨みがましく千春を呪い続けていたが、秋子はその相手にもならなかった。

千春から手紙が来たことも、それを裂き捨てたことも秋子は寿々にも、むろん猿寿郎にも告げなかった。

猿寿郎もさすがに気になるときがあるとみえて、

「秋子にも何も云って来ないのか、呆れたものだな。やっぱり戦後派だよ、あっさりしたものだ」

と、見当違いに慨嘆している。

千春を海外進出の踏み台にしようかと思った彼の野心も、これできっかけを失ったのだと思うと秋子の心には快感さえ湧いてくる。

秋子のこうした骨まで氷のように冷えきった佇《たたずま》いは、さすがに乳母代りをしたことのある糸代には脅威だったらしい。

「お嬢ちゃまは、すっかりお変りになってしまった」

こう云って、何かの折には呆然として秋子を眺めている時がある。

「前はどういう風だったかしら」

「昔のお嬢ちゃまは、人一倍活溌《かっぱつ》で、それでいてとても頭がよくて気がついて、糸代がお師匠さんに叱られたりすると、そんな晩はきっと一緒のお蒲団に這入って下さったりしたものでしたよ」

「まさか今そんなことはできっこないでしょう」

「そりゃそうですけれど、奥さまになってお会いしてからは、何かこう人の心の奥底まで見透して黙っておいでになるようなところがあって、お小さいときを知ってる糸代でさえ怖くて近寄れないところがありますわ」

「梶川月なんて名前を襲いでしまったものだから、それを莫迦にされたくない一心なんでしょうよ、多分」

「他人事のように仰言って。本当は人に云えない辛いことがおありだからですよ。糸代は分ってるつもりです」

「なんのことなの」

「なんのことって、それは……」

まさか弟子の口からは云えないと、糸代は急に身を退くようにして云ったが、すぐまた躰を乗り出して、

「お嬢ちゃま、糸代だって一度は結婚して男に煮え湯を飲まされた覚えのある女ですよ。お辛い話の聞き相手ぐらいは勤まりますよ。もの云わぬは何とやらという言葉もありますから、糸代相手に思うさま喋りさらしてみて下さい。私は誰よりお嬢ちゃまの味方なんです。誰にだって洩らすものじゃありません、本当ですよ」

真剣な眼の色をしていたが、それさえも秋子は冷やかに受流して、

「糸代は何か勘違いをしているみたいね。私には今のところ別に何の悩みだってあるわけじゃないわよ。妙に芝居がかったことは云わないで頂だい」

と、糸代の好意さえ退けてしまった。

しかし糸代が云おうとしたことは秋子には分りすぎるほどよく分っていた。「男に煮え湯を飲まされる」という言葉を糸代は使ったが、それが夫の裏切りを示していることぐらいは誰にだって容易に分る。猿寿郎が美津子と縒《よ》りを戻していることも、花柳界の誰彼と深くなっていることも、誰が隠していたって秋子は気がつかないうつけではなかった。

結婚し、入籍し、梶川月の名を襲わせてから僅か一年たつかたたぬかで、猿寿郎は独身時代の気儘《きまま》な暮しに戻って行ってしまった。いや、独身時代よりももっと後顧に憂いはなかった。家元の稽古場には代稽古に鬼師匠と蔭口をきかれている梶川寿々がいた。その稽古ぶりは昔の上根岸時代と同じに峻烈を極めていたが、古典の教え方では新作舞踊に現《うつつ》を抜かしている家元の猿寿郎より遥かに上手なので、稽古を受けに通う弟子は後を断たなかった。暮しの為の経常収入は、こうして確保されていたし、帳簿と家元に欠くことのできない交際は秋子が滞りなくやっている。猿寿郎は今、家内のことで思い煩うことは全くといっていいほど無くなっているのである。

弟子の九割は女で、それも若くて金に困らぬ女で、しかも美しい女たちである。そこで家元と崇められ渇仰する女たちに取巻かれていたら、猿寿郎でなくても、浮気や恋にとり憑《つ》かれるのは理の当然というものだ。

秋子は、まるで世の中のありとあらゆる苦労をし尽した老婆のように、結婚後一年で達観していた。猿寿郎の外泊が多くなり、行先の曖昧なことがあっても、そしてお節介な弟子の口から相手の名前を聞かされても、秋子は決して猿寿郎から「煮え湯を飲まされた」とは感じなかった。

秋子自身、自分に嫉妬の感情の生れないのを不思議に思い、その理由を考えてみることがある。答は簡単に出た。秋子も猿寿郎を愛しているとはいえないから——ではないか。

稽古場に弟子の動きがないとき、この頃の秋子はそっと一人でテープを廻して一人で舞を舞うときがある。曲はきまって長唄の「織殿《おりどの》」であった。

それ衣食住を重んじて、世渡る業《たつき》様々に、四季の詠《ながめ》も賤機《しづはた》や、紬の糸のよりよりに……

恋路とは、習ひもえせぬ糸車、幼きより取習ひ……

糸の繰言、織殿や。

その古《いにしへ》も今の世も……

短い曲だが歌詞も節も面白く機織女《はたおりめ》の生活がよく出ているが、なかでも梶川流の振付は機にかかった無数の糸に全身の注意を払っている機織女の、真剣さと孤独感とが滲《にじ》み出ていて、曲には伊豆の機織り唄の節廻しなどが混っているのに、振りごとは地唄舞に似た重苦しさがあって、今の秋子にはひどく気持に適《かな》うところがあるのであった。

秋子がこれを舞うときは、眠れない深夜であったりすることが多い。糸代も寝てしまったようなとき、秋子は足袋だけはき変えて、普段着のままで舞台に立ち、自分用の稽古扇を構えて舞うのであった。テープの音もようやく聞えるほどに小さくしぼって、秋子は見る人もない稽古舞台で、無我の境地に遊ぶのである。

その古《いにしへ》も今の世も、隣を選み機杼《きじょ》を断ち、勧善なせし言の葉や、池辺《ちへん》に結ぶ糸竹も、深き翁の勲《いさをし》は、幾世の末もたのもしき。

能がかりで舞い納めると、またもう一度踊りたくて、秋子は直ぐにテープを巻き戻し始めた。スイッチを捻ると、機械はピッピーと金属的な音をたてる。

なぜ踊りたいのだろう。ふと秋子はそう思った。才能もないのに、なぜ私は踊りたいのだろうか。六歳の稽古始めのときのことを、秋子は朧ろげならず思い出すのだが、あの時から今日まで本気で褒められたのはアーニー・パイルのステージで裸身をさらした時以外には一度もなかった。裸になれば拍手の来るこの躰が、着物を着て帯を締めると、才もまた呪縛に締めつけられたように衣に隠れてしまうのだろうか。才能がないことは、一人で舞扇をかざしているときですら秋子自身にはよく分っていた。なぜならどう夢中になって踊るときにも、秋子には酔うことがなかったから。それは舞踊の神が決して秋子には乗《の》り憑《うつ》らないことを意味していた。

テープが巻き戻し終って、ピッピッとテープの端の跳ねる音が聞えた。機械を止め、あらためてまた発声する巻きに直そうと、テープの端を空の盤へ繋ぎながら、こうして今一度繰返して踊ろうという自分に、なぜ才能がないのだろう。才能の無い自分がなぜこうも踊りたいと思うのだろうかと繰返して自問しているとき、部屋の片隅から急に三味線の爪弾きが聞えて秋子を驚かした。

「母さん……」

寿々であった。深夜、誰もいないと思っていた、いや確かに先刻まで誰もいなかった稽古場の一隅に、いつの間にか寿々が三味線を構えて坐っている。稽古場は舞台が一尺高く上《あが》っているので、畳に坐った寿々の躰は秋子のいるところより低く、それが舞台だけに点《つ》けた電灯に鈍く照らし出されて、寿々の躰は常より萎《しぼ》んで見えた。茫然としている秋子に構わず、寿々は象牙《ぞうげ》の撥を持って清元を弾き始めたのだ。しかも、小声ではあったが、夜を懼《おそ》れずに唄い出した。

誰《た》が云うた言の葉ぐさも飛鳥川《あすかがは》、淵も契りも瀬と変はる、浮世の中のならひとて、結ぶ塩谷の縁あらば、慕うて上る加古川の、娘小浪《こなみ》が物思ひ。母の思ひは山科へ、聟の力弥《りきや》を力にて、押して嫁入の乗物も、やめて親子の二人連……

忠臣蔵八段目の「道行旅路の嫁入」であった。由良之助《ゆらのすけ》の一子力弥に嫁入りさせるために、加古川本蔵《かこがわほんぞう》の妻戸無瀬《となせ》が娘の小浪を連れて山科まで出かける途次の踊りである。母親と娘が連れ立って東海道を下る道すがらの情緒を唄う清元であった。

秋子は扇子を帯にさして、さっと袖口を胸の上で重ね合わせると、小浪の振りになって舞台の上を滑り始めた。かつて秋子に一度として配されたことのない役どころだったけれども、幼いときから幾度となく見なれて来て、門弟の後見もしていたから、立てば戸無瀬でも小浪でも一応の振りごとは出来るのである。情緒が第一の踊りだから小面倒な手は一つもついていないのでもあった。

それはただ娘の悲しい宿命に母と二人手を取りあって歩むだけの、その淋しい道行きに東海道の風景をあしらった唄であり踊りである。

遠目に富士の景色さへ、今を初めの道中は、すご六の外《ほか》しら雲の……

世が世であらうものならば、一度の晴と花かざる、伊達を駿河路さしかかり……

つまづく石場大石や、小石拾うて我夫《わがつま》と、撫でつさすりつ手に取って、やがて殿御と添寝して、二人が中に赤児産んで、

ねんねんねんねこせ、

ねんねが守は何所へ行た、山を越えて里へ行た……

秋子の目に涙が浮かび、それが静かに流れ始めていた。私は何年ぶりに泣いているのだろうかと秋子は思いながら、千春の居なくなる前後から頑なに頑なになり固まっていた心が、急にだらしなく解《ほぐ》れてくるような気がしていた。

寿々の三味線は昔から有名な音痴で、あれほど格調正しい踊りを踊る人が、どうして狂った音締で弾いて平気なのかと人々は可笑しがったものなのだが、この夜の清元も糸の調子はまるで合っていなかったのに、二人の親子が、手を取合って父の宿命の下に淋しく道行きする心ばかりは適確に唄っていた。

秋子、もうあんただけが娘だよ——それは秋子の耳にそう聞えた。

秋子、これからは二人で手を取り合って行こうよねえ——秋子の耳には、歌詞も節も寿々の心として聞えてくる。

母さん、やっと二人になれましたね——秋子はそう心で語りかけた。

母さん、やっと私を娘だと思い出してくれたんですね——秋子は心で語りながら、しかし、それを口にする気にはなれなかった。これを言葉にするのは、あまりにも悲しすぎた。それに、こんなことを口にする為に秋子は千春を疎外したのではない。

この踊りの中程には、女商人やおかげ参りのいなせな若者などがからんで、主題とは全く別な情景が点出するのだが、そこまでくると寿々は三味線をおいた。

「母さん」

秋子はようやく声をかけた。顔を上げた寿々の顔も目が潤んでいたが、あの千春を呪い、恨み、悲しみ、嘆いていた頃の狂った表情は洗い流されたように、そこには極く素直な、そして驚くほど平凡な母親の顔があった。

二人は暫く顔を見詰めあっていた。が、しかし、今この親と子の間で言葉が交わされては、折角の心と心の語らいは破られ、作りものの芝居めいた親と娘になってしまうことを、二人ともわきまえていた。

「晩いわ。もう寝ましょうよ、母さん」

「そうだねえ、何時かしらん」

「三時ぐらいじゃない？」

「それじゃ間もなく夜明けだよ、まあ」

寿々と秋子はさりげない会話をかわしながら、

「おやすみなさい」

「ああ、おやすみ」

その夜は静かに別れた。

千春が居なくなってから、もう二年余り経っているのだ。そろそろ寿々が自分を取戻してもいい頃なのであった。千春に対する怒りも恨みも、諦めとなったものか、それとも怒りや恨みが時間にかかって薄らいだものなのか、それは分らなかったけれども、ともかく寿々は周囲が持て余すような狂い方をしないようになっていた。昼間は弟子たちに前々と同じように稽古をつけている。振りの覚えの悪い者や、形が態《さま》にならない者に対して飛ぶ罵声《ばせい》やはり扇も昔通りの厳しさに戻っていた。

「なんだよッ、その形は。忠信は狐《きつね》なんですよ、狐。その恰好はまるで狸《たぬき》じゃないか。狐が男に化けて、しかもそれが色っぽいんだ。分らないのかねえ、じれったいねえ、もう踊りなんか止めちまいよッ」

稽古場で遠慮会釈なく怒鳴っている寿々の声を聞くと、秋子は一人で噴き出してしまうことがある。千春を失った当座は、そのことで怒りに猛り狂い廻っても、いざ肝心の稽古のときにはぼんやりしてしまって、誰が何をどう踊っても注意もせずに黙って眺めていたりして、弟子たちに気味悪がられていたものであった。それがようやく元に戻ったものだから、どんなひどいことを云われても叱られても、弟子たちは却って前より励むくらいであった。

稽古場の活気はそのまま梶川流の景気のよさを煽《あお》りたてるようで、秋子もようやく晴れ晴れとしながら、近づく恒例の秋の梶川流大会の切符の諸分けや、演目の経費の計算などに取組んでいた。

「お嬢ちゃま」

「なあに」

いつもは奥さまと呼び直させるところだったが、秋子は機嫌よく切符の数を勘定する手を止めて振向いた。

糸代が、ひどく深刻な顔をして坐っている。部屋に他の人のいないのを見はからって入って来たらしかった。

「なによ、どうしたの」

いつまでも口を切らないので、秋子から気忙《きぜわ》しく訊いた。

「変なことを聞いたんです」

「どんな変なことなの？」

「それが、私も辛くって、本当とは思いたくないし、でも確かな話だっていいますから、奥さまのお耳にも入れとかなきゃって思って……、だってあんまりひどい話だから……」

切符の勘定で忙しいときに、こう口ごもられると秋子もついいらいらして、

「何なの、はっきり云ったらどうなの。忙しいところへ入ってきて。また家元が浮気したっていう話なんでしょ」

気軽く顔を見ずに云ってのけると、

「ええ」

ずっしり重く返事がきた。

その声には、ただの浮気ではなくてもっと重大なものなのだという響があったので、秋子も切符の勘定は中断して糸代の顔を見詰めた。

「どうしたの」

「出来たっていう話なんです」

「なんだ」

秋子は鼻の先で笑った。

「珍しくもないわ、そんなこと。私はもう驚きやしませんよ」

中断して数の分らなくなった切符をまた取上げて、弟子の又弟子に配る数を数え始め

た耳に、

「もう五か月なんですって。堕す気がないどころじゃなくって、大威張りなんだそうですよ。隠せもしないところでしょうけど、当人に隠す気が全然ないらしいんですって」

秋子は顔を上げた。糸代を振返らずに、しばらくそうしていた。思いがけないことを聞いた割には、いずれ起ることなのだと前々から予想していた話だという気がした。糸代からの知らせの前に、ずっと前から自分は知っていたのだという気さえした。

「それ、誰のことなの」

秋子は冷静に糸代を見返して訊いた。

「美津子ですよ」

糸代が吐き捨てるように云った。

これにはさすがの秋子も驚いて口がきけなかった。

「だって、あの人は……」

「ずっと続いてたんですよ、お嬢ちゃまが結婚なさる前っから」

「そんなことは知っていたけど、だけどあの人は私より十も年上なのよ、私がやっと二十六でしょう？」

「三十六でも産もうって云うんだから恥知らずですよ」

糸代は昔から美津子に対しては反感を持っていたから、無茶苦茶なことを云って怒っている。堰を切ったようにして、美津子についての噂を、秋子の知っていることも知らなかったことも洗いざらい云いたてて、糸代は頰骨の突出たところを紅の汚点のように赤くして、美津子への怒りと憎しみをぶちまけていた。

「お師匠さんの恩も忘れて、師匠の娘の亭主を寝取るなんて人非人《にんぴにん》のやることですよ。そりゃあ家元も家元だと私は思います。お嬢ちゃまがよくもまあ我慢なすってらっしゃるものだと、私はときどき涙をこぼしているんですよ。だけど家元がどうだって、美津子はお師匠さんの弟子なのだもの、妾だ、愛人だと云ったって憚るところがなくっちゃ犬畜生にも劣ろうというものじゃありませんか。子供は今までに何度か堕したんだけれど、今度は家元が産めと仰言ったんだって出歩いちゃ行く先々で高言してるんですよ。なんて恥知らずかしら。芸者でもないのに、二号だの妾だのになるだけでも呆れていたのに、なんというとんでもないことをする気になったものだか！」

不思議な現象が起っていた。秋子は憤慨している糸代の傍で、いよいよ冷静になっていく自分を感じていたのだ。

私は梶川月だ、と秋子はそのことに初めて実感を持って思った。美津子は私の母さんと同じことをしている。そして千春のような子供を産むだろう。梶川流の一門は、芽出たいことだと云って祝うかもしれない。しかしそれはなんという奇妙な出来事なのだろう。

秋子は自分がこの出来事に関係があるとはどうにも思われなくて困るほどであった。また一人、母さんと似た女が出来、千春と似た子供が生れるのだ。だけど、私はもう生れて来ない——。

秋子は怒りに震えて形相まで変えている糸代に向うと、ひどく朗らかな、糸代が呆気《あっけ》にとられるほど朗らかな調子で云ってのけた。

「いい子が生れるといいわねえ」

それから、ほんの少し表情をひきしめて、

「糸代さん、母さんの耳には当分入らないようにしておいて頂だいよ」

と云ったのである。

糸代は一瞬呆然としていた。秋子の心情が全く解せないという様子であった。どうしても納得がいかないらしく、しばらく黙って秋子が切符を分けているのを見守っていたが、急にぷいと立って居なくなってしまった。

その気配は、秋子にある遠い記憶を呼び戻させた。

それは、十数年前の千春の稽古始めの夜のことである。

眠っていた秋子を、じっと黙って眺め下ろしていた糸代——そして間もなく寿々の許から暇をとり、嫁に行ってしまった糸代——。秋子はまた働く手を止めて、しばらくその思い出にこだわっていた。

それから数日もたたぬ夜のことであった。寿々が、寝ている秋子のところへやってきて秋子を驚かせたのは。

「秋子ッ、秋子ッ」

「どうしたんです、母さん」

「秋子は私の娘だからね、どんなことがあったって私の娘なんだ」

秋子は久々で寿々の狂気を見たと思った。しかしそれにしても千春の失踪後のときとは様子が違っている。夜半に眼ざめて極度の淋しさからこうなったものか、それとも表面には見えなかったが内心何ごとか思い詰めていたものだろうか。秋子は最初、美津子の妊娠を知って寿々が狂い立っているのかと考えたが、どうもそういうことではないようだった。

「真夜中に、母さんはまた何を云い出したんですよ」

秋子は冷静というよりは自分の方がまるで母親で、取乱した娘を見ているような心持だった。自分の年齢を思うと、いつからこういう落着きができたものだか不思議なほどだ。

「秋子は私の娘だよ。そうだよ、ね、ね？」

「そうですよ」

「私は離しやしないからね。千春は離したって秋子はもう離さない。千春が逃げたって、秋子は逃げさせない。私と秋子は親子なんだ」

　寿々は狂ったように口走りながら、薄いガーゼの袷《あわせ》の寝巻を着て半身を起していた秋子に武者ぶりついてきた。その勢いで秋子は蒲団の中に押し倒され、寿々はその上に乗って秋子を抱きしめては暴れ続けたが、秋子は抗わずに奇妙な倒錯した感覚の中で眼を瞑っていた。猿寿郎に抱かれないようになってから、もう一年近いと思った。

「千春は天才だなどと云われたが、母さんは知ってるんだよ。天才にしたのは母さんなんだ。母さんがいなくって、千春があれだけのものになれたと思うかい。母さんが千春を作ったんだ。家元の血だって云ったって、今の家元に才があるとは誰も思やしないやね。世渡りの才や振付がハイカラだっていうのは、先代の血と繋がりのあることじゃないんだから」

　喋りたてているうちに、筋道も立って、寿々はこの日頃考え続けていたらしいことを秋子の耳にも囁き、自分でも肯きながら話し始めていた。

「千春の天才を作ったのは私だよ、梶川寿々なんだ。私がその気で仕込めば、誰だって千春ぐらいにはなるんだよ。こないだの夜、秋子が一人で踊ってるのを見て、母さんはそう思った。私はこれから秋子を仕込むんだ」

「母さん……」

「秋子を梶川一番の踊り手にしてみせる。誰もかなわないという舞い手にしてみせる。

母さんにはそれが出来るんだ」

「母さん……」

「千春が居なくったって、私には秋子が居たんだから嘆くことは何もなかったのさ。仕込んでもらった恩を忘れて飛び出してった千春を私の方だって娘とは思わない。私は秋子だけで充分なんだ。秋子は梶川の家元の奥さんなんだもの、それで踊り込めば鬼に金棒なんだ。千春に流れてる家元の血と較べて何も劣るものじゃない」

最後の言葉が、ぴりっと秋子の神経に障った。が、秋子は静かに反問していた。

「それは本当ですか、母さん」

「本当だともさ。私はこれから秋子一人だけに本気になって教えるから、秋子もそのつもりでやっておくれな」

「私が訊いているのは、母さんが千春をもう娘と思わないと云ったのが本気なのかどうかということですよ」

「本気だよ。私にはもう秋子一人っきりだもの。千春は離したって秋子は私の方で離しやしない。もともと千春なんぞより梶川月の方が位の高い大きな名前なのだからね。千春と梶川月じゃ、それこそ月とすっぽんなんですよ」

あの夜、寿々の三味線で八段目の「道行」を踊ったとき覚えたしみじみとした喜びが、次第に秋子の記憶の中で蒼ざめてくるのが感じられた。母さんが愛してるのは娘の私ではなくって、梶川月という名前ではないか。千春に流れる家元の血より、梶川月という名に賭けて、母さんは私から離れないと云っているのではないか。

「母さん」

秋子は寿々の饒舌《じょうぜつ》を封じるように強い声を出した。

「本当に千春の事は忘れたんですね」

「ああ、親とも思わないし子とも思わないさ。今じゃ私の方で愛想をつかしてるんだから。私には秋子一人が……」

秋子は躰をずらし、腕を伸ばして文机の抽出しを引き、中から一通の角封筒を取出した。赤と青の手綱模様で縁どられたその手紙は外国からの航空便に違いなかった。

「千春から私宛に手紙が来ましたよ、母さん。私はまだ封を切っていないけれど、母さんが千春を娘と思わないなら、私も妹と思うのはよしましょう」

云い終ると秋子は封筒のままで、びりっと千春の手紙を二つに裂いた。

「ひいッ」

寿々の喉が鳴った。驚きが悲鳴になったのに違いなかった。

秋子は指を止めずに裂き散らしながら、更に追い討ちをかけるように云った。

「母さん、美津子さんが妊娠しましたよ。もう五か月なんですって。家元の子供だからと云って、大変な御自慢なんですってよ」

云い終った秋子の唇の端には、寿々もぞっとするほど凄絶《せいぜつ》な冷たさが漂っていた。

美津子の出産は翌年の春であった。

「呪い殺してやるんだ。流産させてやるんだ」

と寿々がまた狂って口走ったが、

「母さん。母さんだって家元の子供を産んだじゃありませんか」

秋子に釘を刺すような口調で云われて白い顔をして吾に返っていた。

美津子の出産の報《しら》せを、秋子は春の梶川会の準備で忙殺されている最中に聞いた。知らせに来たのは、今度は糸代ではなくて寿々であった。

「秋子、ちょっと」

寿々は秘密めかして稽古場から秋子を手招きして廊下へ呼び出し、

「生れたってさ」

と、小さな声で云った。

その顔には薄《うっす》らと気味の悪い微笑が漂い、言葉づかいはまるで猫の子が生れたのを知らせるのと同じ軽い調子であった。

「ああそうですか」

「女の子ですとさ」

「そうですか」

「私はすっかり安心しちまったんだよ、女の子なら秋子、ちっともこわいことはないからね。秋子が男を産めば見返せるからさ」

秋子は応えなかった。

美津子が子供を産んだことに関しては何の感興も湧かなかったかわりに、女の子で安心した、男を産んで勝てと云った寿々の言葉がいつまでも残響のように心に広がっていた。その響の残り滓《かす》が、躰の中に次第に重く降り積って行くような気がした。

梶川流の大会は一年に春と秋の二回があって、春は新作よりも古典に重点をおいた温習会、秋は芸術祭参加の新作舞踊を中心にするという習慣がいつの間にか出来上っていた。昭和二十三年の春から数えて、第九回の梶川会が、演目と出演者の決ったものから順に本格的な稽古がつけ始められ、例によって秋子は裏方で、切符のことや、地方《じかた》への謝礼の計算に取組んでいるとき、

「秋子、お前も一番出せよ」

と云ったのは他ならぬ猿寿郎であった。

「…………」

秋子は耳を疑って夫の顔を振仰いだ。二十三も歳の違う夫は、五十歳を迎えて髪に白

いものが混り始めているのに、精悍な顔立ちはいよいよ脂ぎって、男盛りに入っている。

秋子が梶川会で踊ったのは、第一回のときの「松竹梅」だけであった。梶川月の名披露目と結婚式らしいもののなかった家元夫婦の披露とを兼ねていたあの舞台は、いろいろな意味でひどく評判が悪かったのだが、そのためかどうか、それ以後、秋子も舞台に立って踊るつもりはなかったし、猿寿郎も寿々も、誰も秋子に立てと奨《すす》める者はなかった。梶川月の名前負けしている秋子の技倆のしからしめるところだと秋子自身も分っていたし、裏に廻って経理面をしっかり掌握する者がいなければならない必要もあって、若いながらも秋子はその方はまだ間違いというものをしでかしたことがなかったのである。

その秋子に四年ぶりで梶川会の舞台に立たないかと、猿寿郎の方から云い出したのだ。女に子供が出来たばかりだというのに、妻に向って俄かにそういうことを云い出す彼の気持は、さすがの秋子にも計りかねた。

「母さんについて踊り込んでるようじゃないか。こないだチラッと見たけど腕を上げてるじゃないか。母さんと二人ででもいいし、独りでも好きなように曲目を選べよ。僕が新振付をしてもいいぜ」

猿寿郎は本気で、積極的に奨めているのであった。好きな曲名を選べというのは、素踊りでなくても、大がかりなものでもいいという意味だ。それも秋子の技倆を認めた上で云っているのだ。

「でも家元、いきなりそんなこと仰言っても、私は自信が……」

「やれよ。稽古は僕も見てやるよ」

「そうですか」

「裏の苦労ばかりじゃ気も晴れないだろう。梶川月が三日月みたいになっちまっては面白くないよ」

「………」

「月の巻はどうだい。春の会で季節があわないなら新曲の朧月でもいいけどさ。秋子が踊るんだから春でも秋の曲でいいよね」

「………」

秋子は呆気にとられていた。猿寿郎が演目まで秋子に向いたものを、梶川月にふさわしいものを自分から考えてくれようとは思いもよらなかったからだ。

更にもう一つ驚くことがあった。

猿寿郎は長細い桐箱《きりばこ》を内倉から持出してくると、

「秋子、これは義母さんの〆め封があって、三代目の梶川月に譲ることと書いてあるんだぜ。義母さんは二代目だったんだから、これは秋子の持物なんだ。外の紐にも紙封があったんだが知らずに開けて僕も驚いた。掛軸ばかり四国に疎開していたのが返ってきたとき、碌にあらためもしなかったので、僕もついこないだ見つけたんだ」

桐の蓋を払うと、中には幅一尺三寸ばかりの巻物——掛軸に違いなかった——が入っていた。その上から和紙がぐるりと巻いて糊づけしてあり、「禁開封二代梶川月」と墨の色も濃かった。猿寿郎の手が軸を取上げると、下からやはり和紙の封筒が出てきた。「三代目梶川月へ二世月」と表書きしてあり、封は開いていた。猿寿郎は中から巻紙の手紙を引張り出して、秋子に読めと云った。彼はもう見たものであったらしい。


一筆しめし置き候。これは初代月様より私へ贈られ候一軸にて梶川月代々の宝と心得られ度、ただ一人想いの極みにあるとき、必ず必ず人目を禁じて眺むるべしと代々に伝えらるべく候。

昭和十一年十二月　　　　　　　　　　二世　月

長唄本の文字に似た横に広い仮名まじりの候文は、秋子には決して読み易くはなかったが、一度読み通すと二度目はすらすらと口の中でも調子づいた。

「先代の亡くなった後の日付ですね」

「そういえば、そうだ」

「必ず必ず人目を禁じてとありますから、家元でも見られませんよ」

「ひどく好奇心をそそる人の悪い書き方だな、まったく」

「頂きます」

秋子は礼儀正しく押し戴くようにして猿寿郎から軸を受取ると、さっと手早く蔵《しま》って箱の紐を結んだ。

その夜、秋子は久々で猿寿郎の抱擁を受けた。一年ぶりといってもよかった。それも懶惰《らんだ》な愛し方でなく、三年前までの秋子を熱愛していた頃の情熱が突然猿寿郎に戻ってきたかのように思われた。何故だろう――。秋子は例によって冷静に夫の心理を読もうとしていたが、躰は反対に秋子の意志の制禦をきかずに昂ぶり、いつか秋子は喘ぎながら猿寿郎に応えていた。

やがて猿寿郎が秋子から離れて間もなく熟睡したとき、秋子の躰には快い疲労と、それと反比例するような口惜しさが残っていた。

妻以外の女に子を産ませた後、俄かに妻を思い出すというのは、どういう心の動きなのであろうか。あれほど積極的に梶川会で踊ることを奨めた理由は何なのだろう。梶川月が三日月にならないようにと猿寿郎が云ったのは通り一遍の機嫌とりとは思われなかった。何故だろう。何故、猿寿郎は戻ってきたのだろう。思い立ったように、先代月の残した意味ありげな軸を秋子に手渡したのも、今頃どうしてと秋子には不可解だった。

女には子供を与えることによって、妻には栄誉を与えることによって、梶川猿寿郎は愛の証を立てようとしているのであろうか。秋子は夜明け方になってようやく、こう結論すると、前々通りの冷静さを取戻して眠った。

春の会には、秋子が一人で「月の巻」を踊った。振りの一通りは家元の猿寿郎がみて、踊り込むのには寿々が気を入れて指導した。予期していたことではあったけれども、寿々の張り切り方は大変なものであった。他の弟子たちも、それぞれ演目が決って、専心それにかかっているとき、寿々はもうまるで彼女たちを顧みようとしなかった程である。

秋子の出演は四年前ほど人々の興味をそそらなかったし、うるさ方にも不評判ということはなかった。せいぜい「春の会にどうして秋のものを出すのさ」と季節違いを非難する蔭口があったが、秋子の耳までは届かなかった。

長唄「月の巻」は、御殿女中と二人の仕丁《じちよう》との三人舞であったが、秋子は最初一人で素踊り仕立てで、秋景色の屛風《びようぶ》の前で踊るつもりであったのに、梶川会には戦前から数えても何十年ぶりの復活上演だからというので、昔の通りに玉川の秋を再現し、白萩がこぼれるように咲いている河原を舞台に、糸代ともう一人の弟子を仕丁に従えて、本衣裳で踊ることになった。猿寿郎も寿々もそれを熱心にすすめたからである。囃子方も藤《とう》舎呂船《しやろせん》の鼓を始め、一流中の一流を交渉した。春の会では金に糸目をつけない演目の一つになってしまった。

これに一番感激したのは糸代であった。

梶川会は年々盛んになる一方で、今年から歌舞伎座に進出したのだが、その大舞台に役者のように、大道具を書き割りばかりでなく、かなりのリアリズムで飾り立てたのだから、板つきで御殿女中姿の秋子を中心に三人で形をつけて幕開きを待つ間、糸代ばかりでなく秋子もかなり緊張した。振袖の上に着た新調の狩衣《かりぎぬ》が、かさかさと鳴るのは躰が小刻みに震えているからかもしれなかった。


野路の玉川萩こえて、色なる浪と読人の俊頼卿に引きかへて、いざよふ月の美女《しなもの》に、冴えた仕丁の出立栄《でたちばえ》。

水の鏡に影宿る、姿を爰に狩衣の……。主や懐《ゆか》しと振袖に、包む思ひのしどけなく、結ぶの神に願事《ねぎごと》を掛け奉る白張に……。


珍しい演目だから、松竹の重役や歌舞伎の役者たちが、これ一番だけ見るために出かけてきていた。硝子《ガラス》ばりの監事室の中に、そういう人々が目白押しに詰っている。そのせいかどうか、家元の猿寿郎もひどく真剣な面持で舞台の袖に立って秋子のさす手ひく手を見守っていた。

秋子は踊り始めると自分でも思いがけないほど落着いてきていた。仕丁二人には剽軽な振りがついていて、秋子は御殿女中の雅《みや》びとしっかり者の気品とをわきまえて舞うのが眼目になっている。

限なき夜半《よは》に雁の、薄墨に書く玉章《たまづさ》と、誰が夕紅葉織りはえて、秋野の錦いろいろの、色を染めなす立田姫。

姿もさぞな朝顔の、指手引手に小車の、花を廻らす舞扇。

金扇と銀扇にそれぞれ秋草を描いた二梃扇子の振りは、猿寿郎の新振付であったが、秋子はそれを目も綾に振りかざし舞い上げていた。この辺りで、さかんに拍手がきた。秋子の踊る最中に拍手がきたのは、アーニー・パイルで衣裳を脱いで以来の出来事であった。ボーダーから照らすライトが金扇と銀扇に反射して、秋子の顔にちらちらと目くるめくような光線を投げかけてくる。秋子は、あの裸体になったときの大胆さと恍惚感をいつか呼び戻していた。初めて、日本舞踊に酔いながら踊っていた。

糸代たちは白い仕丁姿で軽妙な振りを続けていた。

今年や世がよい豊年で、米が充分色事も、ホーヤレホー穂に花咲くといな。

オヤモサオヤモサヤア対の定紋、どうしたへうりの瓢簞で、ヨイヨイ、恋を知らざる鐘撞く野暮めは西の海、ヤレコレそこらでこれはいナ。可愛がられた竹の子も、今は抜かれて、剝かれて、桶の箍《たが》に掛けられて〆られた……。
〆ろやれヤレコレそこらでこれはいナ面白や。

仕丁が面白おかしく踊れば踊るほど、秋子は自分が高貴な存在になって行くような気がしていた。御守殿姿が、今の自分には一番似つかわしい衣裳であるとも思われた。四年前には少しもそぐわなかった梶川月の名前が、今ではもうぴったりと秋子のものになってしまったようである。客席は秋子が舞い納めにかかったとき息を潜めたように鎮まり返り、完全に梶川月に屈服していた。

その戯れに興まして、
また明日も来ん名所《などころ》の、眺にあかぬ風情かや……。

緞帳幕が下り始めてから割れるような拍手であった。
「秋子……」
寿々は喉を詰らし、

「よかったよ。驚いた。秋子はいつの間に腕を上げたんだ」

猿寿郎も茫然としていた。

秋子も、心身ともに満足感を味わっていた。稽古のときの十倍も疲れてしまっていたけれども、それは観客席の無数の視線に灼かれた結果に違いなかった。舞台から楽屋まで、猿寿郎を初めとして何人から声をかけられたか分らなかったのだけれども、秋子は口をきく力もないように、ようやく会釈だけして通り抜けた。

「お疲れさま」

「ハイ、お疲れッ」

鬘屋と衣裳屋が飛び込んで来て、秋子の躰を解きほごしながら、

「みんなが見に行ったほうがいいというもんですからね、次の方をほっぽって、中途から拝見しましたが、結構でしたよ」

「とにかく楽屋中に注進が来たもんですから、化粧《かお》の途中の人たちも、衣裳も半端のまんまで幕溜りへ詰めかけたんですからねえ」

「他流の色々な会もやらして頂いてますが、こんなことがあったのは初めてですよ。覗きに行った私まで足が釘づけになっちまって」

「失礼ながら先生が、あんなに美しい女に見えるとは思いませんでしたよ」

「ええ、息を呑みましたからねえ。まるでずっと前の栄三郎の舞台のようでした」

口々に云う言葉も、世辞追従《ついしょう》とばかりは思われなかった。秋子に、秋子の踊りに革命が起ったのは事実らしかった。

しかし秋子は、そういう称讃の言葉に戸惑うほどの余裕もなかった。内弟子の着せかける部屋着姿で鏡台の前に坐ると、にじみ出た汗でてらてらと光った白い顔と向いあった。鬘をとり、鬘下の紫色の布で頭髪をしばってあるために、化粧した顔は白粉が濃厚であるだけに慄然《りつぜん》とするほどまるで人形の首であった。文楽人形の頭が、衣裳を剝いで首だけになったとき、凄まじい表情に変るのと似ていた。その恐ろしさから逃れたい衝動に駆られながら、秋子は逃げまいと努力して、じっと自分の顔と対峙していた。白く光る顔。紅で縁どった眼が、まだ燃えているように見えた。その眼の淵に、不敵な、秋子自身も目を疑うほど不敵な光が沈んでいた。

随分長い間、秋子は黙って、そうして坐っていた。楽屋見舞に来た者は、居たたまれずにすぐ部屋を出たし、内弟子たちも不気味に思ったものなのだろう、いつの間にか居なくなっていた。

「有りがとうございました」

すぐ耳のそばで、はっきりとこう云って頭を下げた者があったとき、秋子は我に返った。糸代であった。白粉も落し、梶川流の揃いの紋服に着かえていた。

ようやく秋子は、クレンジング・クリームの壺に手を伸ばして、たっぷりと掌にとると両手でこすって顔にあてた。あの顔との別れを惜しむように、幾度も幾度も眼を瞑ったまま顔をこすった。ようやく顔から手を離すと、鏡の中には、黛《まゆずみ》と紅が油で白粉に練り混った灰色の穢ない泥になってしまっていた。糸代が手早くガーゼを秋子に渡すと、さっと背後に廻って秋子の衿白粉を落しにかかった。二人とも無言であった。秋子がガーゼで泥を拭うと、すぐ下に蒼い素肌が現われ、癇性に力を入れて何度も拭ったあとは、ひりひりとした痛みと共に生気が甦《よみがえ》ってきた。同時に足首にも疼痛《とうつう》を覚えた。生れつきの捻じり足を無理に抑えた後の痛みであった。

今年の会の為の梶川流のお揃いは濃紺の縮緬《ちりめん》が裾へ行って水色に暈《ぼか》され、そこへ三枚の梶ノ葉が舞うように模様置きされている。春の会にも秋の会にも着られるようにと、どの梶ノ葉も夏の緑と秋の朱色との二色に染め分けられてあった。糸代はそれを着ている。

この揃いの紋服を呉服屋に注文に出すとき、寿々と秋子の分は別染にした。寿々の着物は黒に近い鼠色で、梶ノ葉のところどころに刺繍《ぬい》が入っている。秋子の着物は綸子の江戸紫で裾を月光のような淡い黄色に暈し、梶ノ葉は三枚とも金糸でべたに刺繍したものである。二人だけが揃いと色も質も違うものにしたのは、二人の存在が、梶川流の中で一段抜き出たものだという示威運動に違いなかった。

舞台化粧を落して、普通の白粉と口紅だけで顔をつくり直した秋子は、手早くその着

物の袖に手を通したが、糸代はまめまめしく着付を手伝い、帯を後見帯に締めあげてから正面に廻って、

「まあ、惚れ惚れするほど見事ですよ。着物だって、どれだけ満足かわかりませんわ」

感嘆した。糸代は昔と同じように秋子の姉とも母とも婢ともなって仕えている日常であったが、身贔屓《みびいき》はあってもお世辞の云える女ではなかった。それが、うっとりと秋子の立姿に見惚れて、しかも着物が満足だろうなどと云うのは、実感でなければ云う筈のない言葉である。金糸のべた刺繡が入った高価な重い着物は、着こなせなければ札束が浮いて見えるように、嫌味なものなのだ。だが、秋子はいつの間にかこうした着物に負けないだけの実力を身につけていたのであろう。

会主の妻である秋子は、しかしそういう感慨に浸っていられる暇はなかった。「汐汲《しおくみ》」の長唄が楽屋のスピーカーから大きな音で流れている。急いで廊下へ出ようとすると、糸代は急に吾に返ったように秋子の袂をひいて、云った。

「美津子が来ているそうですよ」

草履をはこうとしていた秋子の白い足袋の先が、一瞬ピタリと止ったが、後は何事もなかったように急ぎ足で舞台の裏手へ出た。それから奈落への階段を降り、花道の真下をずっと通って、表のロビーに出るまで、秋子は何事も考えなかった。糸代は小走りで従いてくる。

ロビーに出ると、舞台の「汐汲」は終っていないのに、赤い絨毯《じゅうたん》の上にはまばゆいほど着飾った女たちがあちらこちらで華やかな笑い声をあげ、派手な身振りで浮かれていた。濃紺の梶川流の揃いの紋服は、そういう中で却って目立っていた。歌舞伎座のロビーは、こうした観客席から溢れた人々で一杯になっていたのであった。

秋子は、この梶川流の栄えの坩堝《るつぼ》の中を縫い廻りながら、財界政界の夫人たちや、その取巻きの誰彼に洩れなく挨拶をして歩いた。これが秋子の、この日の重大な役目なのであった。

「今日はお忙しい中をお出まし下さいまして有りがとうございました」

折目正しく頭を下げると、

「拝見したわ、素晴らしかったわ」

秋子より二十以上も年上の夫人たちが、小娘のように奇妙な若やいだ口調でこう云うのであった。

「恐れ入ります」

「私、あの踊り初めて見たんだけど、随分ヴォリュームのあるものなのね」

さすがに見巧者も多くて、こう云った玄人《くろうと》の批評をする者もいた。

「役者がきっと真似をするわよ。成駒屋さんが喰いつくような眼をして見ていて、終ったらさっと帰ってしまったわよ」

他人の反応から秋子を見直す者もあった。

これまで八回の梶川会で秋子はこれと同じように会主の妻としての挨拶廻りをしてきたのであったが、初めの頃の鼻であしらわれた頃から、ようやく会釈ぐらいして貰えるようになって、そして今年の反応は今までと格段の相違があった。向うからわざわざ寄ってきて、

「秋子さん」

わざと本名を呼び、

「よかったわ、結構だったわ」

大きな声で褒めちぎる名流夫人があるのである。それは明らかに彼女が秋子と親しいことを周囲に誇示しようとする態度であった。

「まあ、あれだけの芸を、ずっと披露しないで裏で働いてらしたなんて、なかなかできることじゃないわ、ねえ」

「本当よ、今日の誰もかないっこないだろうってお噂していたのよ」

「実力のある人は違うわ」

口々に云えば、昔からの梶川を知っていると一際自慢げに、

「お母さんの血筋ですものねえ」

と云うものもあった。

母さんの血――秋子は一瞬全身の血が動きを止め、そして新たにほとばしり流れるのを感じた。血――これに飢えた育ちであった。どの血の流れからも疎外されて幼い日も、青春も過ぎて来たのだ、と秋子は華やかな坩堝の中でぼんやり過去を振返っていた。千春にだけ流れていると思いこんでいた先代家元の血と母さんの血――だが今日の観客の中で三年前から姿を消した千春の噂をする者はなかった。

「千春ちゃん」

急に口をついて妹への呼びかけが出た。長く断ち切っていた肉親の絆《きずな》が勢いよく縒《よ》りを戻して来るような気がした。忘れていたというより、黙殺しようとして過してきた千春の存在を、秋子は胸も詰るような想いで思い出していた。

千春ちゃん、千春、千春、千春――心の中で秋子は呼びかけるのを止めなかった。忙しく観客席とロビーと舞台裏を、金の梶ノ葉を閃かせながら歩きまわっている間中、秋子は自分で持て余すほど千春への恋しさを募らせていた。

千春、私にも母さんの血が流れていたのよ。私とあなたは本当の姉妹なのよ。私とあなたは本当の姉妹なのよ。千春、千春、あなたどうしているの。

許されれば叫びたかった。その衝動を抑えながら、歩き廻っていた。

そのとき、ロビーでふと、秋子は一つの視線を感じた。「月の巻」を踊った梶川月として、多くの視線を受けることにようやく馴れかけた頃に、それは全く別の光線を当てられたようで、秋子は足を止め、振返った。

美津子であった。すぐ傍にいた。産後、日を経ていないので透き通るような皮膚をしているのが第一印象であった。今日の秋子とは対照的に、舞踊の会には不似合な粗末な装《なり》をしていた。振向いた秋子に驚いたか竦《すく》んだ表情であったが、すぐに立直って叮嚀に頭を下げた。

「御無沙汰いたしております。お師匠さんも皆さまもお元気なご様子で何よりと存じます。今日はおめでとうございます」

「有りがとう。あなたもお変りなくって？」

「はい、お稽古にも上らずに失礼いたしておりますが、お師匠さんによろしく」

「云っておきますわ。あなたもお気楽にお遊びにいらっしゃいな。昔話でもしましょうよ」

「有りがとう存じます」

それは家元の妻と門弟の会話であり挨拶であった。

秋子は肩をすぼめている美津子と向い合っている自分の貫禄というものを感じないわけにはいかなかった。これは何なのだろうかと秋子は又も自分の変化に突き当ったようで、次第に落着かなかった。

「じゃ、又ね、失礼」

ツツーッと歩いて、花道の突当りの部屋に滑りこむと、そこから狭い階段を降りて奈落へ駆け降りていた。薄暗い中で緊張がゆるむと、踊りのあとの疲れまでがどっと出るような気がした。

千春だったらどうしただろうか、そんなことをふと思った。千春だったら、自分と同じ運命の子の誕生を、どういう具合に受取っただろうか。

しかし、美津子の前でひるまなかった理由について、秋子はそれを妻の座というものの強さの故なのか、今日の舞台でついた踊りへの自信からか、そのどちらか分らなかった。

子供を産んだ女が、妻である女の前では誇らかにあることができないのはどうしてなのか——秋子は理解することができなかった。糸代の話では大威張りで産むと云っているということであったのに、たった今会った美津子は、昔、寿々の内弟子をしていた頃、秋子の存在を無視していた美津子でも、上根岸の家から千春について家元の稽古場へ通っていた頃の派手な美津子でもなく、終戦後あの焼け残った土蔵の中で先代梶川月からも寿々からも疎外されながら耐えていた頃の美津子と少しも変るところがなかった。

幼い頃からずっと劣等意識に悩まされ続けてきた秋子が土蔵に住む間、月の死ぬまでずっと美津子に親近感を覚えていたことを、秋子は俄かに思い出した。

なんということをしたものだろう。疎外されるということでは幼い頃からそうした生活の中にいた自分が、つい先刻ある栄光の輪の中に仲間入りしたばかりで、美津子に対して微笑を浮かべ、家元夫人として、妻として、踊る梶川月として、滑稽なほど毅然として応対したのだ。

「千春ちゃん、どうなるのかしら、私は」

奈落の中での呟きは頭の上から押しかけてくる派手な三味線の音色に掻き消されたが、秋子は幾度も幾度も言葉を繰返していた。

「まあ、こんなところにいらしたんですか。探したんですよ」

声は糸代であった。美津子とはあまり距りのない年頃なのに、あの冴えた肌を持っていた美津子に較べて、これはもう中年女のように横に肉がついて、喋るときは場所をかまわず無遠慮に大声な女だ。

「美津子さんに会ったのよ」

「ンまあ」

大仰に驚いている糸代を残して、秋子はさっさと楽屋への階段を上った。

「どうでした？　なんて云ってました？」

追いかけて訊く糸代に、

「母さんによろしくって」

「まあずうずうしい」

「私も気軽に遊びにいらっしゃいって云っといたのよ」

「ンまあ」

「糸代」

階段の途中で秋子は糸代を振返ると、釘を刺すようにして云った。

「千春と同じ子が生れたのよ。美津子は私の母さんと同じことをしたのよ。誰に非難ができるって云うの？」

糸代には気の毒だったが、こう云うことで秋子の気持はようやく救われていたのだった。

この日の秋子の気持が通じたのかどうか、会のあと数日して千春から手紙が届いた。寿々の前で開封もせずに裂いて以来、半年ぶりの手紙であった。

千春の手紙はもちろん航空便であったが今までのエア・メールのように封緘葉書《ふうかんはがき》ではなくて、封筒と便箋に分れたまともなもので、しかも便箋は数枚にのぼり、掌にのせるとずっしりとした手応えがあった。よほど心を鎮めて書いたものか仮名は多いが文字は大人びていて、秋子は二年ぶりで開封したという歳月の距りをあらためて感じないわけにはいかなかった。

姉上様。

この前の手紙は読んで頂けたでしょうか。今度は必ずお返事が頂けると確信して出したのですけれど。

今日、離婚が成立しました。アメリカの法律は常に女に対して有利ですし、ロバートも私もカトリックではなかったので、私が思っていたよりもっと簡単でした。あんまり簡単にナウ・ユウ・デボースト（さあ、あなたは離婚しました）と云われたときは、ロバートが私を脅迫したときのことも、私の心の中にわだかまっていた何かしらべたべたした未練めいたものも一瞬に消えてしまったような気がしました。アパートに帰って一人きりになると、急にこの三年間耐えぬいた力もへたへたと抜けてしまったようで、二時間ほど死んだみたいに眠ってしまったんです。崎山さんから電話がかからなかったら、眠りっぱなしで死んでしまっていたかも分りません。

彼と食事をすましてから、私はこの手紙を直ぐ書き始めたのです。彼がお姉ちゃんのことをよく話すものだから、私もたまらなくなってしまったのですね。もっとも、それでなくても書くつもりでした。今はもう恋しいほど切ないほど日本へ帰りたくて、お姉ちゃん千春は自由になりましたって大声で叫びたい気持です。国際電話でお姉ちゃんを呼び出そうかと思ったけれど、五分ほどで十五ドルもするのでは、ようやくの思いで今日までに溜めた百五十ドルがもったいないし、少しでも我慢すれば早く帰れるのだからと自分に云いきかせて、じれったいけれど航空便にしました。お姉ちゃん、千春はもう自由です。この前の手紙に書いたように、崎山さんには本当にお世話になりました。力づけてくれる人がなかったら、千春も子供のためにと泣き寝入りして苦しみ続けるところでした。

崎山さんは近々日本に帰ります。できたら一緒に帰ろうと云ってくれるのですけれど千春の貯金はまだちょっと飛行機で帰るには足りないし、ロバートからの慰藉料《いしゃりょう》は直ぐとれるとは考えられないし、崎山さんも自分だけの分が一杯でしょうから、私はあと半年以上、いいえもっとかかるでしょう。住込のメイドになるのが一番収入もいいのだけれど、千春は家庭的なことがいつまでたっても駄目なのと、子供を預ければその分出費になりますので、なお難かしいのです。つくづく踊りしか能のない自分が省みられます。日本人町にいたために千春は碌に英語も上達しませんでした。……

千春の手紙はまだまだ延々と続いて、日本に帰りたい、踊りたい、母さんに会いたい、秋子に会いたいという言葉が、あちらこちらに撒き散らしてあった。だが、秋子が中身も見ずに寿々の前で裂いた前の手紙の方にロバート飯田と離婚するに到った理由が詳しく書いてあったのだろう、離婚したという報告以外の文字しか見当らなかった。

しかし、そんなことはどうでもよかったのだ。千春がロバート飯田と離婚した。それだけで充分だった。それ以上に秋子と関係のある出来事は考えられなかった。

千春の長い手紙を読み終って暫く、秋子はぼんやりとしていた。三年というもの頑なに拒んできた妹を、踊れる人間に生れ変ってからようやく受入れる態勢ができているのを、秋子は感じている筈であった。いや、秋子自身もそのつもりであった。

千春の手紙の中の「崎山さん」が、崎山勤であることには読んでいる間に直ぐ気がついていた。秋子は遠い日の青春がそれで甦るなどとロマンチックなものを信じる性格ではない。だが、やはりわだかまりにはなった。どういうことで崎山勤がロスアンゼルスにいるのか、何がきっかけで千春とめぐりあったのか、日本にしかいたことのない秋子には容易に想像することができなかった。

千春の離婚。日本へ帰りたいという意志。崎山勤との邂逅《かいこう》。こうしたことの他に、秋子が最も衝撃を受けたのは千春が子供を持っているということであった。いつ産んだのか。幾つになる子供なのか——これまでの三年間、千春からの手紙はろくに封も切らずに裂いたり燃したりしてしまって、彼女の動静に全く迂闊でいた自分が口惜しく反省された。

千春が出産していたなら、それときいた途端におそらく秋子は美津子に示したのとは、別な態度で千春を許したのではなかったろうか。それを知ったなら千春が悩んでいたことも、もっと親身になって、いや昔通りの昔以上の姉らしさで共に解決しようとしたのではなかったろうか。

しかし知るのが遅くても、この手紙を見た今から秋子には自分のやることが分っていた。千春を一刻も早く日本に、この家に迎えるのだ。それには帰りの旅費をこちらで都合をつけてやればよい。いったい幾らあればロスアンゼルスから東京へ帰ってこられるものなのか秋子は知らなかったが、そんなことを調べるのは簡単だった。梶川流の門弟の中にはアメリカ人の物好きに日本舞踊を教えている者がいたし、そこで誰か適当な人間を見つけて旅費の額をきき、その分の日本金を渡してドルにして千春へ送ってくれるように頼み込めばいい。

それにしても秋子の想いは複雑だった。この手紙の内容を直ぐ寿々や猿寿郎にも云ったものかどうか。そうした場合、彼らはどんな反応を示すだろうか。秋子は千春の渡米前後に寿々と猿寿郎が示した態度を昨日のことのように思い出していた。寿々は有頂天になって、失ったつもりでいた娘が生き返ってくるように思い喜ぶだろう。また彼女には千春の才能と共に生きる生活が舞い戻って、秋子の存在は三年前のように忘れさられてしまうのではないか。

猿寿郎はどう思って異母妹を迎え入れるだろうか。新帰朝の梶川千春と銘うってジャーナリズムに披露することを、彼ならば思いつきかねない。あるいは自分の振付が巧妙に踊りこなす才能を得て映えると思い、純粋な喜びを持つかもしれない。

だが千春は……。千春の踊りはどうなっていることだろうか。苦しみ続けたという三年間で、彼女が舞扇を手にする生活があったとは思われなかった。秋子は千春の居ない間に生れ変ったように腕を上げたが、千春は日本に居ない間の歳月でどういう変化を千春自身の踊りの上に加えただろうか。

千春の子供——それがまた秋子にとって大きな屈託の一つであった。どんな子供だろう。男の子か、女の子か。千春のこの手紙一つだけではどう推《おしはか》ることもできなかった。

あらためて秋子は頑なに妹を退け続けてきた歳月を思った。その間は、千春ばかりでなく、母親の寿々をも拒んでいた。夫からも心を冷たいものにしていた。

しかし春の梶川流大会から、秋子の心には明らかに大きな変化が起っている。踊りに自信のできた秋子——は、踊れる人を拒むべきではなかった。この梶川の家の中では、踊れる人間は総て疎外されることはない——と、秋子は確信を持って考えることができた。先代家元には女と呼ばれる者は数いたけれども、猿寿郎は男だというだけで先代月の手許に引取られ薫陶を受けた。あとは千春が、その母親の寿々が、踊れる女である故に家元の家の中に止まることができた。そして今、秋子もようやく三代目月の名に恥じない技倆を備えて、夫にどんな女ができても、誰が夫の子供を産んでも、動じないだけのものを持つに到っているのだ。

とまれ、秋子は寿々にも猿寿郎にも相談せずに千春に宛てて航空便を出す一方、弟子の家へ出かけてドル送金の方法について交渉を始めていた。

千春からは折返し返事が来て、秋子が助力してくれるとは実に思いがけなかったといい、ベティを抱きしめて泣いてしまったなどと、だらしがないほどの喜びようであった。

「母さん」

秋子はその夜、久しぶりで寿々の寝間を訪れた。

寿々は丁度寝支度を整えて鏡の前で髪を梳いているところだった。寿々は半分白くなった髪を染めもせず、手まめに櫛の歯を入れることで艶とまとまりをつけるように日頃から腐心していた。昔から日本髪が好きでパーマネントは一度もかけたことがない。夜更けて鏡の前に坐っている嫗の姿は、どこか陰惨な翳《かげ》が漂い出ていて、秋子は暫く言葉を失っていた。

別に用があって来たとも思わなかったのか、黙っている秋子に、寿々の方から話しかけてきた。

「私も齢《とし》だねえ。朝と夜だけでこんなに毛が抜けるんだよ。しかも秋じゃなくて春が過ぎたばかりだっていうのにさ」

「でも母さん、もともと髪が多すぎる方だったのじゃないかしら。多少抜けたってちっとも目立たないわよ」

「そうかねえ。齢なんだから、皺が出来たって、白髪が出来たって不思議はないんだけど、どう見ても鏡の中の私は茨木だよ」

茨木というのは渡辺綱に片腕を切られた鬼が、綱の伯母に化けて現われたときの姿である。白髪の、凄みのある老婆であった。

「片腕が自分から戻って来れば若返るでしょ、母さん」

秋子は千春の手紙をひらひら振ってみせた。

「え？」

「千春ちゃんが帰って来ます」

寿々は眼を瞠ったままで、一瞬顔からは表情が消え、白痴のように秋子を見守っていた。耳の底で千春という言葉を反芻しながら、あまりの突然に他の言葉は失ってしまった様子である。

秋子が手紙を渡すと、寿々はぼんやりと開いたが、暫くすると絶望的な声をあげて秋子に云った。

「私ゃ、読めなくなってるんだよ。眼の方も大分やられて来たようだよ」

「眼医者へ行かなくちゃいけませんね」

「それより、なんて書いてあるんだい」

「離婚したそうですよ」

「そりゃよかった。いずれそうなるとは思っていたけどさ」

「日本へ帰りたくて、お金を溜めていると云って来ましたから……」

「それじゃ秋子」

「米舟さんところのアメリカ人に頼んで、送金するようにして来ました」

寿々の顔の中にありとあらゆる皺が、俄かに生き生きと動き始めた。

「帰って来るんだね、千春は」

「そうですよ、母さん」

「莫迦な子だよ。いったい幾つになったんだろうねえ」

「二十二です」

「それならどうにかまだ間に合うねえ」

「何がですか」

「踊りですよ」

寿々の関心も千春の踊りのことであった。

「アメリカなんかで踊りの腕を上げることなんぞ出来っこないからさ。それでもどうにか若いんだから、やり返して出来ないことはないだろう。私もしっかりしなくっちゃいけないね。齢なんぞとっちゃいられないよ。千春を叩き直さなきゃならないんだから」

寿々の体中に、みるみるうちに若さが舞い戻って来るようで、彼女の言葉づかいがもう弾んでいる。

「そうですねえ、子供もあるっていいますから、とても自分の稽古だって碌に出来なかったでしょうから。すっかりやり直しで出直す覚悟は、千春ちゃんにもつけてもらわなきゃいけませんねえ」

相槌を打っていると寿々は聞《き》き咎《とが》めて、

「子供って、千春の子かい？」

と訊いた。

「ええ、自分の方で引取ったらしいんです」

「男の子？　女の子？」

「ベティって名ですから、女の子なんでしょう」

「幾つ？」

「それが分らないんですけど、日本を出てから四年にならないのですから、大きくても四つにはなっていないでしょうね」

「秋子」

寿々の唇から喜びが噴き出て来るようであった。子供が悪戯《いたずら》の計画をするときのように、寿々は声をひそめ、眼に微笑を浮かべながら秋子の方に片手を差しのべると、

「その子を貰うといいよ」

と云った。

「え？」

「どうせ千春は帰って来たって自分で育てられるものでもないのだから、秋子が引取って養女にするといい」

「…………」

「れっきとした先代家元の血が流れているのだし、千春の子だから芸だちは悪くない。誰にも文句を云わせずに育てることができますよ。私が仕込んであげる」

「…………」

「他の女に産ませた子を引取るより、どのくらい気分がいいか分りゃしないだろ。妹の子を養女にするのは世間にいくらもある例だしね。秋子もそう思わないかい」

秋子は坐り直した。急に近頃忘れていた冷たさが戻ってきたような気がした。

「母さん」

「はいよ。なんだい、怖い顔をして」

「母さんは千春が帰って来るのが嬉しくはないんですか」

「嬉しいともさ。きまってるじゃないか、娘だもの」

「娘の娘なら、母さんには孫ですよ。孫が出来たのを喜ぶのも当り前のことだと思うけど、母さんのは違いますね。母さんの考えからは梶川流というものが抜けたことがない。千春の娘をすぐ私の養女にと考えるのは、家元という地位を母さんは私にもっとはっきり摑めということなんでしょう。母さんはどうしてもっと素直に、純粋に、娘と孫が帰って来るということだけ考えることが出来ないんですか」

秋子の怒りの前で、寿々はようやく鼻白んだ表情になった。

「どうも秋子は理屈っぽくっていけないいよ。女学校を出た女は何かというと、すぐこれだ」

「理屈は母さんの方が多いんですよ。何かといえば家元の血に、母さんの芸の血だ、という話ばかりで、どんな血が流れてなくたって芸に励んだ者は踊りが上るということは認めようとしないでしょう？　それもこれも何かといえば家元という権威と何とかして結びつこうという考えから出ているんです。私はもうそんなことは心底から嫌だわ。まっ平だわ。それっていうのも私は母さんが前に一度だけ本音を吐いて、家元の血というものを罵倒したのを覚えているからですよ」

「…………」

寿々は秋子の剣幕に驚いたものか白い顔をして黙り込んだ。

「今の家元には先代の血が流れていたって才能は伝わっていない。こう母さんは、はっきりと云いましたね。千春の踊りは母さんの仕込んだ芸だ、こう云って母さんは蔑《ないがし》ろにしていた私に踊りを仕込む気になって、それで人も驚き私も信じられないほど春の会の『月の巻』は出来がいいと褒められましたよ。小さい頃、私が踊りが下手なのは、家元の血はおろか母さんの血筋も流れていないからだと明らさまに云われてきましたよ。私には私の知らないお父さんの血しか流れていないらしかった。そう云われ云われしてきた私が、瓢簞《ひょうたん》から駒が出たように梶川月という偉い名を襲いで、それがどうにか後ろ指を指されなくなっているのはどういうわけなんです」

「…………」

「私は千春が帰ってくるのは、実の妹が帰って来るのだから嬉しい。千春の娘なら私の姪だから、一緒に帰ってくれれば自分の子のように可愛いがるだろうと思っていますよ。だけど、すぐそれで家元の妻という立場を今以上に強いものにしようなどという智恵は浮かばないんです」

「…………」

「母さん、もういい加減で梶川流とか家元とかいうもののない親子や姉妹に戻らせて下さいよ。踊りというものはいいもので、私も一生踊り続けるつもりになっていますが、そのための親子姉妹だという考え方はやめようじゃありませんか」

「…………」

「ねえ母さん」

寿々は頑なに口を噤《つぐ》んでいた。秋子は自分でも今更になって驚いていた。一息にこの日頃思っていたことが口に出てしまった。が、秋子に結論が出ていたわけではない。秋子は幼い頃から誰にも問題にされたことのない技倆が、この二、三年の間に俄かに腕を上げた不思議について、まだ自分自身では解明しきっていないのである。家元の血も流れず、母親の上手の芸も伝わっていない躰が、どうして梶川月の名を支えていられるのだろう。あの「月の巻」の舞台を、どうして勤め終《おお》せたのだろう。

「フン、御大層なことを云うじゃないか。ちいとばかり芸が上ったからといって、大きな口を叩くじゃないか」

しばらく黙っていた寿々が、急に口を切った。若い頃から磨きをかけた鉄火な口調が、奔流のように迸《ほとばし》り出た。

「梶川月になれたのは誰のおかげだと思っているんだ。秋子が家元の奥さんに納まって結構な家の中に暮していられるのは、どういうわけだと思ってるんだい。梶川寿々の娘だから、千春の姉さんだからだということが分らないってんなら、それもいいだろう。いかにも血というものは大切ですよ。千春がいなくなって血迷った時には何を云ったかしらないがね、芸というものは御先祖さまあっての芸で、それを忘れたら罰が当る。家元の血は梶川流にとっちゃ何より大切なものさ。その血を分けた今の家元も千春も、流派に繋がる者は大切にしなくっちゃならないのですよ」

「だから千春の娘も大切ですよね」

「そうですよ」

「美津子の娘はどうなります。今の家元の子供には間違いなくって、千春の子と同じように先代家元の孫ですよ。その限りでは平等だわ。私は梶川月として千春の子だけ養女にすることはできません」

「何を云ってるんだよ。千春は秋子の実の妹じゃないか」

「ほら、矛盾してますよ。流派が大事なら、私情は殺さなくっちゃいけません。どれを養女にして、どれを拒むということはできないじゃありませんか」

秋子も意地になって理を詰めたが、寿々は癇性だからとうとう金切り声をあげた。

「なんだっていいよ。千春は私の娘なんだ。千春が帰って来るんなら私はそれだけで満足さ。秋子の為なんぞ、もう誰が考えてやるものか」

秋子は慄然として、寿々の本心を聴いたと思った。予想していた通りであった。千春が帰ってくれれば、秋子は又しても千春への愛に偏《かたよ》る母親を見なければならないだろう。秋子の心はやはり竦《すく》んで、暫くは夫に千春の帰国を予告することができなかった。猿寿郎がそのことを知ったのは、寿々の口からであったらしい。

「千春が帰って来るってじゃないか」

彼は妻の報告が遅れたことも咎め立てず、ごくあっさりと云った。

「ええ。送金はしたんですけど、帰ってからのこと、どう考えてるんだか、後の手紙が来ないものですから御相談もできなくて」

「バブと別れたんだろ」

「ええ」

「なら問題ないじゃないか」

寿々も猿寿郎も千春の離婚を当然のことのように云うのが、あらためて秋子の心に止ったが、それは秋子も同じように千春の離婚を思いがけないことと思ったわけではないのだから、彼らを非難することはできなかった。だが、それにも拘らず秋子はそのことにしばらく拘泥していた。私も彼らと同じように、踊りだけで世の中の出来事総てを割り切り始めているのではないだろうか——。

「また面倒をみてやって頂けますか」

こう下手に出て猿寿郎の意向を問うのも、家元に対する妻の礼儀だったかもしれない。

「この家で暮すわけだろ、前のように。面倒をみるもみないも、どうってことないじゃないか。流儀のことなら兎《と》も角《かく》家の中のことは、秋子と母さんの権限なんだから、僕が何を云わなくても娘で妹の千春なんだ、この家で踊りを前通り続けることになるんじゃないのか」

他人事のように冷淡な口調が気懸りで、

「でも千春は子供があるんですよ」

と云うと、猿寿郎は笑いながら、

「養女にするのは嫌だと秋子は云ったそうじゃないか。そのくらいなら、他にできた子供たちも引取らなきゃならないと云ったとか聞いたが、本当かい」

揶揄《からか》うような目つきであった。

「知りませんよ」

「まだ三十にならないんだ。僕は絶望しないさ」

「なんのことです」

「秋子が子供を産むことさ。男の子を産んでくれれば面倒がなくていい」

猿寿郎の手がぐいとのびて、寝ている秋子の腕を摑むと、自分が床に移るか、しばらく思案するようにそのまま秋子の二の腕を揉んでいる。

この人も同じように梶川流の跡目を考えているのか。自分はただ男の子を産むのにだけ待たれている存在なのか。遠い昔の妻妾たちと同じ義務だけしか自分には課せられていないのだろうか。

秋子は猿寿郎の躰に揉まれて、喘ぎながら、苛立ちが一層混沌として自分でも摑みにくいものになり勝《まさ》って行くのだけ感じていた。踊りの技倆が上ったことと、千春が帰って来るということと、まだ自分には子供がないという現実が、ないまざっては秋子を懊《おう》悩《のう》させる。下手が踊り上手から疎外されていた頃の方が、秋子には遥かに悩みが少なかった。猿寿郎が秋子を忘れたように他の女にかかずりあっていた頃の方が、妙に愛されている今より幸福だったような気がする。梶川月になったばかりの頃、周囲から白眼視されていたときの方が、押しも押されもしない名実共に梶川月になって、その自信が母親に「誰のおかげだ」と悪態つかれる今の自分より、幸福だったような気さえしてくる。

その頃、秋子は崎山勤の訪問を受けたのであった。

「奥様にって崎山さんと仰言る方がお見えです」

内弟子が取次いだので何気なく出てみると、玄関に崎山がスマートな背広姿で立っていたのだ。

「…………」

「僕、変りましたか？　崎山ですよ」

「千春の手紙で伺ってましたわ。どうぞ」

「失礼します」

応接間に通すと、崎山は人見知りしない人間になったのか、珍しげに部屋の中を見廻して、

「凄い邸宅ですね。日本にもこんな贅沢な世界があるんだなあ」

と云った。

「千春があちらでは一方ならないお世話にあずかりましたそうで」

「いゃあ、僕のできることをしただけですよ。でも日本に帰るには千春さん一人の力で

は無理なんです。その件で説明したいと思って伺いました」

「そのことでしたら、送金はすませましたわ」

「ええ？」

「お金さえ受取れば帰るための事務的なことぐらい千春一人で出来ますでしょう」

崎山勤は、驚いて言葉を失ったような顔をして秋子を眺めていた。やがて云った。

「秋子さん、変りましたね」

「そうですかしら」

「驚いたなあ、昔の秋子さんとは人が違ったみたいだ」

「そんなに変りまして？」

「ええ」

「例えば？」

「美しくなったし、自信も出来たみたいだし、僕らがかなわないような大人になった。僕は三十前の若僧だけど、秋子さんは……」

「同い年ですわ、あなたと」

「そう。そういう口調も昔のあなたには、無かったなあ。昔の秋子さんは、どこかおどおどしていて、ひどく可愛いかった」

「おどおどしていては恋人だって逃げてしまうと知ったからですわ」

初恋の人と再会していながら、秋子はにべもなく崎山を退けようとしている自分の口調に自分でも驚いていた。

崎山が帰るとき、秋子は又もや高飛車に、千春が帰ったら知らせるからと云って、彼の家の住所と電話番号を控えた。住所が山ノ手の住宅街だったのが意外だったが、二人はそれきり何の語り合いもせずに別れたのであった。

崎山が訪ねてきたのは、千春への好意の他に、昔仄かに想いを寄せた秋子にも会いたいという気持があってのことだったのではないか、と、秋子はしばらく考えてみた。だが不思議なほど秋子には若い娘であった頃の、あの仄かな思い出は返って来なかった。ただ、崎山の云った言葉がいつまでも耳朶《じだ》に残っていた。昔の秋子さんは、どこかおどおどしていて、ひどく可愛いかった……。

本当に、昔といわずついこの間までの私は才能のない自分を、踊り下手の身を省みては、碌な口もきけなかった。いつも疎外されて暮している意識から離れることはなかった。千春と連舞《つれま》うとき、いつもワキに廻る心があって、それが平素の佇《たたずま》いをおどおどしたものに見せていたのではないだろうか。

いつからと線は引けないが、いつの頃からか判然として秋子は人を懼《おそ》れなくなっている。「月の巻」で示したような技倆を持ったからであろうか。踊れるようになって、人を懼れなくなったのだろうか。

それとも、人を懼れなくなってから、はじめて秋子は見事な舞を舞えるようになったのであろうか。

秋子は分らなくなった。「月の巻」を踊ったあと、狂わしいほど千春が恋しくなったときのことを秋子は思い出す——と、苛立ちは一層激しくなった。

その夜、秋子にしては珍しく、その日あったことを自分から猿寿郎に告げた。

「崎山さんが見えたんですよ。千春が向うで大変お世話になったんですって。世界も狭くなったものですね」

「崎山って誰だい」

「ほら、私たちが進駐軍を廻っていたころ、アコーデオンを弾いていた学生がいたでしょう？　崎山勤さんですよ」

「なんだ、秋子の恋人じゃないか」

「まあ」

「それでどうしたい、恋人との再会は」

秋子は嫌な気持がして猿寿郎から顔を背《そむ》けようとしたが、猿寿郎は秋子の顔を摑んで乱暴に自分の方を向かせ、

「崎山が何をしに来た」

「千春の話をしに来て下すったんですよ」

「どうだか分るもんか」

「妙な冗談は云わないで下さい」

「あはは、はは」

猿寿郎は秋子が久しぶりにムキになって怒るのが面白いらしく、暫く笑っていた。

「そんなことより、千春が帰って来たらどうしましょう」

「前と同じことさ。どうってこともない」

「前と同じって?」

「踊るのさ。梶川流の家元の家の中にいたら、どうしたって踊りとは縁が切れなくなるんだ。どんな男が出て来たって、秋子は僕から逃げることができないのと同じことだ。僕だって他にどんな女が出て来ても、梶川流からは逃げ出せないんだよ。踊りの間《ま》というのは魔物の魔だ。誰も逃げ出せない。みんな死ぬまで踊り続けるんだ。僕は魔物に首の根っこを押えられている。だから家元の僕は、門弟の首根っこを押えていなきゃならないのさ。千春も舞い戻って来ると僕に首を押え込まれるんだ。はは、ははは。考えてみると、日本舞踊は近頃の新興宗教と似たことを何百年の昔からやっているんだね。家元というのは教祖のことさ。だから面白いよ、やめられないんだよ」

梶川猿寿郎の笑い声が次第に不気味になり響く中で、秋子はふと、梶川月代々に継承される宝物のことを想い出した。

「……ただ一人想いの極みにあるとき、必ず必ず人目を禁じて眺むるべしと代々に伝えらるべく候……」

こんなに苛々として孤独なとき、今こそあの秘宝の封を切ってもいいのではないか、と秋子は思った。

千春の帰国する日取りが決る前後、一門の中で千春の天才少女時代を知っている人々が、秋子の顔を見ると口々に、

「千春ちゃんがお帰りンなるんですってね。またお賑やかになりますわ。お芽出とうございます」

という挨拶をしに来るようになった。

一人の女が結婚に失敗して子供を連れて帰ってくるというのに、踊りの中の人々はそれを芽出たいというのである。秋子はまたもあらためて自分の居る世界が世の常ではない特殊な環境であるのを感じないわけにはいかなかった。崎山勤を冷たく追い返してしまったことが悔まれた。「日本にもこんな贅沢な世界があったのか」と云って、驚異の眼で家元の家の中を見廻していた崎山勤——彼は、千春の悲劇を直視していた筈だと思いついた。踊りに従う者と、局外者とは、阿波踊りの文句ではないが踊る阿呆に踊らぬ

阿呆という関係ではないかと思った。崎山勤の電話番号は手帳にメモしてあったが、秋子は幾度も彼に電話したいという衝動に駆られながら、思い止まった。電話をかけても話すことは何もない。しかも折角彼の方から訪ねてきたときにも、素っ気ない挨拶しかしなかった秋子だ。

秋子は混乱していた。確かに混乱していると自分でも分っていた。

「すっかりソワソワしているじゃないか。千春のことばかり考えているのじゃないのか。うっかりしているとまた踊りが逆戻りするぜ」

猿寿郎が、そういう秋子に止めを刺すように云う。

「そんなに変ですか、私」

「ああ。ようやく明るくなってきたのが、また昔のように陰気で魅力のない女になりそうだ」

「昔と今と、そんなに違います？」

「大違いさ。人間、陽性でなくっちゃ魅力がないよ。美津子が子供を産んだら急に深刻になって、顔を見るのもくさくさする。こうなるとこちらは困るばかりだ」

「ひどいことを仰言るわ。子供を産ませたのは誰なんです」

「かく申す某《それがし》にて候」

猿寿郎は屈託なく笑っているのだ。妻に妾の月旦《げったん》をするほど、猿寿郎は何事に対しても自信過剰になっている昨今なのであった。

「責任を持つと、人間陽気にばかりなってもいられないんですよ。私は千春が帰ってきたら、どうしてやればいいのかと思って、それでいらいらしてるのかもしれませんわ」

「ほっとけ、ほっとけ。千春は子供のときから勝手に生きてきたじゃないか。もう大人なんだから、尚更心配は無用だよ」

「でも子供がありますからね」

「それで千春が美津子みたいに陰気な眼許になってくるってのかい？　たまらないなあ。秋子、ひきとって育ててやれよ」

「私がですか」

「そうさ。そうすれば家元争いがなくなっていいよ。千春の奴、男を産んでおけばよかったのに莫迦だなあ」

猿寿郎の無責任さ加減には毎度のことながら秋子は呆れ返るばかりであった。

梶川猿寿郎はいよいよ多忙をきわめていた。稽古場は東京以外の花柳界にも殖える一方であったし、それを月に一度ずつ廻り歩くだけでも目が廻りそうなのに、名流舞踊家の発表会の度に頼まれて振付けたり出演したり、歌舞伎の新作舞踊には必ず振付の依頼を受ける。そこへテレビというものも出来てきたのだ。稽古場の本城である家元の家に席が温まる暇もない日常であった。寿々はそれで猿寿郎の芸が荒れるのではないかと心配していたが、秋子は猿寿郎の性格がますます投げやりなものになっていくのを感じていた。美津子を離れて秋子の許に戻ってきたのも、子供を産んでからの美津子が子供を楯にして話すのが面倒になってきたからで、別に猿寿郎自身になんの自覚が生れたからでもないようなのだ。忙しすぎると万事を考える暇がなく、その場かぎりで日を送ってしまう。秋子の見るところでは猿寿郎の振付は、どんどん小器用になる傾向があり、清元にも常磐津《ときわず》にも、恥ずかしくもなく同じ手をつけたりしている。

それでも日舞界には猿寿郎ブームが到来していて、ほんの一日か二日で仕上げた新作舞踊でも批評家たちは絶讃の筆を惜しまないのである。ちょっと破綻《はたん》を示せば、「意欲作」として認められる。

寿々は、

「やれやれ。大変な時代が来たものだねえ」

と蔭口を叩いたが、これも門前市をなすような門弟たちの稽古が手一杯なのと、それに家元至上主義だから楯つくことも出来ずに、猿寿郎の前では彼の踊りを褒める一方である。少なくとも娘婿に対する態度としては無責任なものであった。

こんな中に千春が帰ってくるのだ。

秋子は考えこまないわけにはいかなかった。この華やかに復興し、盛大な繁栄を見せている梶川流と、多忙というものが空っ風のように通り抜けている梶川流家元の家とを、千春は久しぶりの目でどう感じとるだろう。

千春の帰国の日取りは、出発前に飛行機の会社名とフライトナンバーと共に、電報で知らせてくることになっていた。だいたいの予定はもう手紙で書いてきていたから、あとは電報を待つだけで、その間、秋子はあらためて千春が生れてから今日までの出来事を反芻していた。

千春が生れた日のことも鮮明に思い出すことができた。

二人で連れて舞うときに、千春にばかり降り注がれた拍手の音も。

千春に数々の口伝をつたえてから、蔵の中で鬼女の衣裳を掛蒲団代りにして息を引取った先代月のことも――。

そして、ついこの間、歌舞伎座で「月の巻」を踊って初めて人々の称讃を受けたとき以来、秋子に生れた奇妙な矜持――。

繰返し、繰返し、秋子は事多かった自分たちの来し方を思い起していた。幾度同じことを思い出しても、倦きるどころでなく、子供の頃には夢想もすることのなかった家元夫人の座にいる自分の不思議さが強められてくる。これまでの半生を数奇な運命と人は云うだろうか――としたら、これからの半生には自分に何が訪れるだろう――。

思い出し、惑い、落着かない日が続いたある日、

「奥さま、お電話でございます」

内弟子が敷居際で膝をついて云った。昔なら一々手をついてものを云わせたものだが、戦後の風潮に忙しさが手伝って、梶川流の牙城《がじょう》の中も万事が省略がちである。

「誰方から」

「崎山さんと仰言いました」

早くも腰を浮かせていた秋子は、ふと元の姿勢に戻った。

「そう」

あらためて、崎山勤から電話がかかったくらいで、どうしてこう取乱すまいとしているのか、自分が可笑《おか》しかった。

「もしもし、お待たせ致しました」

「崎山です」

「先日は失礼いたしました。わざわざお出まし頂きましたのに碌なおかまいも致しませんで」

平静に、平静にと自分に云いきかせると、おそろしく他人行儀な冷たい挨拶が口をついて出る。崎山は、それにはもう驚かなかったが、面倒はもう嫌だという口調が露骨で、単刀直入に目的を云った。

「千春さんから電話が入りました」

「は？」

「十七日の午後四時十分。パン・アメリカンで羽田に着くそうです。フライトナンバーは五〇三ですから、時間の変更はこちらの事務所できけると思いましたので、電報はもう変更のない限り打たなくてもいいと云っておきました。つまり切符はもう入手したわけなので……」

「さようでございますか」

秋子は唇を嚙んだ。千春が、姉のところに電報を打たない代りに、姉の昔の恋人のところへ国際電話をかけてよこしたというのだ。

「もしもし、秋子さん」

「はい」

「気を悪くなさったんではありませんか」

「いいえ、どう致しまして」

「電話はコレクト・チャージだったんですよ、僕の方の」

「はあ」

「お分りですか、料金は僕の方で支払うという方法です」

「………」

「帰り際に、僕がそう云って帰ってきたものですから」

「はあ、はあ」

「秋子さん」

「…………」

「やっぱり、こだわっておいでになるのですね。千春さんもそのことをひどく気にしていましたが」

「なんのことですの」

「僕と千春さんが結婚することです」

秋子の顔から血の気がひいた。躰が小刻みに震え、耳鳴りがして、あとは崎山が何を云っても聞えなかった。

受話器を置いてから、震える指先で白いチョークを摑み、電話の前の黒板に「十七日、五〇三、パン・アメリカン」とだけようやく書いた。

千春が崎山勤と結婚する。これこそは思いがけなかった。

寿々の目の前で裂き捨てた千春の手紙の中に、そういうことが書かれてあったのだろうか。それとも、このほど中《うち》から届く千春の手紙の中に、それとなく匂わせてある字句を、秋子は読み落していたのだろうか。

秋子は、ふら、ふらと廊下を歩いて自分の部屋に戻ると、その日一日は事務もとれず、客との応接も上の空に過した。

千春が戻ってくる。子供を抱いて。

ロバート飯田と結婚した千春は、崎山勤と結婚する為に戻ってくるのだ。

それで、踊りは続けるつもりなのだろうか……。崎山から、この点を聞き洩らしていたと気がつくと、翌朝早く秋子は床を離れて、また、ふら、ふらと、薄暗い廊下を歩いて電話室まで行き、受話器をとり、ダイヤルを廻す段になって思い直した。

もはや何を訊く必要もない。何かすればするだけ、昔の淡く可憐《かれん》な想い出が降り積んだまま日の経った雪のように薄汚れてくるばかりだ。

やっぱり、こだわっておいでになるのですね——と崎山勤が云ったのが口惜しかった。そうなのだ、何を私はこだわっているのだろう。崎山勤と会った頃、私は処女で、そしてそのままだったのではないか。何を、こだわる必要があろう。姉の知人と妹が結婚するのは、世間ではいくらも例のある話ではないか。

これまでの秋子自身の半生の転変を想えば、崎山と千春の結婚など秋子自身には直接なんの影響もない話ではなかったか。

四、五日して、ようやくこの考えに無理やり心を落着かせてから、秋子は寿々に報告に行った。

もう夏にかかっていて、踊りの稽古に通う人数が半分に減り、稽古時間もそれと比例して少なくなっていた。寿々は、自分の部屋で鳴海《なるみ》しぼりの浴衣を着たまま、疲れたのか座蒲団に躰をずらして斜め坐りをして、庭の濃い緑を見てぼんやりしていた。

「暑くなりましたねえ、母さん」

「ああ」

振返った寿々の顔は、力なかった。

「どうかしたんですか、母さん」

「どうして」

「いつものように威勢がよくないわ」

「もう齢《とし》なんだよ、お前さん。稽古の間に幾度も雷を落すとね、あとはがっくりして、かくの仕儀《しぎ》」

おどけてみせながら、それで調子が出たのか坐り直した。秋子が何か用があって来たのを悟ったのだろう。

「母さん」

「なんだね」

「驚いちゃいけませんよ。千春は帰ってくるとすぐ結婚するらしいんです」

「誰と？」

寿々は、秋子が想像した程には驚かなかった。

「崎山さん」

「誰だって？」

「ほら、キャンプを廻ってたころアコーデオンを弾いてた人がいたでしょう？」

「ああ想い出したよ」

「あの人がアメリカに留学していて、おかげで千春はいろいろ面倒を見てもらえたんですよ」

「間男したんじゃないのかい、その男と」

「…………」

「でなくて夫婦が別れられるものかね」

「そんなことは知りませんけれど、ともかく千春も崎山さんも結婚する気でいるんですよ」

だが寿々は一向に秋子が予期したような反応は示す気配がないのであった。

「崎山さんというのは、お前、秋子を好きだった人じゃないのかい？」

「昔の話ですよ」

秋子は吐き捨てるように云った。その瞬間、思いがけず気が晴れた。やっぱり黙っているより喋った方がいい、と思った。

寿々の方は相変らず暢気《のんき》で、

「あの子と千春なら、どういうことになるかねえ」

他人事のように面白がっている様子だ。

「母さんは、かまわないんですか。ロバートとの結婚には気違いみたいになって反対したのに」

「だってお前、千春は日本に帰って来るんだろう？　それだけで気丈夫ですよ、私は。それにアコーデオン弾きなら、どうというほどの相手じゃなし」

「崎山さんはアコーデオンが本職じゃないんですよ。アメリカへ留学して、向うの大学もちゃんと卒業して、今に相当なとこまで行くでしょうよ」

「どこまで行けたって、三井三菱になれるわけじゃなし、総理大臣になるってわけじゃないだろう？　いずれ大した相手じゃありませんよ」

「大した相手でないのと千春が結婚しても、母さんはいいの？」

寿々が、ようやく秋子に向き直った。

「本当に結婚するっていうのかい？」

「そうですよ」

「まだ懲りないのかねえ」

「…………」

「帰るための方便だったのじゃないのかい？　男の方がのぼせているだけで、千春は帰ってくるとケロリとしているんじゃないのかねえ」

「そんなことはないと思いますよ。帰る日取りと飛行機の番号なんか、こちらへ知らせずに崎山さんの方へ知らせてきたんですから」

「おやまあ」

寿々は芯から呆れたような顔をして、

「よくよく素人《しろうと》の好きな女なんだねえ、千春は」

と云うのであった。

秋子は愕然として、寿々の結婚観というものと面と向いあった気がした。千春の結婚を、寿々は浮気という程度にしか考えていないのだ。踊りというものから考えれば、局外者であるロバート飯田との結婚も、崎山勤との結婚も、それは結婚というほど大したことではないのかもしれない。ロバート飯田はアメリカへ千春をひっさらって行ってしまったが、崎山勤はアメリカから帰ってきたばかりの日本人で、しかもずっと東京に住むだろう。大金持なら千春の踊りのパトロネージも出来ようけれど、若くてアコーデオンを弾いていた崎山が金持の息子である筈もなく、したがって千春が踊るのに文句をつける筋合はない、と寿々は思っているらしいのであった。

寿々にとって、結婚というのは相手が素人の場合を指すのであって、本質は役者買いをすることや、家元と浮気をすることと少しも違わないのであった。

すると――と秋子は思った。私の結婚は、どういうことになるのだろう。家元である猿寿郎と、私は浮気をしたのではない。ただ結ばれて、妻になった。

それは索漠とした想いであった。浮気には錯覚にしても愛というものがあるけれども、猿寿郎の妻であるところの何処に「愛」というものがあるだろうか。

千春が、崎山勤と結婚するという話を、猿寿郎にしたなら彼は、なんと云うだろう。その返事を想像してみるのは怖ろしかった。

「今度は男の子を産むといいねえ」

彼は白いものがまばらに光る顎《あご》をなでながら、こんなことぐらいは云いかねないだろう。

秋子は錯乱していた。千春が帰ってくる。

踊りというものに自信のついたその日から待っていた妹が帰ってくるというだけで、どうしてこんなに落着かないのか、分らなかった。帰ってきた千春が相変らぬ見事な舞ぶりを示したところで、秋子の踊りはもはや逆戻りするものではない。それどころか、舞台に自信を持ったからこそ、云うに云われぬほど千春が恋しかったのだ。

千春が再婚するからといって、それが何だろう。崎山と自分との関係は今になって拘泥することは何一つなかった。崎山が秋子を愛した時期があったのは事実でも、ヌードになる秋子を見て救おうともせずに逃げて行ったような男ではないか。それを、崎山の方から、やはりこだわっているのかと云われた口惜しさだけが秋子には残っている。家元の妻にとって、千春が、たかがアメリカ帰りの若僧と再婚することなど何ほどのことがあろう。

「……ただ一人想いの極みにあるとき、必ず必ず人目を禁じて眺むるべしと代々に伝えらるべく候」

二代目月の記した巻物が、錯乱する折りには必ず思い起された。

千春が帰る日はあと二日を数えるばかりになった十五夜の夜、奥座敷の縁に薄《すすき》と団子を供えて、内弟子たちと語らいながら茶を点《た》て、久々で落着いた夜を過したあとで、秋子は到頭《とうとう》自分の居間の袋戸棚からこの春先に猿寿郎から渡された一軸を取出していた。月見の夜、猿寿郎は地方の花柳界の浴衣温習《ゆかたざらい》に出かけたままの旅先で、この月をどう想い眺めていることだろう。ただ忙しく過して、夜は酒と女を手放さない家元には、月見の風流が思い浮かんだかどうかも疑わしかった。

「禁開封二代梶川月」と、固く糊付けしたものを、人差指の爪の先を入れてパリパリと剝がして行った。夜は更《ふ》けていて、古い和紙の裂ける音はかなり音高かったが、誰も起きて来る心配はなかった。若い内弟子たちは寝静まっていたし、寿々も近頃は朝が早い代りに夜は食事が終り、風呂へ入ると、テレビの前でも居眠りするくらいだ。必ず必ず人目を禁じるには都合のいい時間であった。

封が切れると、黄色く変色した和紙でくるまれていた軸がころころと転び出た。紐を解き、そっと展《ひろ》げた。長い掛物であった。書ではなく、絵であることが、木の枝先が最初に見えたことで知れた。絵絹の幅は一尺余はある。秋子は畳の上に軸を置くと、膝頭で後退りしながら絵を縦に展げて行った。

「あ」

思わず驚きが声になって洩れた。

絵絹の上には墨一色で、木の枝にぶら下った手長猿が、片方の手で水に映る月をとろうとして池の面を掻いているところが描かれてあったのだ。落款《らっかん》は関雪。

しかし、なんという皮肉な構図であったろう。

これが、家元の妻たるものに伝えられるべき宝であったとは……。

「梶川月代々の宝と心得られ度」と記されていた秘宝であったとは。

猿はいうまでもなく梶川猿寿郎を模するものに違いなく、月は梶川月にきまっていた。水にうつる月をすくいとろうとする猿の愚かさを、月代々の宝とせよというのは、なんという痛烈な復讐《ふくしゅう》であろう。先代月は、先代猿寿郎の乱脈を極めた女関係に悩まされるとき、深夜ひそかにこの絵を展げて胸をさすり、内心では家元を軽蔑しながら、天空高く恍々《こうこう》と光り輝く本物の月の心へ自分の心をなだめすかして戻したものであったろうか。

先代月にこれを贈った初代梶川月は、どういう人であったのか、秋子は誰に聞かされたこともなかったのだけれども、先代と同じように夫に裏切られ続けた女であったことは容易に想像できた。それは怖るべき家系の秘密ではないか。

秋子は夏の夜寒に鳥肌だつ思いであった。梶川月という名は、家元の妻という座には、こういう恐怖を踏んまえた強く畏るべきものであったのか——。

震える手で関雪の軸を巻き戻しても、秋子の心の怯えは消えなかった。憑かれたように前と同じ〆封をして、桐箱に納め、先代の手紙を上置きして蓋をし、違い棚の下の袋戸の奥深く蔵ってしまっても、なお猿と水月の構図は秋子の脳裡から去ろうとするどころか、いよいよ強烈に灼きついてくる。若い——と秋子は自分の肉体を悟った。二十七歳の若さでは、これほどの恨みも怨念《おんねん》も担い難く、抱くこともできなかった。

夜は一層更けていたが、秋子は自分が眠れるとは思わなかった。

手文庫がわりに使っている見台をあけて扇子を取出すと、秋子はそっと稽古場へ出た。気持を鎮めるためには、何かしていなければならず、今の場合は踊ることしかないのであった。

テープを廻す気も、レコードをかけるつもりもなかった。

秋子は何を踊ろうというはっきりした知覚もなく、心の中に思いつく唄に従って舞い始めていた。

猿が参りて此方の御知行、ま猿目出たき能仕る。踊るが手元及びなき、水の月とる

　猿沢の、池のさざ浪いういうたり……。指手《さすて》引手《ひくて》の末広や。

　月にたとへし止観の窓、此方のお庭を見あぐれば、片われ月は宵の程。


　扇をかざして踊りながら、秋子は心の中で驚いていた。これは子供の頃に寿々から手《て》遊《すさび》のように習った「猿舞」という踊りであった。梶川流にこんな踊りのあったことなど思い出すこともなかったのに、肉体の記憶はなんと無邪気でしぶといものであろう。

　水の月とる猿沢の池のさざ浪いういうたり……とは、たった今見た関雪の絵から容易に連想された文句ではないか。止観の窓というのは、道成寺に出てくる「真如《しんによ》の月」という文句を説明されたときに習っていた。悟りを開く心の窓という意味なのだ。そこからこそ真如の月を仰ぎ見ることができるのだと聞いた。

　片われ月は宵の程——含みの多い文句だと思いながら、秋子は舞いすすんでいた。これは歌舞伎では大蔵卿が作り阿呆になって曲舞《くせまい》をする件《くだり》に用いられる音曲であったが、梶川流では猿とか月とか縁のある名前に因《ちな》んで独立した踊りにしてあって、中程になるとかなりおどけた振りがついている。早手間で、その間の歌詞は長唄には珍しくない意味不明の文句が連ねてあった。


　可愛い可愛いとさよえ、だましておいて、松の葉越の月見れば、暫し曇りて又冴ゆる。


明日は出ようずもの。舟が出ようずもの、思たげもなくおよる君よの。

奴島田に丈長かけて、先のが品やる振込めさ。手際見事に投草履、ありゃんりゃりゃ。こりゃんりゃりゃ。粋な目元に転《ころ》りとせ。仇物め。

昔模様の派手奴。これかまはぬの始なり。

まりの庭にも猿の神、廏の猿の馬櫪神《ばれきじん》、猿と獅子とは文珠の詩宿、時しも開く冬牡《ぼ》丹《たん》、花の富貴の色見えて、栄うる御代とぞ祝しける。


単衣の下に一枚着た下着のガーゼが汗でぐっしょり濡れてきていた。秋子の顔にも首筋にも玉の汗が湧き出ては流れて着物の衿をしとどにしていた。もう今は歌詞の文句の一々にこだわらずに秋子は踊り続けていた。

目の前に、相変らず小柄な千春が現われて、金色の梶ノ葉を散らした舞扇を仄めかしながら踊り始めていた。

秋子は心の中で、叫ぶようにして唄い続けていた。


夫《それ》宮比《みやび》乃《の》神《かみ》能《の》御前《みまへ》爾《に》、敬《うやまひ》中《まうし》弖《て》申《まう》佐《さ》久《く》。

主親《きみおや》乃心《のこころ》爾《に》令違受《たがはず》、過事無久《あやまつことなく》、家内《やぬち》平穏《おだやか》爾《に》、朋輩《ともがき》親族《うからやから》睦志《むつまじ》久《く》、夜《よるの》守《まもり》日《ひるの》守《まもり》爾《に》、宮比《みやび》乃《の》御霊《みたま》平《を》幸幣給比弖《さきはへたまひて》、寿命長久《いのちながく》、身《み》乎《を》立《たて》名《な》遠《を》毛《も》揚《あげ》志《し》米《め》給閉《たまへ》止《と》。畏美畏美毛拝美《かしこみかしこみもをろがみ》奉留《たてまつる》。

猿舞から、いつか秋子は難曲といわれる「岩戸開」を踊り始めていた。それは、あの焼跡の蔵の中で、戦争が終った喜びを寿《ことほ》いで先代月の前で千春が命じられて踊ったものではなかったろうか。

秋子の耳には、死んだ月の細く甲高い声と、併せて唄っていた寿々の深く重い声が聞えてきた。二人ともかなり音痴であったが、秋子が踊る「岩戸開」にこれ以上の地方《じかた》は望めなかった。

天の岩屋戸を、さして幽居《こもりゐ》給《たま》ひしかば、天上天下　悉《ことごと》く、常闇《とこやみ》とこそ成りたりけれ……。

そのとき宮比《みやび》の御神は……

股乳《ももち》よろしと戯れ給ひ、裳紐を垂れて舞ひ給へば……

秋子の目には、あの日再び訪れた踊ることのかなう日々を狂喜している千春の天宇受売命《あめのうずめのみこと》がありありと映り、そして秋子の躰には今、あのときの千春と同じように舞踊の神がのり憑《うつ》っていた。天の香具山の日蔭を手次《たすき》にかけ、天の真拆《まさき》を縵《かづら》として、岩屋戸の前で宇気槽《うけぶね》の底を踏み鳴らしながら踊っているのは、かつての千春であり、そして今の秋子であった。

寿々に老いてゆく悲しみがあるように、秋子には少しも夫婦という実感のない夫婦生活があり、千春は愛に傷つき子供を抱いて、再婚しようとしている。だが、人それぞれの不幸がなんだろう、と秋子は思い始めているのであった。

千春が帰ってくれば、晴れて共に扇をかざして連れ舞うことができる。踊れなかった姉が、踊れるようになっているのを発見して、千春はどんなに驚き喜ぶだろう。それでいいのではないか。それで、いい。それでいい。

人それぞれの幸不幸は、生得の心ばえや運命の如何で、誰もが抱えているものなのだ。それに惑う暇があったら、こうして踊っていればいい。幼い日から踊れた千春は、五年近い歳月を踊りから断ち切られて暮していた。この年になるまで踊りの才に恵まれなかった自分は、こうして奇蹟的に踊れるようになっている。

黎明《れいめい》が稽古場の中に忍び込んできていた。明日は千春が帰ってくる。秋子は晴れやかに思うことができた。苦しみも悲しみも、また事新たに始まるかもしれない。だが、もう秋子は懼《おそ》れなかった。

解説

進藤純孝

「連舞」が上梓されたのは、昭和三十八年六月（集英社）のこと。

昭和三十一年度上半期（第三十五回）の芥川賞候補となった「地唄《じうた》」でデビューし、「紀ノ川」「助左衛門四代記」「香華《こうげ》」などで、文壇的地位を築き上げた作者は、当時すでに新進というよりは中堅の作家であった。「華岡青洲《はなおかせいしゅう》の妻」で女流文学賞を受けるのは、四年後の昭和四十二年のことである。

同じ年の昭和三十八年に、「香華」が小説新潮賞（第十回）を受けたのであったが、この作品が『婦人公論』読者賞を、そして「連舞」が『マドモアゼル』読者賞を獲得したことをゆび指した方が、作者の筆の盛り上げたみずみずしさは理解されよう。

私は、「地唄」や、昭和三十二年に直木賞の候補となった「白い扇」以来、邦楽、歌舞伎、顔師、衣裳つけ、小道具の職人といった伝統芸能の世界の、意地、かたくなさ、しぶとさ、うぬぼれ等々を描き出す作者の筆を、とりわけ愛して来た。

年譜を辿ってみると、作者は、東京女子大学の英文科に在学中、古典芸能に関心を持ち、演劇評論家を志して歌舞伎研究会に属し、雑誌『演劇界』の懸賞論文「俳優論」に応募して入選したりしている。それが縁となってか、卒業の一カ月前から『演劇界』の嘱託となり、この世界の現場に踏み込んでもいる。

そこに取材した「地唄」や「白い扇」、あるいは「帯」「キリクビ」「まつしろけのけ」「ぶちいぬ」などが、注目され評価を受けたのも不思議ではない。古典芸能への関心が作者の筆をうながして有吉文学の世界を切り拓かせ、そのみのりが筆に色と艶《つや》を滲み透《とお》らせていったわけだ。

――外見は美しい植民地から荒廃し始めている非常時の東京に帰り、敗戦を迎えて更に故国の幻滅を深めていた私に、それは強烈な美に対する意識を呼びさまさずにはいなかった。科学にも哲学にも、こういう妖気はなかったと私は考えた。

とは、「文学とは全く無縁の少女時代」を送り、むしろ「硬派の読書好きだった」作者が、歌舞伎にとり憑かれ、「ものを書く契機」を把むに至る経緯を簡明に語った言葉である。

ここには、作者の文学的出発は言うまでもなく、頂点に向って登りつめて行くひたむきさの中でつむがれた「連舞」の魅力を明かす要素が、見事に封じ込まれている。

一つは、何よりも先ず、古典芸能の息づく美であり妖気である。また一つは、敗戦である。さらにいま一つは、青春である。この三つの糸が、強く密に縒《よ》り合《あ》わされ、締められ練られて、読者を酔わす「連舞」の展開は紡ぎ出される。

「踊りの間というのは魔物の魔だ。誰も逃げ出せない。みんな死ぬまで踊り続けるんだ。僕は魔物に首の根っこを押えられている。だから家元の僕は、門弟の首根っこを押えていなきゃならないのさ。（中略）考えてみると、日本舞踊は近頃の新興宗教と似たことを何百年の昔からやっているんだね。家元というのは教祖のことさ。だから面白いよ、やめられないんだよ」

と、梶川猿寿郎が自嘲しながら不気味な笑い声を立てる場面がある。

先代の七世梶川猿寿郎は、踊りの才能が並外れて梶川流を全盛に導いた人。その血を継いだ八世は、他流にさきがけて一門を敗戦の荒廃から立直らせ、隆盛の波に乗せた才人。

その才能の人猿寿郎が、「誰も逃げ出せない。みんな死ぬまで踊り続けるんだ」と、投げ出すように笑いとばした言葉は、日本舞踊の世界が「世の常ではない特殊な環境」であることを、意地わるいまであからさまに語っている。

作者は、先代猿寿郎と「割りない仲になった女たち」の一人である梶川寿々と、その間に生れた千春と、そして千春とは父を異にする姉の秋子という、母子姉妹を「世の常ではない特殊な環境」の生贄《いけにえ》として差出し、

「人それぞれの幸不幸は、生得の心ばえや運命の如何で、誰もが抱えているものなのだ。それに惑う暇があったら、こうして踊っていればいい」

という秋子の覚悟で、二十余年の風雪を締めくくる。

「母さん、もういい加減で梶川流とか家元とかいうもののない親子や姉妹に戻らせて下さいよ。踊りというものはいいもので、私も一生踊り続けるつもりになっていますが、そのための親子姉妹だという考え方はやめようじゃありませんか」

とは、当世猿寿郎の妻となって梶川月を襲名した秋子の、「先代の血」を口癖のように言う母親寿々の流派大事の生き方に対する抗議である。

日本舞踊の妖気を支えているものが、家元あっての芸という精進のしかた、家元に首根っこを抑えられたまま「死ぬまで踊り続ける」という生き方であるとは、奇妙な光景である。

その奇妙を、家元の血につながることが生甲斐の寿々と、踊りに才がないと見捨てられ疎んじられがちの姉娘秋子と、踊りの申し子のような才に恵まれてちやほやされる妹娘千春という、母子三人の付いたり離れたりの日々に写しとりながら、作者の描き出そうとしているのは、日本舞踊の持つ美に他ならない。

真っ正面から語ろうとはしない。舞踊そのものをいくら言葉を尽して語っても、染み出て来る妖気は捉えられぬと、作者の筆は口をつぐんでいる。そしてただ、清元とか長唄とか謡曲の歌詞の一節を差し出すだけである。

が、これらの歌詞が、家元あってのわが身と生きる寿々と、家元の血につながらぬ者として疎外されながらも耐えて母と妹に付いて行く秋子と、縁と才とに恵まれながら「家元の血とは何の関係もない」ところに羽ばたこうとする千春の、吐く息、吸う息で彩る「世の常ではない特殊な環境」の中に挿し入れられると、その文句がにわかに立ち上って舞踊を写し出し、妖気をただよわせるから妙である。

写さずして写す妙とでも言おうか。この不思議は読みどころの一つだが、日本舞踊の美は、家元大事と生きる「世の常ではない特殊な環境」を、その明暗、起伏において捉えるのでなければ、とうてい写し出せるものではないと見ぬいた筆の手柄である。

歌舞伎に魅せられ、演劇評論家を志したという作者は、古典芸能の持つ妖気が、それを支える「世の常ではない特殊な環境」とけっして無縁ではないと知るまでに、深くその世界を覗いたのに違いない。

こうして、環境をふちどることによって舞踊の美を浮き出させる妙が演じられるわけだが、その筆は、「世の常ではない特殊な環境」を、戦争という事態の中に晒してゆさぶっている。

「外見は美しい植民地から荒廃し始めている非常時の東京に帰り、敗戦を迎えて更に故国の幻滅を深めていた」と、作者は戦時を切りぬけた少女時代の十年をひと口に語っているが、六歳で父の任地であるジャワ（インドネシア）のバタビヤ（ジャカルタ）に渡り、十歳で帰国したその年（昭和十六年）に太平洋戦争勃発という体験は、何を描こうとしても、心の疼きとしてその筆を陰に陽に駆り立てるのに相違ない。

「戦争中の日本は嘘のような理想郷で、ただ虚しい美しさが咲きあふれていた。それは人間の真実の美しさではない。そしてもし我々が考えることを忘れるなら、これほど気楽なそして壮観な見世物はないだろう。たとえ爆弾の絶えざる恐怖があるにしても、考えることがない限り、人は常に気楽であり、ただ惚れ惚れと見とれておればよかったのだ」

と「堕落論」に書いた坂口安吾は、

「終戦後、我々はあらゆる自由を許されたが、人はあらゆる自由を許されたとき、自らの不可解な限定とその不自由さに気づくであろう。人間は永遠に自由では有り得ない。なぜなら人間は生きており、又死なねばならず、そして人間は考えるからだ」

とつけ加えている。

作者有吉佐和子が、十歳で「荒廃し始めている非常時の東京に帰り」、戦争の四年間を切りぬけた過しようは、子供ごころにも「ただ惚れ惚れと見とれて」いたのではあるまいか。そして、終戦となり、「更に故国の幻滅を深めていた」作者は、「あらゆる自由を許された」中で、「自らの不可解な限定とその不自由さに気づく」という青春のいとなみに突き入っていた。

考えることを閉じられた日々から、考える日々へと開放されたとき、そこに歌舞伎の世界があり、科学にも哲学にもなかった妖気が、生き生きとした美しさを疼かせながら迫って来た。

作者にとって青春の課題とは、この妖しい美と向き合うことであり、この美の中に人間の生と死を突きとめることではなかったか。

踊りに才がないと見放され、先代家元の血を引いて踊りの申し子のように称えられる妹千春との連舞も常に引き立て役の秋子は、言ってみれば作者の青春を写し、その意味で女主人公としての重荷を担っている。

「幼い日から踊れた千春は、五年近い歳月を踊りから断ち切られて暮していた。この年になるまで踊りの才に恵まれなかった自分は、こうして奇蹟的に踊れるようになっている」

とは、「共に扇をかざして連れ舞うことができる」と、妹との再会に期待する秋子が、二十七歳の自分を凝視した述懐である。

「連れ舞う」妹を得てからの二十余年の彼女の「数奇な運命」は、そのまま作者自身の青春を背負い、「自らの不可解な限定とその不自由さ」の中で、孤独と疎外と哀愁にまみれながら、惑い悶えのた打っている。

それだけに、「惑う暇があったら、こうして踊っていればいい」という彼女の、青春の頂点に立っての構えは、小説の締め木として見事であり、価値の相対化をもてあそぶばかりの現代人に、選びとる厳しさを訓《おし》えて深く勁《つよ》く爽々《すがすが》しい。

この作品は一九六三年六月、集英社より刊行されました。

集英社文庫　目録（日本文学）

集英社文庫　目録（日本文学）

池上彰　そうだったのか！日本現代史
池上彰　そうだったのか！アメリカ
池上彰　そうだったのか！中国
池上彰　池上彰の大衝突 終わらない巨大国家の対立
池上彰　海外で恥をかかない世界の新常識
池上彰　池上彰の講義の時間 高校生からわかるイスラム世界
池上彰　池上彰の講義の時間 高校生からわかる原子力
池上彰　池上彰の講義の時間 高校生からわかる「資本論」
池上彰　そうだったのか！朝鮮半島
池上彰　これが「日本の民主主義」！
池上彰　君たちの日本国憲法
池澤夏樹 写真・芝田満之　カイマナヒラの家
池澤夏樹　憲法なんて知らないよ
池澤夏樹　パレオマニア 大英博物館からの13の旅
池澤夏樹　異国の客
池澤夏樹　叡智の断片
池澤夏樹　セーヌの川辺
池田理代子　ベルサイユのばら全五巻
池田理代子　オルフェウスの窓全九巻
池永陽　走るジイサン
池永陽　ひらひら
池永陽　コンビニ・ララバイ
池永陽　でいごの花の下に
池永陽　水のなかの螢
池永陽　青葉のごとく 会津純真篇
池永陽　北の麦酒《ビール》ザムライ 日本初に挑戦した薩摩藩士
池永陽　下町やぶさか診療所
池永陽　いのちの約束 下町やぶさか診療所
池永陽　沖縄から来た娘 下町やぶさか診療所
池永陽　傷だらけのオヤジ 下町やぶさか診療所
池波正太郎　スパイ武士道
池波正太郎　天城峠
池波正太郎・選 日本ペンクラブ編　捕物小説名作選 一
池波正太郎・選 日本ペンクラブ編　捕物小説名作選 二
池波正太郎　幕末遊撃隊
池波正太郎　江戸前 通の歳時記
池波正太郎　鬼平梅安 江戸暮らし
伊坂幸太郎　終末のフール
伊坂幸太郎　仙台ぐらし
伊坂幸太郎　残り全部バケーション
伊坂幸太郎　逆ソクラテス
いしいしんじ　よ は ひ
石川恭三　心に残る患者の話
石川恭三　定年の身じたく 生涯青春！をめざす医師からの提案
石川恭三　生へのアンコール
石川恭三　医者が見つめた老いを生きるということ
石川恭三　医者いらずの本
石川恭三　定年ちょっといい話 閑中忙あり

集英社文庫　目録（日本文学）

石川恭三　50代からの男の体にズバッと効く本
石川直樹　全ての装備を知恵に置き換えること
石川直樹　最後の冒険家
石川宗生　ホテル・アルカディア
石倉　昇　ヒカルの碁勝利学
石田衣良　エンジェル
石田衣良　娼《しょう》年《ねん》
石田衣良　スローグッドバイ
石田衣良　1ポンドの悲しみ
石田衣良　愛がいない部屋
石田衣良　空は、今日も、青いか？
石田衣良他　恋のトビラ　好き、やっぱり好き。
石田衣良　答えはひとつじゃないけれど　石田衣良の人生相談室
石田衣良　逝《せい》年《ねん》
石田衣良　傷つきやすくなった世界で
石田衣良　REVERSEリバース

石田衣良　坂の下の湖
石田衣良　北斗　ある殺人者の回心
石田衣良　オネスティ
石田衣良　爽《そう》年《ねん》
石田衣良　禁猟区
石田夏穂　我が友、スミス
石田夏穂　黄金比の縁
石田雄太　桑田真澄　ピッチャーズ　バイブル
石田雄太　イチローイズム
伊集院静　むかい風
伊集院静　機関車先生
伊集院静　宙ぶらん
伊集院静　いねむり先生
伊集院静　愚者よ、お前がいなくなって淋しくてたまらない
伊集院静　琥珀の夢　小説　鳥井信治郎(上)(下)
伊集院静　ごろごろ

伊集院静　でく
伊集院静　タダキ君、勉強してる？
泉　鏡花　高《こう》野《や》聖《ひじり》
泉ゆたか　雨あがり　お江戸縁切り帖
泉ゆたか　幼なじみ　お江戸縁切り帖
泉ゆたか　恋ごろも　お江戸縁切り帖
泉ゆたか　母子草　お江戸縁切り帖
泉ゆたか　旅立ちの空　お江戸縁切り帖
伊勢崎賢治　布施祐仁　文庫増補版　主権なき平和国家　地位協定の国際比較からみる日本の姿
一条ゆかり　実戦！　恋愛倶楽部
一条ゆかり　正しい欲望のススメ
一田和樹　天才ハッカー安部響子と五分間の相棒
一田和樹　女子高生ハッカー鈴木沙穂梨と0.02ミリの冒険
一田和樹　内通と破滅と僕の恋人　珈琲店ブラックスノウのサイバー事件簿
一田和樹　原発サイバートラップ
一田和樹　天才ハッカー安部響子と2,048人の犯罪者たち

集英社文庫

連《つれ》　舞《まい》

1979年10月25日　第1刷
2000年3月11日　第22刷
2025年6月16日　改訂新版　第4刷

定価はカバーに表示してあります。

著　者　有吉佐和子《ありよしさわこ》

発行者　樋口尚也

発行所　株式会社　集英社
東京都千代田区一ツ橋2-5-10　〒101-8050
電話　【編集部】03-3230-6095
【読者係】03-3230-6080
【販売部】03-3230-6393（書店専用）

印　刷　株式会社広済堂ネクスト

製　本　株式会社広済堂ネクスト

フォーマットデザイン　アリヤマデザインストア　　マークデザイン　居山浩二

ISBN978-4-08-746472-6 C0193